莎士比亚
经典戏剧全集 Ⅴ

The Complete Works of
Shakespeare's Classical Dramas

【英】威廉·莎士比亚 / 著

朱生豪 / 译

北方文艺出版社

目 录

特洛伊罗斯与克瑞西达 001

奥瑟罗 119

李尔王 233

特洛伊罗斯与克瑞西达

剧中人物

普里阿摩斯　特洛伊国王

赫克托
特洛伊罗斯
帕里斯　｝普里阿摩斯之子
得伊福玻斯
赫勒诺斯

玛伽瑞隆　普里阿摩斯的庶子

埃涅阿斯
安忒诺　｝特洛亚将领

卡尔卡斯　特洛伊祭司，投降于希腊
潘达洛斯　克瑞西达的舅父
阿伽门农　希腊主帅
墨涅拉俄斯　阿伽门农之弟

阿喀琉斯
埃阿斯
俄底修斯
涅斯托　｝希腊将领
狄俄墨得斯
帕特洛克罗斯

忒耳西忒斯　丑陋而好谩骂的希腊人

亚历山大　克瑞西达的仆人
特洛伊罗斯的仆人
帕里斯的仆人
狄俄墨得斯的仆人

海伦　墨涅拉俄斯之妻
安德洛玛刻　赫克托之妻
卡珊德拉　普里阿摩斯之女，能预知未来
克瑞西达　卡尔卡斯之女

特洛伊及希腊兵士、侍从等

地　点

特洛伊；特洛伊郊外的希腊营地

开场白

　　这一场戏的地点是在特洛伊。一群心性高傲的希腊王子，怀着满腔的愤怒，把他们满载着准备一场恶战的武器的船舶会集在雅典港口；六十九个戴着王冠的武士，从雅典海湾浩浩荡荡向弗里吉亚出发；他们立誓荡平特洛伊，因为在特洛伊的坚强的城墙内，墨涅拉俄斯的王妃，失了身的海伦，正在风流的帕里斯怀抱中睡着：这就是引起战衅的原因。他们到了忒涅多斯，从庞大的船舶上搬下了他们的坚甲利兵；这批新上战场未临矢石的希腊人，就在达耳丹平原上扎下他们威武的营寨。普里阿摩斯的城市的六个城门，达耳丹、丁勃里亚、伊里亚斯、契他斯、特洛琴和安替诺力第斯，都用重重的铁锁封闭起来，关住了特洛伊的健儿。一边是特洛伊人，一边是希腊人，两方面各自提心吊胆，不知道谁胜谁败；正像我这念开场白的人，又要担心编剧的一支笔太笨拙，又要担心演戏的嗓子太坏，不知道这本戏究竟演得像个什么样子。在座的诸位观众，我要声明一句，我们并不从这场战争开始的时候演起，却是从中途开始的；后来的种种事实，都尽量在这出戏里表演出来。诸位欢喜它也好，不满意也好，都随诸位的高兴；本来胜败兵家常事，万一我们演得不好，也是不足为奇的呀。

第一幕

第一场　特洛伊。普里阿摩斯王宫门前

　　　　　特洛伊罗斯披甲胄上,潘达洛斯随上。

特洛伊罗斯　叫我的仆人来,我要把盔甲脱下了。我自己心里正在发生激战,为什么还要到特洛伊的城外去作战呢?让每一个能够主宰自己的心的特洛伊人去上战场吧;唉!特洛伊罗斯的心早就不属于他自己了。

潘达洛斯　您不能把您的精神振作起来吗?

特洛伊罗斯　希腊人又强壮、又有智谋,又凶猛、又勇敢;我却比妇人的眼泪还柔弱,比睡眠还温驯,比无知的蠢汉还痴愚,比夜间的处女还懦怯,比不懂事的婴儿还笨拙。

潘达洛斯　好,我的话也早就说完了;我自己实在不愿再多管什么闲事。一个人要吃面饼,总得先等把麦子磨成了面粉。

特洛伊罗斯　我不是已经等过了吗?

潘达洛斯　嗯,您已经等到麦子磨成了面粉;可是您必须再等面粉放在筛里筛过。

特洛伊罗斯　那我不是也已经等过了吗?

潘达洛斯　嗯，您已经等到面粉放在筛里筛过；可是您必须再等它发起酵来。

特洛伊罗斯　那我也已经等过了。

潘达洛斯　嗯，您已经等它发过酵了；可是以后您还要等面粉搓成了面团，炉子里生起了火，把面饼烘熟；就是烘熟以后，您还要等它凉一凉，免得烫痛了您的嘴唇。

特洛伊罗斯　忍耐的女神也没有遭受过像我所遭受的那么多的苦难的煎熬。我坐在普里阿摩斯的华贵的食桌前，只要一想起美丽的克瑞西达——该死的家伙！"只要一想起"！什么时候她离开过我的脑海呢？

潘达洛斯　嗯，我从来没有看见过她像昨天晚上那样美丽，她比无论哪一个女人都美丽。

特洛伊罗斯　我要告诉你：当我那颗心好像要被叹息劈成两半的时候，为了恐怕被赫克托或是我的父亲觉察，我不得不把这叹息隐藏在笑纹的后面，正像懒洋洋的阳光勉强从阴云密布的天空探出头来一样；可是强作欢娱的忧伤，是和乐极生悲同样使人难堪的。

潘达洛斯　她的头发倘不是比海伦的头发略微黑了点儿——嗯，那也不用说了，她们两个人是不能相比的；可是拿我自己来说，她是我的甥女，我当然不好意思像人家所说的那样过分夸奖她，不过我倒很希望有人听见她昨天的谈话，就像我听见的一样。令姊卡珊德拉的口才固然很好，可是——

特洛伊罗斯　啊，潘达洛斯！我对你说，潘达洛斯——当我告诉你我的希望沉没在什么地方的时候，你不该回答我它们葬身的深渊有多么深。我告诉你，我为了爱克瑞西达都快发疯了；你却回答我她是多么美丽，把她的眼睛、她的头发、她的面庞、她的步态、她的语调，尽量倾注在我心头的伤口上。啊！你

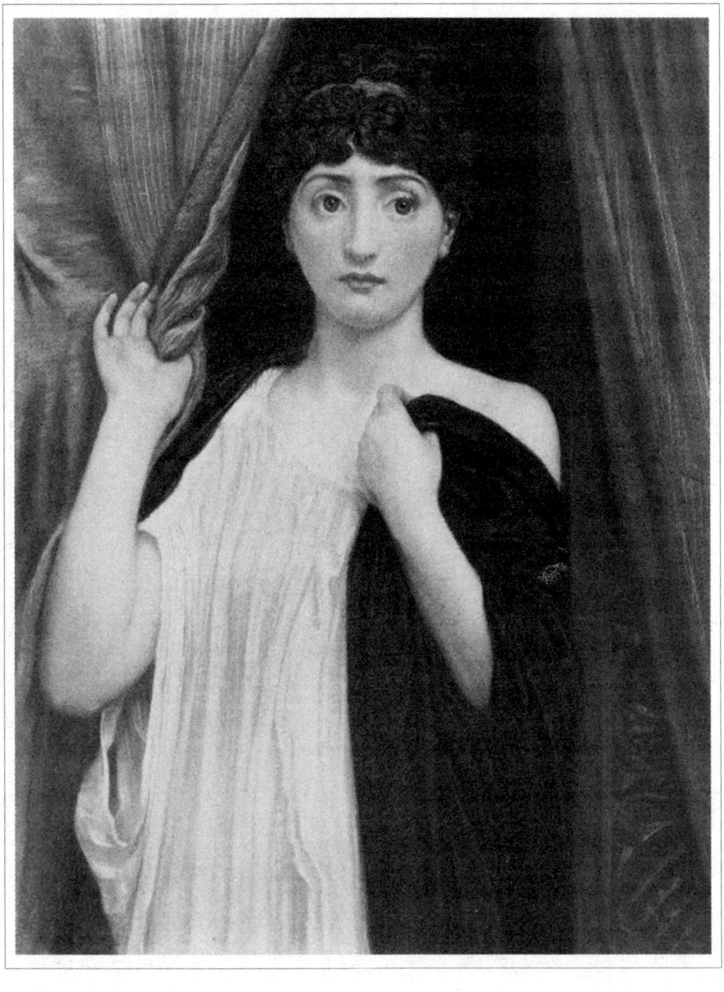

口口声声对我说,一切洁白的东西,和她的玉手一比,都会变成墨水一样黝黑,写下它们自己的谴责;比起她柔荑的一握来,天鹅的绒毛是坚硬的,最敏锐的感觉相形之下,也会迟钝得好像农夫的手掌。当我说我爱她的时候,你这样告诉我;你的话并没有说错,可是你不但不替我在爱情所加于我的伤痕上敷抹油膏,反而用刀子加深我的一道道伤痕。

潘达洛斯 我说的不过是真话。

特洛伊罗斯 你的话还没有说到十分。

潘达洛斯 真的,我以后不管了。随她美也好,丑也好,她果然是美的,那是她自己的福气;要是她不美,也只好让她自己去设法补救。

特洛伊罗斯 好潘达洛斯,怎么啦,潘达洛斯!

潘达洛斯 我为你们费了许多的气力,她也怪我,您也怪我;在你们两人中间跑来跑去,今天一趟,明天一趟,也不曾听见一句感谢的话。

特洛伊罗斯 怎么!你生气了吗,潘达洛斯?怎么!生我的气吗?

潘达洛斯 因为她是我的亲戚,所以她就比不上海伦美丽;倘使她不是我的亲戚,那么她穿着平日的衣服也像海伦穿着节日的衣服一样美丽。可是那跟我有什么相干呢!即使她是个又黑又丑的人,也不关我的事。

特洛伊罗斯 我说她不美吗?

潘达洛斯 您说她美也好,说她不美也好,我都不管。她是个傻瓜,不跟她父亲去,偏要留在这儿;让她到希腊人那儿去吧,下次我看见她的时候,一定这样对她说。拿我自己来说,那么我以后可再也不管人家的闲事了。

特洛伊罗斯 潘达洛斯——

潘达洛斯 我什么都不管。

特洛伊罗斯　好潘达洛斯——

潘达洛斯　请您别再跟我多说了！言尽于此，我还是让一切照旧的好。（潘达洛斯下。号角声。）

特洛伊罗斯　别吵，你们这些聒耳的喧哗！别吵，粗暴的声音！两方面都是些傻瓜！无怪海伦是美丽的，因为你们每天用鲜血涂染着她的红颜。我不能为了这一个理由去和人家作战；它对于我的剑是一个太贫乏的题目。可是潘达洛斯——老天爷！您怎么这样作弄我！我要向克瑞西达传达我的情愫，只有靠着潘达洛斯的力量；可是求他去说情，他自己就是这么难说话，克瑞西达又是那么凛若冰霜，把一切哀求置之不闻。阿波罗，为了你对达芙妮的爱，告诉我，克瑞西达是什么，潘达洛斯是什么，我们都是些什么；她的眠床就是印度；她睡在上面，是一颗无价的明珠；一道汹涌的波涛隔开在我们的中间；我是个采宝的商人，这个潘达洛斯便是我的不可靠的希望，我的载登彼岸的渡航。

　　号角声。埃涅阿斯上。

埃涅阿斯　啊，特洛伊罗斯王子！您怎么不上战场去？

特洛伊罗斯　我不上战场就是因为我不上战场：这是一个娘儿们的答案，因为不上战场就不是男子汉的行为。埃涅阿斯，战场上今天有什么消息？

埃涅阿斯　帕里斯受了伤回来了。

特洛伊罗斯　谁伤了他，埃涅阿斯？

埃涅阿斯　墨涅拉俄斯。

特洛伊罗斯　让帕里斯流血吧；他拐了人家的妻子来，就让人家的犄角碰伤了，也只算礼尚往来。（号角声。）

埃涅阿斯　听！今天城外厮杀得多么热闹！

特洛伊罗斯　我倒宁愿在家里安静点儿。可是我们也去凑凑热闹吧；你是不是要到那里去？

埃涅阿斯　我立刻就去。

特洛伊罗斯　好，那么我们一块儿去吧。（同下。）

第二场　同前。街道

　　　　　克瑞西达及亚历山大上。

克瑞西达　走过去的那些人是谁？

亚历山大　赫卡柏王后和海伦。

克瑞西达　她们到什么地方去？

亚历山大　她们是上东塔去的，从塔上可以俯瞰山谷，看到战事的进行。赫克托素来是个很有涵养的人，今天却发了脾气；他骂过他的妻子安德洛玛刻，打过给他造甲胄的人；看来战事吃紧，在太阳升起以前他就披着轻甲，上战场去了；那战地上的每一朵花，都像一个先知似的，在赫克托的愤怒中看到了将要发生的一场血战而凄然堕泪。

克瑞西达　他为什么发怒？

亚历山大　据说是这样的：在希腊军队里有一个特洛伊血统的将领，同赫克托是表兄弟；他们叫他做埃阿斯。

克瑞西达　好，他怎么样？

亚历山大　他们说他是个与众不同的人，而且是个单独站得住脚的男子汉。

克瑞西达　个个男子都是如此的呀，除非他们喝醉了，病了，或是没有了腿。

亚历山大　这个人，姑娘，从许多野兽身上偷到了它们的特点：他像狮子一样勇敢，熊一样粗蠢，象一样迟钝。造物在他身上放进了太多的怪脾气，以至于把他的勇气糅成了愚蠢，在他的愚蠢之中，却又有几分聪明。每一个人的好处，他都有一点；每一个人的坏处，他也都有一点。他会无缘无故地垂头丧气，也会莫名其妙地兴高采烈。什么事情他都懂得几分，可是什么都是鸡零狗碎的，就像一个害着痛风的布里阿洛斯①，生了许多的手，一点用处都没有；又像一个昏眊的阿耳戈斯②，生了许多的眼睛，瞧不见什么东西。

克瑞西达　可是这个人我听了觉得好笑，怎么会把赫克托激怒了呢？

亚历山大　他们说他昨天和赫克托交战，把赫克托打下马来；赫克托受到这场耻辱，气得饭也吃不下，觉也睡不着。

克瑞西达　谁来啦？

　　　　　潘达洛斯上。

亚历山大　姑娘，是您的舅父潘达洛斯。

克瑞西达　赫克托是一条好汉。

亚历山大　他在这世上可算是一条好汉，姑娘。

潘达洛斯　你们说些什么？你们说些什么？

克瑞西达　早安，潘达洛斯舅舅。

潘达洛斯　早安，克瑞西达甥女。你们在那儿讲些什么？早安，亚历山大。你好吗，甥女？你什么时候到王宫里去的？

克瑞西达　今天早上，舅舅。

潘达洛斯　我来的时候你们在讲些什么？赫克托在你进宫去的时候已经披上甲出去了吗？海伦还没有起来吗？

克瑞西达　赫克托已经出去了，海伦还没有起来。

---

① 布里阿洛斯（Briareus），希腊神话中百手的巨人。
② 阿耳戈斯（Argus），希腊神话中的百眼怪物。

潘达洛斯　是这样吗？赫克托起来得倒很早。

克瑞西达　我们刚才就在讲这件事，也说起了他发怒的事情。

潘达洛斯　他在发怒吗？

克瑞西达　这个人说他在发怒。

潘达洛斯　不错，他是在发怒；我也知道他为什么发怒。大家瞧着吧，他今天一定要显一显他的全身本领；还有特洛伊罗斯，他的武艺也不比他差多少哩；大家留意特洛伊罗斯吧，看我的话有没有错。

克瑞西达　什么！他也发怒了吗？

潘达洛斯　谁，特洛伊罗斯吗？这两个人比较起来，还是特洛伊罗斯强。

克瑞西达　天哪！这两个人怎么能相比？

潘达洛斯　什么！特洛伊罗斯不能跟赫克托相比吗？你难道有眼不识英雄吗？

克瑞西达　嗯，要是我见过他，我会认识他的。

潘达洛斯　好，我说特洛伊罗斯是特洛伊罗斯。

克瑞西达　那么您的意思跟我一样，因为我相信他一定不是赫克托。

潘达洛斯　赫克托也有不如特洛伊罗斯的地方。

克瑞西达　不错，他们各人有各人的本色；各人都是他自己。

潘达洛斯　他自己！唉，可怜的特洛伊罗斯！我希望他是他自己。

克瑞西达　他正是他自己呀。

潘达洛斯　除非我赤了脚去印度朝拜了回来。

克瑞西达　他该不是赫克托哪。

潘达洛斯　他自己！不，他不是他自己。但愿他是他自己！好，天神在上，时间倘不照顾人，就会摧毁人的。好，特洛伊罗斯，好！我巴不得我的心在她的胸膛里。不，赫克托并不比特洛伊罗斯强。

克瑞西达　对不起。

潘达洛斯　他年纪大了些。

克瑞西达　对不起，对不起。

潘达洛斯　那一个还不曾到他这样的年纪；等到那一个也到了这样的年纪，你就要对他刮目相看了。赫克托今年已经老得有点头脑糊涂了，他没有特洛伊罗斯的聪明。

克瑞西达　他有他自己的聪明，用不着别人的聪明。

潘达洛斯　也没有特洛伊罗斯的才能。

克瑞西达　那也用不着。

潘达洛斯　也没有特洛伊罗斯的漂亮。

克瑞西达　那是和他的威武不相称的；还是他自己的相貌好。

潘达洛斯　甥女，你真是不生眼睛。海伦前天也说过，特洛伊罗斯虽然皮肤黑了点儿——我必须承认他的皮肤是黑了点儿，不过也不算怎么黑——

克瑞西达　不，就是有点儿黑。

潘达洛斯　凭良心说，黑是黑的，可是也不算黑。

克瑞西达　说老实话，真是真的，可是有点儿假。

潘达洛斯　她说他的皮肤的颜色胜过帕里斯。

克瑞西达　啊，帕里斯的皮肤难道血色不足吗？

潘达洛斯　不，他的血色很足。

克瑞西达　那么特洛伊罗斯的血色就嫌太多了：要是她说他的皮肤的颜色胜过帕里斯，那么他的血色一定比帕里斯更旺；一个的血色已经很足，一个却比他更旺，那一定红得像火烧一样，还有什么好看。我倒还是希望海伦的金口恭维特洛伊罗斯长着一个紫铜色的鼻子。

潘达洛斯　我向你发誓，我想海伦爱他胜过帕里斯哩。

克瑞西达　那么她真是一个风流的希腊女人了。

潘达洛斯　是的,我的的确确知道她爱着他。有一天她跑到他的房间里去——你知道他的下巴上一共不过长着三四根胡子——

克瑞西达　不错,一个酒保都可以很快地把他的胡须算出一个总数来。

潘达洛斯　他年纪很轻,可是他的哥哥赫克托能够举起的重量,他也举得起来。

克瑞西达　他这样一个年轻人,居然就已经是举重能手了吗?

潘达洛斯　可是我要向你证明海伦的确爱他:她跑过去用她白嫩的手摸他那分岔的下巴——

克瑞西达　我的天哪!怎么会有分岔的下巴呢?

潘达洛斯　你知道他的脸上有酒窝,他笑起来比弗里吉亚的任何人都好看。

克瑞西达　啊,他笑得很好看。

潘达洛斯　不是吗?

克瑞西达　是,是,就像秋天起了乌云一般。

潘达洛斯　那才怪呢。可是我要向你证明海伦爱着特洛伊罗斯——

克瑞西达　要是您证明有这么一回事,特洛伊罗斯一定不会否认。

潘达洛斯　特洛伊罗斯!嘿,他才不把她放在心上,就像我瞧不起一个坏蛋一样呢。

克瑞西达　要是您喜欢吃坏蛋,就像您喜欢胡说八道一样,那您一定会在蛋壳里找小鸡吃。

潘达洛斯　我一想到她怎样摸弄他的下巴,就忍不住发笑;她的手真是白得出奇,我必须承认——

克瑞西达　这一点是不用上刑罚您也会承认的。

潘达洛斯　她在他的下巴上发现了一根白须。

克瑞西达　唉！可怜的下巴！许多人的肉瘤上都长着比它更多的毛呢。

潘达洛斯　可是大家都笑得不亦乐乎；赫卡柏王后笑得眼珠都打起滚来。

克瑞西达　就像两块磨石似的。

潘达洛斯　卡珊德拉也笑。

克瑞西达　可是她的眼睛底下火烧得不是顶猛；她的眼珠也打滚吗？

潘达洛斯　赫克托也笑。

克瑞西达　他们究竟都在笑些什么？

潘达洛斯　哈哈，他们就是笑海伦在特洛伊罗斯下巴上发现的那根白须。

克瑞西达　倘若那是一根绿须，那么我也要笑起来了。

潘达洛斯　这根胡须还不算好笑，他那俏皮的回答才叫他们笑得透不过气来呢。

克瑞西达　他怎么说？

潘达洛斯　她说，"你的下巴上一共只有五十一根胡须，其中倒有一根是白的"。

克瑞西达　这是她提出的问题。

潘达洛斯　不错，那你可以不用问。他说，"五十一根胡须，一根是白的；这根白须是我的父亲，其余都是他的儿子。""天哪！"她说，"哪一根胡须是我的丈夫帕里斯呢？""出角的那一根，"他说；"拔下来，给他拿去吧。"大家听了都哄然大笑起来，害得海伦怪不好意思的，帕里斯气得满脸通红，别的人一个个哈哈大笑，简直笑得合不拢嘴来。

克瑞西达　说了这许多时候的话，现在您也可以合拢一下嘴了。

潘达洛斯　好，甥女，昨天我对你说起的事情，请你仔细想一想。

017

克瑞西达　我正在想着呢。

潘达洛斯　我可以发誓说那是真的；他哭起来就像个四月里出世的泪人儿一般。

克瑞西达　那么我就像一棵盼望五月到来的荨麻一样，在他的泪雨之中长了起来。（归营号声。）

潘达洛斯　听！他们从战场上回来了。我们站在这儿高一点的地方，看他们回宫去好不好？好甥女，看一看吧，亲爱的克瑞西达。

克瑞西达　随您的便。

潘达洛斯　这儿，这儿，这儿有一块很好的地方，我们可以看得清清楚楚。他们走过的时候，我可以一个个把他们的名字告诉你，可是你尤其要注意特洛伊罗斯。

克瑞西达　说话轻一点。

　　　　　埃涅阿斯自台前走过。

潘达洛斯　那是埃涅阿斯；他不是一个好汉吗？我告诉你，他是特洛伊的一朵花。可是留心看特洛伊罗斯；他就要来了。

　　　　　安忒诺自台前走过。

克瑞西达　那个人是谁？

潘达洛斯　那是安忒诺；我告诉你，他是一个很有机智的人，也是一个很好的男子汉；他在特洛伊是一个顶有见识的人，他的仪表也很不错。特洛伊罗斯什么时候才来呢？特洛伊罗斯来的时候，我一定指给你看；他要是看见我，一定会向我点头招呼的。

克瑞西达　他会向你点头吗？

潘达洛斯　你看吧。

克瑞西达　那样的话，你就更成了个颠三倒四的呆子了。

　　　　　赫克托自台前走过。

潘达洛斯　那是赫克托,你瞧,你瞧,这才是个汉子!愿你胜利,赫克托!甥女,这才是个好汉。啊,勇敢的赫克托!瞧他的神气多么威武!他不是个好汉吗?

克瑞西达　啊!真是个好汉。

潘达洛斯　不是吗?看见了这样的人,真叫人心里高兴。你瞧他盔上有多少刀剑的痕迹!瞧那里,你看见吗?瞧,瞧,这不是说笑话;那一道一道的,好像在说,有本领的,把我挑下来吧!

克瑞西达　那些都是刀剑割破的吗?

潘达洛斯　刀剑?他什么都不怕;即使魔鬼来找他,他也不放在心上。看见了这样的人,真叫人心里高兴。你瞧,那不是帕里斯来了吗?那不是帕里斯来了吗?

　　　　帕里斯自台前走过。

潘达洛斯　甥女,你瞧;他不也是个英俊的男子吗?哎哟,瞧他多神气!谁说他今天受了伤回来?他没有受伤;海伦看见了一定很高兴,哈哈!我希望现在就看见特洛伊罗斯!那么你也就可以看见特洛伊罗斯了。

克瑞西达　那是谁?

　　　　赫勒诺斯自台前走过。

潘达洛斯　那是赫勒诺斯。我不知道特洛伊罗斯到什么地方去了。那是赫勒诺斯。我想他今天大概没有出来。那是赫勒诺斯。

克瑞西达　赫勒诺斯会不会打仗,舅舅?

潘达洛斯　赫勒诺斯?不,是,他还能应付两下。我不知道特洛伊罗斯到什么地方去了。听!你不听见人们在喊"特洛伊罗斯"吗?赫勒诺斯是个祭司。

克瑞西达　那边来的那个鬼鬼祟祟的家伙是谁?

　　　　　特洛伊罗斯自台前走过。

潘达洛斯　什么地方？那儿吗？那是得伊福玻斯。啊，那是特洛伊罗斯！甥女，这才是个好汉子！嘿！勇敢的特洛伊罗斯！骑士中的魁首！

克瑞西达　别说啦！不害羞吗？别说啦！

潘达洛斯　瞧着他，留心瞧着他；啊，勇敢的特洛伊罗斯！甥女，好好瞧着他；瞧他的剑上沾着多少血，他盔上的刀伤剑痕比赫克托的盔上还要多；瞧他的神气，瞧他走路的姿势！啊，可钦佩的少年！他还没有满二十三岁哩。愿你胜利，特洛伊罗斯，愿你胜利！要是我有一个姊妹是女神，或是有一个女儿是天仙，我也愿意让他自己选一个去。啊，可钦佩的男子！帕里斯？嘿！帕里斯比起他来简直泥土不如；我可以大胆说一句，海伦要是能够把帕里斯换了特洛伊罗斯，就是叫她挖出一颗眼珠来她也心甘情愿。

克瑞西达　又有许多人来了。

　　　　　众兵士自台前走过。

潘达洛斯　驴子！傻瓜！蠢材！麸皮和糠屑，麸皮和糠屑！大鱼大肉以后的稀粥！我可以在特洛伊罗斯的眼面前度过我的一生。别瞧啦，别瞧啦；鹰隼已经过去，现在就剩了些乌鸦，就剩了些乌鸦了！我宁愿做一个像特洛伊罗斯那样的男子，不愿做阿伽门农以及整个的希腊。

克瑞西达　在希腊人中间有一个阿喀琉斯，他比特洛伊罗斯强得多啦。

潘达洛斯　阿喀琉斯！他只好推推车子，扛扛东西，他简直是一匹骆驼。

克瑞西达　好，好。

潘达洛斯　"好，好"！嘿，难道你一点不懂得好坏吗？难道你没有眼睛吗？你不知道怎样才算一个好男子吗？家世、容貌、体格、谈吐、勇气、学问、文雅、品行、青春、慷慨，这些岂不都足以加强一个男子的美德吗？

克瑞西达　是呀，这样简直是以人为脍啦；烤成了一只去骨鸡，那还有什么骨气可言。

潘达洛斯　你在女人中间也正是这样一个角色啰，谁也不知道你采用了一套什么护身符。

克瑞西达　我靠在背上好保卫我的肚子；靠我的聪明好守住我肚子里的玩意儿；靠我守住秘密好保持我的清白；靠我的面罩好卫护我的美貌；我还靠着你来保卫这一切：这就是我的一套护身法宝，招架着四面八方。

潘达洛斯　你且把你所招架的一面一方说来听听。

克瑞西达　嘿，首先就是把你看紧；这是其中最重要的一点。我如果不能抵御对方的袭击，至少可以注意到你的把戏，不让你看出我是怎样接住那横刺的剑头，除非我被击中受伤，那就藏也无从藏起了。

潘达洛斯　你真也算得一个。

　　　　　特洛伊罗斯侍童上。

侍童　老爷，我的主人请您马上过去，有事相谈。

潘达洛斯　在什么地方？

侍童　就在您府上；他就在那里脱下他的盔甲。

潘达洛斯　好孩子，对他说我就来。（*侍童下*）我不知道他有没有受伤。再见，好甥女。

克瑞西达　再见，舅舅。

潘达洛斯　甥女，等会儿我就来看你。

克瑞西达　舅舅，您要带些什么来呢？

潘达洛斯　啊，我要带一件特洛伊罗斯的礼物给你。

克瑞西达　那么您真是个氤氲使者了。（潘达洛斯下）言语、盟誓、礼物、眼泪以及恋爱的全部祭礼，他都借着别人的手向我呈献过了；然而我从特洛伊罗斯本身所看到的，比之从潘达洛斯的谀辞的镜子里所看到的，还要清楚千倍。可是我却还不能就答应他。女人在被人追求的时候是个天使；无论什么东西，一到了人家手里，便一切都完了；无论什么事情，也只有正在进行的时候兴趣最为浓厚。一个被人恋爱的女子，要是不知道男人重视未获得的事物，甚于既得的事物，她就等于一无所知；一个女人要是以为恋爱在达到目的以后，还是像热情未获满足以前一样的甜蜜，那么她一定从来不曾有过恋爱的经验。所以我从恋爱中间归纳出这一句箴言：既得之后是命令，未得之前是请求。虽然我的心里装满了爱情，我却不让我的眼睛泄露我的秘密。（克瑞西达、亚历山大同下。）

第三场　希腊营地。阿伽门农帐前

吹号；阿伽门农、涅斯托、俄底修斯、墨涅拉俄斯及余人等上。

阿伽门农　各位王子，你们的脸上为什么都这样郁郁不乐？希望所给我们的远大计划，并不能达到我们的预期；我们雄心勃勃的行为，发生了种种阻碍困难，正像壅结的树瘿扭曲了松树的纹理，妨害了它的发展。各位王子，你们都知道我们这次远征，把特洛伊城围困了七年，却还不能把它攻克下来；我们每一次的进攻，都不能收到理想的效果。你们看到了这样的成绩，满脸羞愧，认为是莫大的耻辱吗？实在说起来，那不过是伟大的乔武的一个长时期的考验，故意试探我们人类有没有恒心。人们在被命运眷宠的时候，勇、怯、强、弱、智、愚、贤、不肖，都看不出什么分别来；可是一旦为幸运所抛弃，开始涉历惊涛骇浪的时候，就好像有一把有力的大扇子，把他们扇开了，柔弱无用的都被扇去，有毅力、有操守的却会卓立不动。

涅斯托　伟大的阿伽门农，恕我不揣冒昧，说几句话补充你的意思。在命运的颠沛中，最可以看出人们的气节：风平浪静的时候，有多少轻如一叶的小舟，敢在宁谧的海面上行驶，和那些载重的大船并驾齐驱！可是一等到风涛怒作的时候，你就可以看见那坚固的大船像一匹凌空的天马，从如山的雪浪里腾跃疾进；那凭着自己单薄脆弱的船身，便想和有力者竞胜的不自量力的小舟呢，不是逃进港口，便是葬身在海神的腹中。表面的勇敢和实际的威武，也正是这样在命运的风浪中区别出来：在和煦的阳光照耀之下，迫害牛羊的不是猛虎而是蝇虻；可是当烈风吹倒了多节的橡树，蝇虻向有荫庇的地方纷纷飞去的时候，那山谷中的猛虎便会应和着天风的怒号，发出惊人的长啸，正像一个叱咤风云的志士，不肯在命运的困迫之前低头一样。

俄底修斯　阿伽门农，伟大的统帅，整个希腊的神经和脊骨，我们全军的灵魂和主脑，听俄底修斯说几句话。对于你从你崇高的领导地位上所发表的有力的言词，以及你，涅斯托，凭着你的老成练达的人生经验所提出的可尊敬的意见，我只有赞美和同意；你的话，伟大的阿伽门农，应当刻在高耸云霄的铜柱上，让整个希腊都瞻望得到；你的话，尊严的涅斯托，应当像天轴地柱一样，把所有希腊人的心系束在一起；可是请你们再听俄底修斯说几句话。

阿伽门农　说吧，伊塔刻的王子；从你的嘴里吐出来的，一定不会是琐屑的空谈，无聊的废话，正像下流的忒耳西忒斯一张开嘴，我们便知道不会有音乐、智慧和天神的启示一样。

俄底修斯　特洛伊至今兀立不动，没有给我们攻下，赫克托的宝剑仍旧在它主人的手里，这都是因为我们漠视了军令的森严所致。看这一带大军驻屯的阵地，散布着多少虚有其表的营寨，谁都怀着各不相下的私心。大将就像是一个蜂房里的蜂王，要是采蜜的工蜂大家各自为政，不把采得的粮食归献蜂王，那么还有什么蜜可以酿得出来呢？尊卑的等级可以不分，那么最微贱的人，也可以和最有才能的人分庭抗礼了。诸天的星辰，在运行的时候，谁都恪守着自身的等级和地位，遵循着各自的不变的轨道，依照着一定的范围、季候和方式，履行它们经常的职责；所以灿烂的太阳才能高拱出天，洞察寰宇，纠正星辰的过失，揭恶扬善，发挥它的无上威权。可是众星如果出了常轨，陷入了混乱的状态，那么多少的灾祸、变异、叛乱、海啸、地震、风暴、惊骇、恐怖，将要震撼、摧裂、破坏、毁灭这宇宙间的和谐！纪律是达到一切雄图的阶梯，要是纪律发生动摇，啊！那时候事业的前途也就变成黯淡了。要是没有纪律，社会上的秩序怎么得以稳定？学校中的班次怎么得以整齐？城市中的和平怎么得以保持？各地间的贸易怎么得以畅通？法律上所规定的与生俱来的特权，以及尊长、君王、统治者、胜利者所享有的特殊权利，怎么得以确立不坠？只要把纪律的琴弦拆去，听吧！多少刺耳的噪音就会发出来；一切都是互相抵触；江河里的水会泛滥得高过堤岸，淹没整个的世界；强壮的要欺凌老弱，不孝的儿子要打死他的父亲；威力将代替公理，没有是非之分，也没有正义存在。那时候权力便是一切，而凭仗着权力，便可以逞着自己的意志，放纵无厌的贪欲；欲望，这一头贪心不足的饿狼，得到了意志和权力的两重辅佐，势必至于把全世界供它的馋吻，然后把自己也吃下去。伟大的阿伽门农，这一种混乱的状态，只有在纪律被人扼杀以后才会发生。就是因为漠视了纪律，有意前进的才反而会向后退却。主帅被他属下的将领所轻视，那将领又被他的属下所轻视，这样上行下效，谁都瞧不起他的长官，结果就引起了猜忌争竞的心理，损害了整个军队的元气。特洛伊所以至今兀立不动，不是靠着它自己的力量，乃是靠着我们的这一种弱点；换句话说，它的生命是全赖我们的弱点替它支持下来的。

涅斯托　俄底修斯已经很聪明地指出了我们的士气所以不振的原因。

阿伽门农　俄底修斯，病源已经发现了，那么应当怎样对症下药呢？

俄底修斯　公认为我军中坚的阿喀琉斯，因为听惯了人家的赞誉，养成了骄矜自负的心理，常常高卧在他的营帐里，讥笑着我们的战略；还有帕特洛克罗斯也整天陪着他懒洋洋地躺在一起，说些粗俗的笑话，用荒唐古怪的动作扮演着我们，说是模拟我们的神气。有时候，伟大的阿伽门农，他模仿着崇高的你，像一个高视阔步的伶人似的，走起路来脚底下发出蹬蹬的声响，用这种可怜又可笑的夸张的举止，表演着你的庄严的形状；当他说话的时候，就像一串哑钟的声音，发出一些荒诞无稽的怪话。魁梧的阿喀琉斯听见了这腐臭的一套，就会笑得在床上打滚，从他的胸口笑出了一声洪亮的喝彩："好哇！这正是阿伽门农。现在再给我扮演涅斯托；咳嗽一声，摸摸你的胡须，就像他正要发表什么演说一样。"帕特洛克罗斯就这样扮了，扮得一点也不像，可是阿喀琉斯仍旧喊着，"好哇！这正是涅斯托。现在，帕特洛克罗斯，给我表演他穿上盔甲去抵御敌人夜袭的姿态。"于是老年人的弱点，就成为他们的笑料：咳一声嗽，吐一口痰，瘫痪的手乱抓乱摸着领口的纽钉。我们的英雄看见了这样的把戏，简直要笑死了，他喊着，"啊！够了，帕特洛克罗斯；我的肋骨不是钢铁打的，你再扮下去，我要把它们一起笑断了。"他们这样嘲笑着我们的能力、才干、性格、外貌，各个的和一般的优长；我们的进展、计谋、命令、防御、临阵的兴奋、议和的言论，我们的胜利或失败，以及一切真实的或无中生有的事实，都被这两人引作信口雌黄的题目。

涅斯托　许多人看着这两个人的榜样，也沾上了这种恶习。埃阿斯也变得执拗起来了，他那目空一切的神气，就跟阿喀琉斯没有两样；他也照样在自己的寨中独张一帜，聚集一班私党饮酒喧哗，大言无忌地辱骂各位将领；他手下有一个名叫忒耳西忒斯的奴才，一肚子都是骂人的言语，他就纵容着他把我们比得泥土不如，使军中对我们失去了信仰，也不管这种言论会引起多么危险的后果。

俄底修斯　他们斥责我们的政策，说它是懦怯；他们以为在战争中间用不着智慧；先见之明是不需要的，唯有行动才是一切；至于怎样调遣适当的军力，怎样测度敌人的强弱，这一类运筹帷幄的智谋，在他们的眼中都不值一笑，认为只是些痴人说梦，纸上谈兵；所以在他们看来，一辆凭着它的庞大的蛮力冲破城墙的战车，它的功劳远过于制造这战车的人，也远过于运用他们的智慧指挥它行动的人。

涅斯托　我们如果承认这一点，那就是说，阿喀琉斯的战马也比得上许多希腊的英雄了。（喇叭奏花腔。）

阿伽门农　这是哪里来的喇叭声音？墨涅拉俄斯，你去瞧瞧。

墨涅拉俄斯　是从特洛伊来的。

　　　　埃涅阿斯上。

阿伽门农　你到我们的帐前来有什么事？

埃涅阿斯　请问一声，这就是伟大的阿伽门农的营寨吗？

阿伽门农　正是。

埃涅阿斯　我是一个使者，也是一个王子，可不可以让我把一个善意的音信传到他的尊贵的耳中？

阿伽门农　当着全体拥戴阿伽门农为他们统帅的希腊将士面前，我给你比阿喀琉斯的手臂更坚强的保证，你可以对他说话。

埃涅阿斯　谢谢你给我这样宽大的允许和保证。可是一个异邦人怎么可以从这许多人中间，辨别出哪一个是他们最尊贵的领袖呢？

阿伽门农　怎么！

埃涅阿斯　是的，我这样问是因为我要让我的脸上呈现出一种恭敬的表情，叫我的颊上露出一重羞愧的颜色，就像黎明冷眼窥探着少年的福玻斯一样。哪一位是指导世人的天神，尊贵威严的阿伽门农？

阿伽门农　这个特洛伊人在嘲笑我们；否则特洛伊人就都是些善于辞令的朝士。

埃涅阿斯　在和平的时候，他们是以天使般的坦白、文雅温恭而著称的朝士；可是当他们披上甲胄的时候，他们有的是无比的胆量、精良的武器、强健的筋骨、锋利的刀剑，什么也比不上他们的勇敢。可是住口吧，埃涅阿斯！赞美倘然从被赞美者自己的嘴里发出，是会减去赞美的价值的；从敌人嘴里发出的赞美，才是真正的光荣。

阿伽门农　特洛伊的使者，你说你的名字是埃涅阿斯吗？

埃涅阿斯　是，希腊人，那是我的名字。

阿伽门农　你来有什么事？

埃涅阿斯　恕我，将军，我必须向阿伽门农当面说知我的来意。

阿伽门农　从特洛伊带来的消息,他必须公之于众人。

埃涅阿斯　我从特洛伊奉命来此,并不是来向他耳边密语的;我带了一个喇叭来,要吹醒他的耳朵,唤起他的注意,然后再让他听我的话。

阿伽门农　请你像风一样自由地说吧,现在不是阿伽门农酣睡的时候;特洛伊人,你将要知道他是清醒着,因为这是他亲口告诉你的。

埃涅阿斯　喇叭,高声吹起来吧,把你的响亮的声音传进这些怠惰的营帐;让每一个有骨气的希腊人知道,特洛伊的意旨是要用高声宣布出来的。(喇叭吹响)伟大的阿伽门农,在我们特洛伊有一位赫克托王子,普里阿摩斯是他的父亲,他在这沉闷的长期的休战中,感到了胼肉复生的悲哀;他叫我带了一个喇叭来通知你们:各位贤王、各位王子、各位将军!要是在希腊的济济英才之中,有谁重视荣誉甚于安乐;有谁为了博取世人的赞美,不惜冒着重大的危险;有谁信任着自己的勇气,不知道世间有可怕的事;有谁爱恋自己的情人,不仅会在他所爱的人面前发空言,并且也敢在别人面前用武力证明她的美貌和才德:要是有这样的人,那么请他接受赫克托的挑战。赫克托愿意当着特洛伊人和希腊人的面前,用他的全力证明他有一个比任何希腊人所曾经拥抱过的更聪明、更美貌、更忠心的爱人;明天他要在你们的阵地和特洛伊的城墙之间的地带,用喇叭声唤起一个真心爱自己情人的希腊人前来,赫克托愿意和他一决胜负;倘然没有这样的人,那么他要回到特洛伊去向人家说,希腊的姑娘们都是又黑又丑,不值得为她们一战。这就是他叫我来说的话。

阿伽门农　埃涅阿斯将军,这番话我可以去告诉我们军中的情人们;要是我们军中没有这样的人,那么我们一定把这样的人都留在国内了。可是我们都是军人；一个军人要是不想恋爱、不曾恋爱或者不是正在恋爱，他一定是个卑怯的家伙！我们中间倘有一个正在恋爱，或者曾经恋爱过的，或者准备恋爱的人，他可以接受赫克托的挑战；要是没有别人，我愿意亲自出马。

涅斯托　对他说有一个涅斯托，在赫克托的祖父还在吃奶的时候就是个汉子了，他现在虽然上了年纪，可是在我们希腊军中，倘然没有一个胸膛里燃着一星光荣的火花，愿意为他的恋人而应战的勇士，你就去替我告诉他，我要把我的银须藏在黄金的面甲里，凭着我这一身衰朽的筋骨，也要披上甲胄，和他在战场上相见；我要对他说我的爱人比他的祖母更美，全世界没有比她更贞洁的女子；为了证明这一个事实，我要用我仅余的两三滴老血，和他的壮年的盛气决一高下。

埃涅阿斯　天哪！难道年轻的人这么少，一定要您老人家上阵吗？

俄底修斯　阿门。

阿伽门农　埃涅阿斯将军，让我搀着您的手，先带您到我们大营里看看，阿喀琉斯必须知道您这次的来意；各营各寨，每一个希腊将领，也都要一体传闻。在您回去以前，我们还要请您喝杯酒儿，表示我们对于一个高贵的敌人的敬礼。（除俄底修斯、涅斯托外同下。）

俄底修斯　涅斯托！

涅斯托　你有什么话，俄底修斯？

俄底修斯　我想起了一个幼稚的念头；请您帮我斟酌斟酌。

涅斯托　你想起些什么？

俄底修斯　我说，钝斧斩硬节，阿喀琉斯骄傲到这么一个地步，倘不把他及时挫折一下，让他的骄傲的种子播散开去，恐怕后患不堪设想。

涅斯托　那么你看应当怎么办？

俄底修斯　赫克托的这一次挑战虽然没有指名叫姓，实际上完全是对阿喀琉斯而发的。

涅斯托　他的目的很显然；我们在宣布他挑战的时候，应当尽力使阿喀琉斯明白——即使他的头脑像利比亚沙漠一样荒凉——赫克托的意思里是以他为目标的。

俄底修斯　您以为我们应当激他一下，叫他去应战吗？

涅斯托　是的，这是最适当的办法。除了阿喀琉斯以外，谁还能从赫克托的手里夺下胜利的光荣来呢？虽然这不过是一场游戏的斗争，可是从这回试验里，却可以判断出两方实力的高低；因为特洛伊人这次用他们最优秀的将才来试探我们的声威；相信我，俄底修斯，我们的名誉在这场儿戏的行动中将要遭受严峻的考验，结果如何，虽然只是一时的得失，但一隅可窥全局，未来的重大演变，未始不可以从此举的结果观察出来。前去和赫克托决战的人，在众人的心目中必须是从我们这里挑选出来的最有本领的人物，为我们全军的灵魂所寄，就好像他是从我们各个人的长处中提炼出来的精华；要是他失败了，那得胜的一方岂不将勇气百倍，格外加强他们的自信，即使单凭着一双赤手，也会出入白刃之间而不知恐惧吗？

俄底修斯　恕我这样说，我以为唯其如此，所以不能让阿喀琉斯去接受赫克托的挑战。我们应当像商人一样，尽先把次货拿出来，试试有没有脱售的可能；要是次货卖不出去，然后再把上等货色拿出来，那么在相形之下，更可以显出它的光彩。不要容许赫克托和阿喀琉斯交战，因为我们全军的荣辱，虽然系此一举，可是无论哪一方面得胜，胜利的光荣总不会属于我们的。

涅斯托　我老糊涂了，不能懂得你的意思。

俄底修斯　阿喀琉斯倘不是这样骄傲，那么他从赫克托手里取得的光荣，也就是我们共同的光荣；可是他现在已经是这样傲慢不逊，倘使赫克托也不能取胜于他，那他一定会更加目空一世，在他侮蔑的目光之下，我们都要像置身于非洲的骄阳中一样汗流浃背了；要是他失败了，那么他是我们的首将，他的耻辱当然要影响到我们全军的声誉。不，我们还是采取抽签的办法，预先安排好让愚蠢的埃阿斯抽中，叫他去和赫克托交战；我们私下里再竭力捧他一下，恭维他的本领比阿喀琉斯还强，那对于我们这位戴惯高帽子的大英雄可以成为一服清心的药剂，把他冲天的傲气挫折几分。要是这个没有头脑的、愚蠢的埃阿斯奏凯而归，我们不妨替他大吹特吹；要是他失败了，那么他本来不是什么了不得的人物，也不算丢了我们的脸。不管胜负如何，我们主要的目的，是要借埃阿斯的手，压下阿喀琉斯的气焰。

涅斯托　俄底修斯，你的意思果然很好，我可以先去向阿伽门农说说；我们现在就去找他吧。制伏两条咬人的恶犬，最好的办法是请它们彼此相争，骄傲便是挑拨它们搏斗的一根肉骨。

（同下。）

第二幕

第一场　希腊营地的一部分

埃阿斯及忒耳西忒斯上。

埃阿斯　忒耳西忒斯!

忒耳西忒斯　要是阿伽门农浑身长起毒疮来呢?

埃阿斯　忒耳西忒斯!

忒耳西忒斯　要是那些毒疮都出起脓来呢?

埃阿斯　狗!

忒耳西忒斯　那样他总该可以拿出些东西来了吧;我现在可没看见他拿出什么东西来。

埃阿斯　你这狼狗养的,你没听见吗?且叫你尝点味儿。(打忒耳西忒斯。)

忒耳西忒斯　整个希腊的瘟疫降在你身上,你这蠢牛一样的狗杂种将军!

埃阿斯　你再说,你这发霉的酵母,再说;我要打掉你这丑陋的皮囊。

忒耳西忒斯　我要骂开你那糊涂的心窍;可是我想等到你能够不

瞧着书本念熟一段祷告的时候,你的马也会背诵一篇演说了。你会打人吗?你这害血瘟症的!

埃阿斯　坏东西,把布告念给我听。

忒耳西忒斯　你这样打我,你以为我是没有知觉的吗?

埃阿斯　那布告上怎么说?

忒耳西忒斯　我想它说你是个傻瓜。

埃阿斯　你再说,野猪,你再说;我的手指头痒着呢。

忒耳西忒斯　我希望你从头上痒到脚上,让我把你浑身的皮都搔破了,叫你做一个全希腊顶讨人厌的癞皮花子。在你冲锋陷阵的时候,你就打不动了。

埃阿斯　我叫你把布告念给我听!

忒耳西忒斯　你一天到晚叽里咕噜地骂阿喀琉斯,因为他比你神气,所以你一肚子不舒服,就像一个丑妇瞧不惯别人长得比她好看一样;哼,你简直像狗一样地向他叫个不停。

埃阿斯　忒耳西忒斯老太太!

忒耳西忒斯　你可以打他呀。

埃阿斯　你这烘坏了的歪面包块儿!

忒耳西忒斯　他会像一个水手砸碎一块硬面包似的,一拳头就把你打得血肉横飞。

埃阿斯　你这婊子生的贱狗!(打忒耳西忒斯。)

忒耳西忒斯　你打,你打。

埃阿斯　你这替妖精垫屁股的凳子!

忒耳西忒斯　好,你打,你打;你这糊涂将军!我的臂弯里也比你有更多的头脑;一头蠢驴都可以做你的老师;你这下贱的莽驴子!他们叫你到这儿来打几个特洛伊人,你却给那些聪明人卖来卖去,好像一个蛮族的奴隶一般。要是你尽打我,我就从你的脚跟骂起,一寸一寸骂上去,一直骂到你的头顶,你这没有肚肠的东西,你!

埃阿斯　你这狗!

忒耳西忒斯　你这下贱的将军!

埃阿斯　你这恶狗!(打忒耳西忒斯。)

忒耳西忒斯　你这战神手下的白痴!你打,不讲理的东西;你打,蠢骆驼;你打,你打。

阿喀琉斯及帕特洛克罗斯上。

阿喀琉斯　啊,怎么,埃阿斯!你为什么打他?喂,忒耳西忒斯!怎么一回事?

忒耳西忒斯　你瞧他,你看见吗?

阿喀琉斯　我看见;是怎么一回事?

忒耳西忒斯　不,你再瞧瞧他。

阿喀琉斯　好;是怎么一回事?

忒耳西忒斯　不,你仔细瞧瞧他。

阿喀琉斯　好,我瞧过了。

忒耳西忒斯　可是你还没有把他瞧清楚;因为无论你把他当作什么人,他总是埃阿斯。

阿喀琉斯　那我也知道,傻瓜。

忒耳西忒斯　不错,可是那傻瓜却不知道他自己。

埃阿斯　所以我打你。

忒耳西忒斯　听,听,听,听,这还成什么话!简直是驴子的理由。我已经敲扁了他的脑袋,他倒还没有打痛我的骨头;我可以拿一个铜子去买九只麻雀,可是他的脑袋还不值一只麻雀的九分之一。我告诉你,阿喀琉斯,这家伙把思想装在肚子里,把大肠小肠一起塞在他的脑袋里,让我告诉你我怎么说他的。

阿喀琉斯　你怎么说的?

忒耳西忒斯　我说,这个埃阿斯——(埃阿斯举手欲打。)

阿喀琉斯　且慢，好埃阿斯。

忒耳西忒斯　他所有的一点点儿智慧——

阿喀琉斯　不，你不要动手。

忒耳西忒斯　还塞不满海伦的针眼，其实他还是为了这个海伦才来打仗的。

阿喀琉斯　住口，傻瓜！

忒耳西忒斯　我倒是想安安静静的，可是那傻瓜一定要跟我闹；瞧他，瞧他，你瞧。

埃阿斯　啊，你这该死的贱狗！我要——

阿喀琉斯　你何必跟一个傻瓜斗嘴呢？

忒耳西忒斯　不，他才不敢哩；他还斗不过一个傻瓜的嘴。

帕特洛克罗斯　说得好，忒耳西忒斯。

阿喀琉斯　为什么闹起来的？

埃阿斯　我叫这坏猫头鹰去替我看看布告上说些什么话，他就骂起我来了。

忒耳西忒斯　我又不是替你做事的。

埃阿斯　好，很好。

忒耳西忒斯　我是自己到这儿来的。

阿喀琉斯　你刚才到这儿来挨了打，不是自动的；没有人愿意挨打。埃阿斯才是自己来的，你却是不得已才来的。

忒耳西忒斯　哼，你也是条没脑子的蛮牛。赫克托要是把你们两个人的脑壳搥了开来，那才是个大笑话，因为这简直就跟搥碎一个空心的烂胡桃没有分别。

阿喀琉斯　怎么，忒耳西忒斯，你把我也骂起来了吗？

忒耳西忒斯　俄底修斯，还有那个涅斯托老头子，他们的头脑在你们的祖父还没有长脚爪的时候就已经发了霉了，把你们当作牛马一样驾驭，赶你们到战场上去替他们打仗。

阿喀琉斯　什么？什么？

忒耳西忒斯　是的，老实对你们说吧。哼，阿喀琉斯！哼，埃阿斯！哼！

埃阿斯　我要割下你的舌头。

忒耳西忒斯　没有关系，我被割下了舌头还比你会说话些。

帕特洛克罗斯　别多说啦，忒耳西忒斯；还不住口！

忒耳西忒斯　阿喀琉斯的走狗叫我别说话，我就闭上嘴吗？

阿喀琉斯　他骂到你身上来了，帕特洛克罗斯。

忒耳西忒斯　我要瞧你们像一串猪狗似的给吊死，然后我才会再踏进你们的营帐；我要去找一个有聪明人的地方住下，再不跟傻瓜们混在一起了。（下。）

帕特洛克罗斯　他去了倒也干净。

阿喀琉斯　埃阿斯，传谕全军的是这么一件事：赫克托要在明天早上五点钟的时候，在我们的营地和特洛伊城墙之间，以喇叭为号，召唤我们这儿的一个骑士去和他决战；要是谁敢宣称——我记不得那一套话，全是些胡说八道。再见。

埃阿斯　再见。那么派谁去应战呢？

阿喀琉斯　我不知道；那是要用抽签的办法来决定的；否则他们应该知道叫谁去的。

埃阿斯　啊，你的意思是说你自己。待我再去探听探听消息。（各下。）

第二场　特洛伊。普里阿摩斯宫中一室

普里阿摩斯、赫克托、特洛伊罗斯、帕里斯及赫勒诺斯上。

普里阿摩斯　抛掷了这许多时间、生命和言语以后，希腊军中的

涅斯托又向我们发出了这样的通牒:"把海伦交还我们,那么一切其他的损害,例如荣誉上的污辱,时间上的损失,人力物力的消耗,将士的伤亡,以及充填战争欲壑所消费的一切,都可以置之不问。"赫克托,你的意思怎样?

赫克托　就我个人而论,虽然我比谁都不怕这些希腊人,可是,尊严的普里阿摩斯,没有一个软心肠的女人会像我这样为了瞻望着不可知的前途而忧惧。太平景象最能带来一种危险,就是使人高枕无忧;所以适当的疑虑还是智者的明灯,是防患于未然的良方。放海伦回去吧;自从为了这一个问题开始掀动干戈以来,我们已经牺牲了无数的兵士,他们每一个人的生命都像海伦一样宝贵;要是我们丧亡了这许多同胞,去保卫一件既不属于我们、对于我们又没有多大价值的东西,那么我们凭着什么理由,拒绝把她交还给人家呢?

特洛伊罗斯　什么话!哥哥,你把我们伟大尊严的父王的荣誉,去和微贱的生命放在一个天平里称量吗?你要用算盘来计算出他无限的广大,用恐惧和理智的狭窄的分寸来束缚不可测度的巨人的腰身吗?呸,说这样丢脸的话!

赫勒诺斯　你这样痛斥理智是不足为奇的,因为你是个完全没有理智的人。是不是因为你说了这一套意气用事的话,我们的父王就不该用理智来处理他的事务了吗?

特洛伊罗斯　你还是去做梦打瞌睡吧,我的祭司哥哥;你满口都是大道理。我可以代你把你的这番大道理说出来:你知道敌人是要来加害于你的;你知道一柄出鞘的剑是危险的,按照理智,一个人应当明哲保身;所以赫勒诺斯一看见拿起了剑的希腊人,就会像一颗出了轨道的流星似的,借着理智的翅膀高飞远走,这还用得着奇怪吗?不,我们要是谈理智,那么还是关起大门睡觉吧。一个堂堂男子,要是让他的脑中塞满了理智，就会变成一个胆小怕事的懦夫，汩没了他的英勇的气概。

赫克托　兄弟，她是不值得我们费这么大代价保留下来的。

特洛伊罗斯　哪一样东西的价值不是按照着人们的估计而决定的？

赫克托　可是价值不能凭着私心的爱憎而决定；一方面这东西的本身必须确有可贵的地方，另一方面它必须为估计者所重视，这样它的价值才能确立。要是把隆重的祭礼去向一个卑微的神祇献祭，那就是疯狂的崇拜；偏执着私人的感情而不知辨别是非利害，那也是溺爱不明。

特洛伊罗斯　假如我今天娶了一个妻子，我的选择是取决于我的意志，我的意志是受我的耳目所左右；假如我在选定以后，我的意志重新不满于我的选择，那么我怎么可以避免既成的事实呢？一方面逃避责任，一方面又要不损害自己的荣誉，这样的事是不可能的。我们把绸缎污毁了以后，就不能再拿它向商家退换；我们也不因为已经吃饱，就把剩余的食物倒在肮脏的阴沟里。当初大家都赞成帕里斯去向希腊人报复；你们的一致同意鼓励了他的远行，善于捣乱的海浪和天风，也协力帮助他一帆风顺地到了他的目的地；为了希腊人俘虏了我们一个年老的姑母，他夺回了一个希腊的王妃作为交换，她的青春和娇艳掩盖了朝暾的美丽。我们为什么留住她不放？因为希腊人没有放还我们的姑母；她是值得我们保留的吗？啊，她是一颗明珠，它的高贵的价值，曾经掀动过千百个国王迢迢渡海而来，大家都要做一个觅宝的商人。你们不能不承认帕里斯的前去并不是失策，因为你们大家都喊着"去！去！"你们也不能不承认他带回了光荣的战利品，因为你们大家都拍手欢呼，说她的价值是不可估计的；那么你们现在为什么要诋毁从你们自己的智慧中产生的果实,把你们曾经估计为价值超过海洋和陆地的宝物重新贬斥得一文不值呢?啊!赃物已经偷了来了,我们却不敢把它保留下来,这才是最卑劣的偷窃!这样的盗贼是不配偷窃这样的宝物的。

卡珊德拉　(在内)痛哭吧,特洛伊人!痛哭吧!

普里阿摩斯　什么声音?谁在那儿喊叫?

特洛伊罗斯　这是我们那位发疯的姊妹,我听得出她的声音。

卡珊德拉　(在内)痛哭吧,特洛伊人!

赫克托　这是卡珊德拉。

　　　　卡珊德拉上,狂呼。

卡珊德拉　痛哭吧,特洛伊人!痛哭吧!借给我一万只眼睛,我要使它们充满先知的眼泪。

赫克托　安静些,妹妹,别闹!

卡珊德拉　少年的男女们,中年的、老年的人们,还有只会哭泣的荏弱的婴孩们,大家帮着我哭喊呀!让我们先付清一部分将来的重大的悲恸。痛哭吧,特洛伊人!痛哭吧!让你们的眼睛练习练习哭泣吧!特洛伊要化为一片平地,我们美好的宫殿要变成一堆瓦砾;我们那闯祸的兄弟帕里斯放了一把火,把我们一起烧成灰烬啦!痛哭吧,特洛伊人!痛哭吧!海伦是我们的祸根!痛哭吧,痛哭吧!特洛伊要烧起来啦,快把海伦放回去吧!(下。)

赫克托　特洛伊罗斯兄弟,你听了我们的姊妹这一种激昂的预言,难道一点都无动于衷吗?难道你的血液竟狂热得这样无可理喻,不知道师出无名,必遭天谴吗?

特洛伊罗斯　赫克托大哥,行动的是非曲直,只有从事实的发展上去判断,卡珊德拉的疯话,更不能打消我们的勇气;我们已经把我们各人的荣誉寄托在这一次战争里了,她的神经错乱的谵语，决不能抹杀我们行动的光明正大。拿我自己来说，我正像所有普里阿摩斯的儿子一样，什么都不能动摇我的决心；愿上帝唾弃我们中间那些畏首畏尾的懦夫！

帕里斯　要是我们不能贯彻始终，那么世人将要讥笑我的行动的轻率，也要讥笑你们决策的鲁莽；可是我指着天神为证，我因为得到你们完全的同意，才敢放胆行事，屏除一切恐惧，去进行这一个危险的计划；要不然单凭着这一双赤手空拳，能够做出什么事情来呢？一个人的匹夫之勇，怎么抵挡得了倾国之众的敌意呢？然而我可以说一句，要是我必须独自担当这些困难，要是我能够运用充分的权力，那么帕里斯决不从他已经做下的事情中缩回手来，也绝不会中途气馁。

普里阿摩斯　帕里斯，你的话说得完全像一个沉醉于自己的欢乐中的人；你自己吮吸着蜜糖，让人家去尝胆汁的苦味。我不敢恭维你的勇敢。

帕里斯　父王，我本来不敢独占这样一个美人所带来的欢乐，可是为了洗刷她的失身的羞辱，我不能不保持她的光荣的完整。要是现在因为迫于对方的威胁，再把她还给敌人，那对于这位被劫的王妃是一件多么不可容忍的罪恶，对于您的尊严是一个多大的污点，对于我又是一桩多么难堪的耻辱！难道像这样一种卑劣的思想，也会侵入您的高贵的心灵吗？在我们这儿即使是一个最凡庸的懦夫，为了保卫海伦的缘故，也会挺身而出，拔剑而起；无论怎样高贵的人，都愿意为海伦献身效命；她既然是这样一个绝世无双的美人，我们难道不应该为她而作战吗？

赫克托　帕里斯，特洛伊罗斯，你们两人的话都说得很好；可是你们对于我们现在讨论的问题不过作了一番文饰外表的诡辩，正像亚里士多德所说的那种不适宜于听讲道德哲学的年轻人一样。你们所提出的理由，只能煽动偏激的意气，不能作为抉择是非的标准；因为一个耽于欢乐或是渴于复仇的人，他的耳朵是比蝮蛇更聋，听不见正确的判断的。物各有主，这是造物的意旨；在一切人类关系之中，还有什么比妻子对于丈夫更亲近的？要是这一条自然的法律为感情所破坏，思想卓越的人因为被私心所蒙蔽，也对它悍然不顾，那么在每一个组织健全的国家里，都有一条制定的法律，抑制这一类悖逆的乱行。海伦既然是斯巴达的王妃，按照自然的和国家的道德法律，就应该把她还给斯巴达；错误已经铸成，倘再执迷不悟地坚持下去，那就大错而特错了。这是赫克托认为正确的见解；可是虽然这么说，我的勇敢的兄弟们，我仍旧赞同你们的意思，把海伦留下来，因为这是对于我们全体和各人的荣誉大有关系的。

特洛伊罗斯　你这句话才真说中了我们的本意；倘然这不过是一场意气之争，而不是因为重视我们的光荣，那么我也不愿为了保卫她的缘故，再洒一滴特洛伊的血。可是，尊贵的赫克托，她是一个光荣的题目，可以策励我们建立英勇卓绝的伟业，使我们战胜当前的敌人，树立万世不朽的声名；我相信即使有人给他整个世界的财富，勇敢的赫克托也不愿放弃这一个千载一时的机会。

赫克托　我愿意和你们通力合作，伟大的普里阿摩斯的英勇的后人。我已经向这些行动滞钝、党派分歧的希腊贵人提出挑战，惊醒他们昏睡的灵魂。我听说他们的主将只会睡觉不会管事，听任手下的将士们明争暗斗；也许我这一声怒吼，可以叫他觉醒过来。（同下。）

第三场　希腊营地。阿喀琉斯帐前

忒耳西忒斯上。

忒耳西忒斯　怎么，忒耳西忒斯！你把头都气昏了吗？埃阿斯这蠢象欺人太甚；他居然动手打人；可是他会打我，我就会骂他，总算也出了气了。要是颠倒过来，他骂我的时候我也可以打他，那才痛快呢！他妈的！我一定要去学会一些降神召鬼的法术，让我瞧见我的咒诅降在他身上。还有那个阿喀琉斯，也真是一尊好大炮。要是特洛伊一定要等这两个人去打下来，那么除非等到城墙自己坍倒。啊！你俄林波斯山上发射雷霆的乔武大神，还有你，蛇一样狡猾的麦鸠利，你们要是不能把他们所有的不过这么一点点儿的智慧拿去，那么还算什么万神之王，还算什么足智多谋？他们的智慧稀少得这样出奇，为了搭救一只粘在蜘蛛网上的飞虫，他们竟不知道除了拔出他们的刀剑来把蛛丝斩断以外还有什么别的办法。然后，我希望整个的军队都遭到灾殃；或者让他们一起害杨梅疮，因为他们在为一个婊子打仗，这是他们应得的报应。我的祷告已经说过了，让不怀好意的魔鬼去说他们吧。喂！阿喀琉斯将军！

帕特洛克罗斯上。

帕特洛克罗斯　是谁？忒耳西忒斯！好忒耳西忒斯，进来骂几句人给我们听吧。

忒耳西忒斯　要是我能够记得一枚镀金的铅币，我一定会想起你；可是那也不用说了，我要骂你的时候，只要提起你的名字就够了。但愿人类共同的咒诅,无知和愚蠢一起降在你的身上!上天保佑你终身得不到明师的指示,听不到教诲的启迪!让你的血气引导着你直到死去!等你死了的时候,替你掩埋的那位太太要是说你是一个漂亮的尸体,我就要再三发誓,说她除了掩埋害麻风病死的人以外,从来不曾掩埋过别的尸体。阿门。阿喀琉斯呢?

帕特洛克罗斯　什么!你也会虔诚起来吗?你刚才在祷告吗?

忒耳西忒斯　是的,上天听见了我的话!

　　　　　　阿喀琉斯上。

阿喀琉斯　谁在这儿?

帕特洛克罗斯　忒耳西忒斯,将军。

阿喀琉斯　哪儿?哪儿?你来了吗?啊,我的干酪,我的开胃的妙药,你为什么不常常到我的餐桌上来吃饭呢?来,告诉我阿伽门农是什么?

忒耳西忒斯　你的主帅,阿喀琉斯。告诉我,帕特洛克罗斯,阿喀琉斯是什么?

帕特洛克罗斯　你的主人,忒耳西忒斯。再请你告诉我,你自己是什么?

忒耳西忒斯　我是知道你的人,帕特洛克罗斯。告诉我,帕特洛克罗斯,你是什么?

帕特洛克罗斯　你知道我,就不用问了。

阿喀琉斯　啊,你说,你说。

忒耳西忒斯　我可以把整个问题演绎下来。阿伽门农指挥阿喀琉斯;阿喀琉斯是我的主人;我是知道帕特洛克罗斯的人;帕特洛克罗斯是个傻瓜。

帕特洛克罗斯　你这混蛋!

忒耳西忒斯　闭嘴,傻瓜!我还没有说完呢。

阿喀琉斯　他是一个有谩骂特权的人。说下去吧，忒耳西忒斯。

忒耳西忒斯　阿伽门农是个傻瓜；阿喀琉斯是个傻瓜；忒耳西忒斯是个傻瓜；帕特洛克罗斯已经说过了是个傻瓜。

阿喀琉斯　来，把你的理由推论出来。

忒耳西忒斯　阿伽门农倘不是个傻瓜，他就不会指挥阿喀琉斯；阿喀琉斯倘不是个傻瓜，他就不会受阿伽门农的指挥；忒耳西忒斯倘不是个傻瓜，他就不会侍候这样一个傻瓜；帕特洛克罗斯不用说啦，当然是个傻瓜。

帕特洛克罗斯　为什么我是个傻瓜？

忒耳西忒斯　那你该去问那造下你来的上帝。我只要知道你是个傻瓜就够了。瞧，谁来啦？

阿喀琉斯　帕特洛克罗斯，我不想跟什么人说话。跟我进来，忒耳西忒斯。（下。）

忒耳西忒斯　全是些捣鬼的家伙！争来争去不过是为了一个王八和一个婊子，结果弄得彼此猜忌，白白损失了多少人的血。但愿战争和奸淫把他们一起抓了去！（下。）

　　　　　阿伽门农、俄底修斯、涅斯托、狄俄墨得斯及埃阿斯上。

阿伽门农　阿喀琉斯呢？

帕特洛克罗斯　在他的帐里，元帅；可是他的身子不大舒服。

阿伽门农　你去对他说，我在这儿。他辱骂我的使者，现在我又卑躬屈节地来拜访他；你对他说吧，叫他不要以为我不敢在他面前提起我的地位，也不要以为我不知道我自己的身份。

帕特洛克罗斯　我就照这样对他说。（下。）

俄底修斯　我们刚才看见他站在营帐的前面；他没有病。

埃阿斯　他害的是狮子的病，骄傲是他的病根。你们要是喜欢这个人，那么也可以说是一种忧郁症；可是照我说起来，完全是骄傲。他凭着什么理由这样骄傲呢？元帅，我对你说句话。

（拉阿伽门农立一旁。）

涅斯托　埃阿斯为什么这样骂他？

俄底修斯　阿喀琉斯把他的弄人骗去了。

涅斯托　谁，忒耳西忒斯吗？

俄底修斯　正是他。

涅斯托　那很好，我们希望看见他们分裂，不希望看见他们勾结；可是为了这样一个傻子就会叫他们彼此不和，那么他们的友谊也实在太巩固了。

俄底修斯　智慧联络不起来的好感，愚蠢一下子就会把它打破。帕特洛克罗斯来了。

　　　　　帕特洛克罗斯重上。

涅斯托　阿喀琉斯没有跟他来。

俄底修斯　巨象的腿是为步行用的，不是为屈膝用的。

帕特洛克罗斯　阿喀琉斯叫我回复元帅，要是元帅的大驾光临敝寨，除了游玩以外还有其他的目的，那么他真是抱歉万分；他希望您不过是因为要在饭后活活筋骨，助助消化，所以才出来散散步的。

阿伽门农　听着，帕特洛克罗斯，他这种语含讥讽的推托，我们早就听厌了。他这个人不是没有可取的地方，可是因为自恃己长的缘故，他的优点已经开始在我们的眼中失去光彩，正像一枚很好的鲜果，因为放在龌龊的盆子里，没有人要去吃它，只好听任它腐烂。你去对他说，我们要来找他说话；你尽管大胆告诉他，说我们认为他太骄傲，也不够爽气，自以为了不起，其实说不上什么明智；他故意摆出一股威风，装模作样，目中无人，反而自鸣得意；他横行霸道，喜怒无常，好像天下大事都要由他摆布。你去把这些话告诉他，要是他把自己估价得这么高，那么我们也用不着他这么一个人，只好让他像一架无法拖曳的重炮一样，搁在武器库里生锈；对他说，我们宁愿重用一个活跃的侏儒，不要一个贪睡的巨人。

帕特洛克罗斯　是，我就去这样对他说，把他的回音立刻带出来。（下。）

阿伽门农　我们是来找他说话的，一定要听到他亲口的答复。俄底修斯，你进去。（俄底修斯下。）

埃阿斯　他有什么胜过别人的地方？

阿伽门农　他不过自以为比别人了不起罢了。

埃阿斯　他竟这样了不起吗？您想他是不是以为他比我强？

阿伽门农　那是没有问题的。

埃阿斯　您也跟他有同样的见解，认为他比我强吗？

阿伽门农　不，尊贵的埃阿斯，你跟他一样强，一样勇敢，一样聪明，一样高贵，可是你比他脾气好得多，也比他更听号令。

埃阿斯　一个人为什么要骄傲？骄傲的心理是怎么起来的？我就不知道什么是骄傲。

阿伽门农　埃阿斯，你的头脑比他明白，你的人格也比他高尚。一个骄傲的人，结果总是在骄傲里毁灭了自己。他一味对镜自赏，自吹自擂，遇事只顾浮夸失实，到头来只是事事落空而已。

埃阿斯　我讨厌一个骄傲的人，就像讨厌一窠癞蛤蟆一样。

涅斯托　（旁白）可是他却不讨厌他自己；这不是很奇怪吗？

俄底修斯重上。

俄底修斯　阿喀琉斯明天不愿上阵。

阿伽门农　他有什么理由？

俄底修斯　他也不讲什么理由，只逞着自己的性子，一味执拗，把什么人都不放在眼里。

阿伽门农　我们再三请他，为什么他总不出来？

俄底修斯　正因为我们前来移樽就教,他便妄自尊大起来,把草纸当文书;他好比着了迷似的,甚至连自己嘴里出一口气都不得平静。我们这位阿喀琉斯是如此自命不凡,连他的思想与行动也互相仇视,自相残杀,使他不能自主。我该怎么说呢?他的骄傲确已病入膏肓,无可救药了。

阿伽门农　让埃阿斯去叫他出来。将军,你到他帐里去看看他;听说他对你的感情不错,也许你去请他,他会却不过你的情面。

俄底修斯　啊,阿伽门农!不要这样。我们应当让埃阿斯离开阿喀琉斯越远越好。这个骄悍的将军用傲慢塞住了自己的心窍,眼睛里只有自己没有别人,难道我们反要叫一个更被我们敬重的人去向他礼拜吗?不,我们不能让这位比他尊贵三倍的、勇武超群的将军污损了他的血战得来的光荣;他的才能并不在阿喀琉斯之下,为什么要叫他贬低身份去向阿喀琉斯央求呢?那不过格外助长他的骄傲的气焰罢了。叫这位将军去看他!不,天神不容许这样的事,天神会用雷鸣一样的声音怒吼着说,"叫阿喀琉斯出来见他!"

涅斯托　(旁白)啊!这样很好,说到他的心窝里去了。

狄俄墨得斯　(旁白)瞧他一声不响地听得多么出神!

埃阿斯　要是我去看他,我要一拳打歪他的脸。

阿伽门农　啊,不!你不要去。

埃阿斯　要是他对我神气活现,我可老实不客气要教训他一下。让我去看他。

俄底修斯　不,用不着惊动你去。

埃阿斯　下贱的、放肆的家伙!

涅斯托　(旁白)他把自己形容得一点不错!

埃阿斯　他不能客气一点吗?

俄底修斯　(旁白)乌鸦也会骂别人太黑!

埃阿斯　我要叫他的傲气变成鲜血。

阿伽门农　（旁白）他自己原是病人，倒去当起医生来了。

埃阿斯　要是大家的思想都跟我一样——

俄底修斯　（旁白）那么世上没有聪明人了。

埃阿斯　——一定不让他放肆到这个地步；他要是装腔作势，就叫他吞下他的刀子。

涅斯托　（旁白）果真如此，你也得同他平分秋色呢。

俄底修斯　（旁白）半斤八两。

埃阿斯　尽管他是个铁铮铮的硬汉，我也要把他揉做面团。

涅斯托　（旁白）他的热度还不是顶高；再恭维他几句，把他的野心扇起来。

俄底修斯　（向阿伽门农）元帅，你太容忍他了。

涅斯托　尊贵的元帅，不要这样做。

狄俄墨得斯　你必须准备不靠阿喀琉斯的力量去和特洛伊人作战。

俄底修斯　就是因为人家把他的名字挂在嘴边，所以养成了他的骄傲。我倒想起了一个人——可是他就在我们眼前，我还是不说了吧。

涅斯托　你为什么不说呢？他又不像阿喀琉斯一样争强好胜。

俄底修斯　整个世界都知道他是跟阿喀琉斯一样勇敢的。

埃阿斯　婊子养的畜生！在我们面前摆他的臭架子！但愿他是个特洛伊人！

涅斯托　要是埃阿斯现在也像他一样古怪——

俄底修斯　像他一样傲慢——

狄俄墨得斯　像他一样的喜欢人家奉承——

俄底修斯　像他一样的坏脾气——

狄俄墨得斯　像他一样的目中无人、妄自尊大——

俄底修斯　感谢上天，将军，你的天性是这样仁厚；那生下你的令尊、乳哺你的令堂，真是应该赞美；教你念书的那位先生，愿他名垂万世；你那非博学所能几及的天赋聪明，更可与日月争光；至于传授你武艺的那位师傅，那么他是应该和战神马斯并享千秋的；讲到你的神勇，那么力举全牛的迈罗①，也不得不向强壮的埃阿斯甘拜下风。我用不着称赞你的智慧，那是像一道围墙、一堵堤岸，包围着你的广大丰富的才能。咱们这位涅斯托老将军眼睛里见过的多，自然智慧超人一等；可是对不起，涅斯托老爹，要是您也像埃阿斯一样年轻，您的教育也不过像他一样，那么您的智慧也绝不会超过他的。

埃阿斯　我拜您做干爹吧。

俄底修斯　好，我的好儿子。

狄俄墨得斯　你要听他的话啊，埃阿斯将军。

俄底修斯　咱们不要在这儿多耽搁了；阿喀琉斯这野兔子在丛林里躲着呢。请元帅立刻传令全军，召集所有人马；新的君王们到特洛伊来了，明天我们一定要用全力保持我们的声威。这儿有一位大将，让从东方到西方来的骑士们各自争取他们的光荣吧，最大的胜利将是属于埃阿斯的。

阿伽门农　我们就去召开会议。让阿喀琉斯睡吧；正是轻舟虽捷，怎及巨舶容深。（同下。）

---

① 迈罗（Milo），希腊六世纪末的运动家，以力大能举一牛著名，曾六次获得奥林匹克胜利者的称号。

第三幕

第一场　特洛伊。普里阿摩斯宫中

　　　　潘达洛斯及一仆人上。

潘达洛斯　喂,朋友!对不起,请问一声,你是跟随帕里斯王子的吗?

仆人　是的,老爷,他走在我前面的时候,我就跟在他后面。

潘达洛斯　我的意思是说,你是靠他吃饭的吗?

仆人　老爷,我是靠天吃饭的。

潘达洛斯　你依靠着一位贵人,我必须赞美他。

仆人　愿赞美归于上帝!

潘达洛斯　你认识我吗?

仆人　说老实话,老爷,我不过在外表上认识您。

潘达洛斯　朋友,我们大家应当熟悉一点。我是潘达洛斯老爷。

仆人　我希望以后跟您老爷熟悉一点。

潘达洛斯　那很好。

仆人　您是一位殿下吗?

潘达洛斯　殿下!不,朋友,你只可以叫我老爷或是大人。(内乐声)

这是什么音乐?

仆人　我不大知道,老爷,我想那是数部合奏的音乐。

潘达洛斯　你认识那些奏乐的人吗?

仆人　我全都认识,老爷。

潘达洛斯　他们奏乐给谁听?

仆人　他们奏给听音乐的人听,老爷。

潘达洛斯　是谁想听这音乐,朋友?

仆人　我想听,还有爱音乐的人也想听。

潘达洛斯　朋友,你不懂我的意思;我太客气,你又太调皮。我是说什么人叫他们奏的。

仆人　呃,老爷,是我的主人帕里斯叫他们奏的,他就在里面;那位人间的维纳斯,美的心血,爱的微妙的灵魂,也陪着他在一起。

潘达洛斯　谁,我的甥女克瑞西达吗?

仆人　不,老爷,是海伦;您听了我形容她的话还不知道吗?

潘达洛斯　朋友,看来你还没有见过克瑞西达小姐。我是奉特洛伊罗斯王子之命来见帕里斯的;我的事情急得像热锅里的沸水,来不及等你进去通报了。

仆人　好个热锅上的蚂蚁!呀,一句陈词滥调罢了!

　　　　帕里斯及海伦率侍从上。

潘达洛斯　您好,我的好殿下,这些好朋友都好!愿美好的欲望好好地领导他们!您好,我的好娘娘!愿美好的思想做您的美好的枕头!

海伦　好大人,您满嘴都是好话。

潘达洛斯　谢谢您的谬奖,好娘娘。好殿下,刚才的音乐很好,很好的杂色合奏呢。

帕里斯　是被你掺杂的,贤卿;现在要你加进来,奏得和谐起来。

耐儿①，他是很懂得和声的呢。

潘达洛斯　真的，娘娘，没有这回事。

海伦　啊，大人！

潘达洛斯　粗俗得很，真的，粗俗不堪。

帕里斯　说得好，我的大人！你真说得好听。

潘达洛斯　好娘娘，我有事情要来对殿下说。殿下，您允许我跟您说句话吗？

海伦　不，您不能这样赖过去。我们一定要听您唱歌。

潘达洛斯　哎，好娘娘，您在跟我开玩笑啦。可是，殿下，您的令弟特洛伊罗斯殿下——

海伦　潘达洛斯大人，甜甜蜜蜜的大人——

潘达洛斯　算了，好娘娘，算了。——叫我向您致意问候。

海伦　您不能赖掉我们的歌；要是您不唱，我可要生气了。

潘达洛斯　好娘娘，好娘娘！真是位好娘娘。

海伦　叫一位好娘娘生气是一件大大的罪过。

潘达洛斯　不，不，不，哪儿的话，哪儿的话，哈哈！殿下，他要我对您说，晚餐的时候王上要是问起他，请您替他推托一下。

海伦　潘达洛斯大人？——

潘达洛斯　我的好娘娘，我的顶好的好娘娘怎么说？

帕里斯　他有些什么要务？今晚他在什么地方吃饭？

海伦　可是，大人——

潘达洛斯　我的好娘娘怎么说？——我那位殿下要生你的气了。我不能让您知道他在什么地方吃饭。

帕里斯　我可以拿我的生命打赌，他一定是到那位富有风趣的克

————
　　① 耐儿（Nell），海伦的爱称。

瑞西达那儿去啦。

潘达洛斯 不,不,哪有这样的事;您真是说笑话了。那位富有风趣的婢子在害病呢。

帕里斯 好,我就替他捏造一个托词。

潘达洛斯 是,我的好殿下。您为什么要说克瑞西达呢?不,这个婢子在害病呢。

帕里斯 我早就看出来了。

潘达洛斯 您看出来了!您看出什么来啦?来,给我一件乐器。好娘娘,请听吧。

海伦 呵,这样才对。

潘达洛斯 我这位外甥女一心只想着一件东西,这件东西,好娘娘,您倒是有了。

海伦 我的大人,只要她所想要的不是我的丈夫帕里斯,什么都可以给她。

潘达洛斯 哈!她不会要他;他两人只是彼此彼此。

海伦 生过了气,和好如初,"彼此"两人就要变成三人了。

潘达洛斯 算了,算了,不谈这些;我来唱一支歌给您听吧。

海伦 好,好,请你快唱吧。好大人,你的额角长得很好看哩。

潘达洛斯 啊,谬奖谬奖。

海伦 你要给我唱一支爱情的歌;这个爱情要把我们一起葬送了。啊,丘匹德,丘匹德,丘匹德!

潘达洛斯 爱情!啊,很好,很好。

帕里斯 对了,爱情,爱情,只有爱情是一切!

潘达洛斯 这支歌正是这样开始的:(唱)

爱情,爱情,只有爱情是一切!
爱情的宝弓,射雌也射雄;

爱情的箭锋，射中了心胸，

　　不会伤人，只叫人心头火热，

　　那受伤的恋人痛哭哀号，

　　啊！啊！啊！这一回性命难逃！

　　等会儿他就要放声大笑，

　　哈！哈！哈！爱情的味道真好！

　　暂时的痛苦呻吟，啊！啊！啊！

　　变成了一片笑声，哈！哈！哈！

　咳呵！

海伦　哎哟，他的鼻尖儿都在恋爱哩。

帕里斯　爱人，他除了鸽子以外什么东西都不吃；一个人多吃了鸽子，他的血液里会添加热力，血液里添加热力便会激动情欲，情欲激动了便会胡思乱想，胡思乱想的结果就是玩女人闹恋爱。

潘达洛斯　这就是恋爱的产生经过吗？而这些经过不就是《圣经》里所说的毒蛇吗？好殿下，今天是什么人上阵？

帕里斯　赫克托、得伊福玻斯、赫勒诺斯、安忒诺以及所有特洛伊的英雄们都去了；我本来也想去的，可是我的耐儿不放我走。我的兄弟特洛伊罗斯为什么不去？

海伦　他噘起了嘴唇，好像有些什么心事似的。潘达洛斯大人，您一定什么都知道。

潘达洛斯　哪儿的话，甜甜蜜蜜的娘娘。我很想听听他们今天打得怎样。您会记得替令弟设辞推托吗？

帕里斯　我记得就是了。

潘达洛斯　再会，好娘娘。

海伦　替我问候您的甥女。

潘达洛斯　是，好娘娘。（下；归营号声。）

帕里斯　他们从战场上回来了，我们到普里阿摩斯的大厅上去迎接这一群战士吧。亲爱的海伦，我必须请求你帮助我们的赫克托卸下他的甲胄；他的坚强的带扣，利剑的锋刃和希腊人的武力都不能把它打开，却不能抵抗你的纤指的魔力；你的力量胜过希腊诸岛所有的国王。替伟大的赫克托卸除他的甲胄吧。

海伦　帕里斯，我能够做他的仆人是莫大的荣幸；为他服役的光荣，比我们天生的美貌更值得夸耀。

帕里斯　亲爱的，我爱你爱到了不可思议的地步。（同下。）

第二场　同前。潘达洛斯的花园

　　　　潘达洛斯及特洛伊罗斯的侍童自相对方向上。

潘达洛斯　啊！你的主人呢？在我的甥女克瑞西达家里吗？

侍童　不，老爷；他等着您带他去呢。

　　　　特洛伊罗斯上。

潘达洛斯　啊！他来了。怎么！怎么！

特洛伊罗斯　孩子，走开。（侍童下。）

潘达洛斯　您见过我的甥女吗？

特洛伊罗斯　不，潘达洛斯；我在她的门口踯躅，像一个站在冥河边岸的游魂，等待着渡船的接引。啊！请你做我的船夫卡戎①，赶快把我载到得救者的乐土中去，让我徜徉在百合花的中央！好潘达洛斯啊！请你从丘匹德的肩背上拔下他的彩翼

---

① 卡戎（Charon），希腊神话中渡亡魂过冥河到冥府去的船夫。

来，陪着我飞到克瑞西达身边去吧！

潘达洛斯　您在这园子里随便玩玩。我立刻就去带她来。（下。）

特洛伊罗斯　我觉得眼前迷迷糊糊的，期望使我的头脑打着回旋。想象中的美味是这样甘芳，它迷醉了我的神经。要是我的生津的齿颊果然尝到了经过三次提炼的爱情的旨酒，那该怎样呢？我怕我会死去，昏昏沉沉地倒下去不再醒来；我怕那种太微妙渊深的快乐，调和在太芳冽的甘美里，不是我的粗俗的感官所能禁受；我怕，我更怕在无边的幸福之中，我会失去一切的知觉，正像大军冲锋、敌人披靡的时候，每个人忘记了自己一样。

　　　　　　潘达洛斯重上。

潘达洛斯　她正在打扮；她就要来了；您说话可要机灵点儿。她怕难为情怕得了不得，慌张得气都喘不过来，好像给一个鬼附上了身似的。我就去带她来。她真是个顶可爱的坏东西；就像一头刚给人捉住的麻雀似的慌张得喘不过气来。（下。）

特洛伊罗斯　我自己的心里也感到了这样一种情绪；我的心跳得比一个害热病的人的脉搏还快；我的一切感官都失去了作用，正像臣仆在无意中瞥见了君王威严的眼光一样。

　　　　　　潘达洛斯偕克瑞西达重上。

潘达洛斯　来，来，有什么害羞呢？小孩子才怕难为情。他就在这儿呢。把您向我发过的誓当着她的面再发一遍吧。怎么！你又要回去了吗？你在没有给人家驯服以前，一定要有人看守着吗？来吧，来吧，要是你再退回去，我们可要把你像一匹马似的套在辕木里了。您为什么不对她说话呢？来，打开这一块面纱，好给我们看看你的美容。呵，你何必这样不肯得罪一下日光呀！天黑了，你更要马上遮掩起来呢。好了，好了，赶快趁此将上一军吧。这才对了！一吻就定了终身！

经营起来；多么甜美呵。让你们两颗心去扭成一团吧，莫等我把你们扯开了就迟了。真是英雄美人，好一双天配良缘：真不错，真不错。

特洛伊罗斯　姑娘，您使我一句话也说不出来了。

潘达洛斯　相思债是不能用说话去还清的，你还是给她一些行动吧，不要又是一动也不动的。怎么！又在亲嘴了吗？好，"良缘永缔，互结同心，"——进来吧，进来吧；我先去拿个火来。（下。）

克瑞西达　请进去吧，殿下。

特洛伊罗斯　啊，克瑞西达！我好容易盼望到这一天！

克瑞西达　盼望，殿下！但愿——啊，殿下！

特洛伊罗斯　但愿什么？为什么，您又不说下去了？我的亲爱的姑娘在我们爱的灵泉里发现什么渣滓了？

克瑞西达　要是我的恐惧是生眼睛的，那么我看见的渣滓比泉水还多。

特洛伊罗斯　恐惧可以使天使变成魔鬼，它所看到的永远不是真实。

克瑞西达　盲目的恐惧有明眼的理智领导，比之凭着盲目的理智毫无恐惧地横冲直撞，更容易找到一个安全的立足点；倘能时时忧虑着最大的不幸，那么在较小的不幸来临的时候往往可以安之若素。

特洛伊罗斯　啊！让我的爱人不要怀着丝毫恐惧；在爱神导演的戏剧里是没有恶魔的。

克瑞西达　也没有可怕的巨人吗？

特洛伊罗斯　没有，只有我们自己才是可怕的巨人，因为我们会发誓泪流成海，入火吞山，驯伏猛虎，凡是我们的爱人所想得到的事，我们都可以做到。姑娘，这就是恋爱的可怕的地方，意志是无限的，实行起来就有许多不可能；欲望是无穷的，行为却必须受制于种种束缚。

克瑞西达　人家说恋人们发誓要做的事情，总是超过他们的能力，可是他们却保留着一种永不实行的能力；他们发誓做十件以上的事，实际做到的还不满一件事的十分之一。这种声音像狮子、行动像兔子一样的家伙，可不是怪物吗？

特洛伊罗斯　果然有这样的怪物吗？我可不是这样。请您考验了我以后，再来估计我的价值吧；当我没有用行为证明我的爱情以前，我是不愿戴上胜利的荣冠的。一个人要继承产业，在没有到手之前不必得意；出世以前，谁也无从断定一个人的功绩，并且，一旦出世，他的名位也不会太高。为了真心的爱，让我简单讲一两句话。特洛伊罗斯将会向克瑞西达证明，一切出于恶意猜忌的诽谤，都不足以诬蔑他的忠心；真理所能宣说的最真实的言语，也不会比特洛伊罗斯的爱情更真实。

克瑞西达　请进去吧，殿下。

　　　　潘达洛斯重上。

潘达洛斯　怎么！还有点不好意思吗？你们的话还没有说完吗？

克瑞西达　好，舅舅，要是我干下了什么错事，那都是您不好。

潘达洛斯　那么要是你给殿下生下了一位小殿下，你就把他抱来给我好了。你对殿下要忠心；他要是变了心，你尽管骂我。

特洛伊罗斯　令舅的话，和我的不变的忠诚，都可以给您做保证。

潘达洛斯　我也可以替她向您保证：我们家里的人都是不轻易许诺的，可是一旦许身于人，便永远不会变心，就像芒刺一样，碰上了身，再也掉不下来。

克瑞西达　我现在已经有了勇气：特洛伊罗斯王子，我朝思暮想，已经苦苦地爱着您几个月了。

特洛伊罗斯　那么我的克瑞西达为什么这样不容易征服呢？

克瑞西达　似乎不容易征服,可是,殿下,当您第一眼看着我的时候,我早就给您征服了——恕我不再说下去,要是我招认得太多,您会看轻我的。我现在爱着您;可是直到现在为止,我还能够控制我自己的感情;不,说老实话,我说了谎了;我的思想就像一群顽劣的孩子,倔强得不受他们母亲的管束。瞧,我们真是些傻瓜!为什么我要唠唠叨叨说这些话呢?要是我们不能替自己保守秘密,谁还会对我们忠实呢?可是我虽然这样爱您,却没有向您求爱;然而说老实话,我却希望我自己是个男子,或者我们女子也像男子一样有先启口的权利。亲爱的,快叫我止住我的舌头吧;因为我这样得意忘形,一定会说出使我后悔的话来。瞧,瞧!您这么狡猾地一声不响,已经使我从我的脆弱当中流露出我的内心来了。封住我的嘴吧。

特洛伊罗斯　好,虽然甜蜜的音乐从您嘴里发出,我愿意用一吻封住它。

潘达洛斯　妙得很,妙得很。

克瑞西达　殿下,请您原谅我;我并不是有意要求您吻我;真是怪羞人的!天哪!我做了什么事啦?现在我真的要告辞了,殿下。

特洛伊罗斯　告辞了,亲爱的克瑞西达?

潘达洛斯　告辞!你就是告辞到明天早晨,还会跟他在一起的。

克瑞西达　请您不要多说。

特洛伊罗斯　姑娘,什么事情使您生气了?

克瑞西达　我讨厌我自己。

特洛伊罗斯　您可不能逃避您自己。

克瑞西达　让我试一试。我有另外一个自己跟您在一起,可是它是无情的,宁愿离开它自己,去受别人的愚弄。我真的要走了;

我的智慧掉在什么地方了？我自己也不知道自己在说些什么话。

特洛伊罗斯　说着这样聪明话的人，是不会不知道自己所说的话的。

克瑞西达　殿下，也许您会以为我所吐露的不是真情，我不过在耍着手段，故意用这种不害羞的招认，来试探您的意思，可是您是个聪明人，否则您也许不在恋爱，因为智慧和爱情只有在天神的心里才会同时存在，人们是不能兼而有之的。

特洛伊罗斯　啊！要是我能够相信一个女人会永远点亮她的爱情的不灭的明灯，保持她的不变的忠心和不老的青春，她那永远美好的灵魂不会随着美丽的外表同归衰谢；只要我能够相信我对您的一片至诚和忠心，会换到您的同样纯洁的爱情，那时我将要怎样地欢欣鼓舞呢！可是唉！我的忠心是这样单纯，比赤子之心还要简单而纯朴。

克瑞西达　在那一点上我要跟您互相竞争。

特洛伊罗斯　啊，当两种真理为了互争高下而相战的时候，那是一场多么道义的战争！从今以后，世上真心的情郎们都要以特洛伊罗斯为榜样；当他们充满了声诉、盟誓和夸大的比拟的诗句中缺少新的譬喻的时候，当他们厌倦于那些陈陈相因的套语，例如：像钢铁一样坚贞，像草木对于月亮、太阳对于白昼、斑鸠对于她的配偶一样忠心——当他们用尽了这一切关于忠诚的譬喻，而希望援引一个更有力的例证的时候，他们便可以加上一句说，"像特洛伊罗斯一样忠心。"

克瑞西达　愿您的话成为预言！要是我变了心，或者有一丝不忠不贞的地方，那么当时间变成古老而忘记了它自己的时候，当特洛伊的岩石被水珠滴烂、无数的城市被盲目的遗忘所吞噬、无数强大的国家了无痕迹地化为一堆泥土的时候，让我的不贞继续存留在人们的记忆里,永远受人唾骂!当他们说过了"像空气、像水、像风、像沙土一样轻浮;像狐狸对于羔羊、豺狼对于小牛、豹子对于母鹿、继母对于前妻的儿子一样虚伪"以后,让他们举出一个最轻浮最虚伪的榜样来,说,"像克瑞西达一样负心。"

潘达洛斯　好,交易已经做成,两方面盖个印吧;来,来,我替你们做证人。这儿我握着您的手,这儿我握着我甥女的手。我这样辛辛苦苦把你们两人拉在一起,要是你们中间无论哪一个变了心,那么从此以后,让世上所有可怜的媒人们都叫着我的名字,直到永远!让一切忠心的男人都叫作特洛伊罗斯,一切负心的女子都叫作克瑞西达,一切做媒的人都叫作潘达洛斯!大家说阿门。

特洛伊罗斯　阿门。

克瑞西达　阿门。

潘达洛斯　阿门。现在我要带你们到一间房间里去,那里面还有一张眠床;那张床是不会泄露你们的秘密的,你们尽管去成其美事吧。去!(同下。)

第三场　希腊营地

阿伽门农、俄底修斯、狄俄墨得斯、涅斯托、埃阿斯、墨涅拉俄斯及卡尔卡斯上。

卡尔卡斯　各位王子,为了我替你们所做的事情,现在我可以向你们要求报偿了。请你们想一想,我因为审察未来的大势,决心舍弃特洛伊,丢下了我的家产,顶上一个叛逆的名字;牺牲了现成的安稳的地位,来追求不可知的命运;抛开了我所习惯的一切，到这举目生疏的地方来替你们尽力；你们曾经允许给我许多好处，现在我只要求你们让我略沾小惠，想来你们总不会拒绝我吧。

阿伽门农　特洛伊人，你要向我们要求什么？说吧。

卡尔卡斯　你们昨天捉来了一个特洛伊的俘虏，名叫安忒诺；特洛伊对他是很重视的。你们常常要求他们拿我的女儿克瑞西达来交换被俘的特洛伊重要将士，可是特洛伊总是加以拒绝；据我所知，这个安忒诺在特洛伊军中是一个很重要的人物，一切事务倘没有他去处理，都要陷于停顿，他们甚至于愿意拿一个普里阿摩斯亲生的王子来和他交换；各位殿下，把他送回去，交换我的女儿来吧，只要让我瞧见她一面，就可以补偿我替你们所尽的一切劳力了。

阿伽门农　让狄俄墨得斯把他送去，带克瑞西达回来吧；卡尔卡斯的要求可以让他得到满足。狄俄墨得斯，你去准备好这一次交换所需要的一切，同时带个信去，问一声赫克托明天是不是预备决战，埃阿斯已经预备好了。

狄俄墨得斯　我愿意担负这一个使命，并且认为这是莫大的光荣。

（狄俄墨得斯、卡尔卡斯同下。）

　　　　阿喀琉斯及帕特洛克罗斯自帐内走出。

俄底修斯　阿喀琉斯正在他的帐前站着，请元帅在他面前走过去，理也不要理他，就好像忘记了他是个什么人似的；各位王子也都对他装出一副冷淡的态度。让我在最后走过，他一定会问我，为什么人家都向他投掷这样轻蔑的眼光；那时我就借你们的冷淡做题目，对他的骄傲发出一些意含针砭的讥讽，使他不能不饮下我给他的这一服清心药剂。这服药也许会发生效力。要一个骄傲的人看清他自己的嘴脸，只有用别人的骄傲给他做镜子；倘然向他卑躬屈节，只会助长他的气焰，徒然自取其辱。

阿伽门农　我就依照你的计策而行,当我走过他身旁的时候,故意装出一副冷淡的神气;每一位将军也都要这样,或者不理他,或者用轻蔑的态度向他打个招呼,那是会比完全不理他更使他难堪的。大家跟着我来。

阿喀琉斯　怎么!元帅又要来找我说话了吗?您知道我的意思,我是不愿再跟特洛伊人打仗的了。

阿伽门农　阿喀琉斯说些什么?他有什么事要跟我说?

涅斯托　将军,您有什么事要对元帅说吗?

阿喀琉斯　没有。

涅斯托　元帅,他说没有。

阿伽门农　那再好没有了。(阿伽门农,涅斯托同下。)

阿喀琉斯　早安,早安。

墨涅拉俄斯　您好?您好?(下。)

阿喀琉斯　怎么!那王八也瞧不起我吗?

埃阿斯　啊,帕特洛克罗斯!

阿喀琉斯　早安,埃阿斯。

埃阿斯　嘿?

阿喀琉斯　早安。

埃阿斯　是,是,早安,早安。(下。)

阿喀琉斯　这些家伙都是什么意思?他们不认识阿喀琉斯了吗?

帕特洛克罗斯　他们大模大样地走了过去。从前他们一看见阿喀琉斯,总是鞠躬如也,笑脸相迎,那一副恭而敬之的神气,就像礼拜神明一样。

阿喀琉斯　怎么!难道我的威风已经衰落了吗?大丈夫在失欢于命运以后,不用说会被众人所厌弃,他可以从别人的眼睛里看到他自己的没落;因为人们都是像蝴蝶一样,只会向炙手可热的夏天蹁跹起舞；在他们的俗眼之中，只有富贵尊荣，这一些不一定用才能去博得的身外浮华，才是值得敬重的；当这些不足恃的浮华化为乌有的时候，人们的敬意也就会烟消云散。可是我还没有到这样的地步，命运依然是我的朋友，我依然充分享受着我所有的一切，只有这些人却对我改变了态度，我想他们一定对我有什么不满意的地方。俄底修斯也来了，他在读些什么；待我前去打断他的诵读。啊，俄底修斯！

俄底修斯　啊，阿喀琉斯！

阿喀琉斯　你在读些什么？

俄底修斯　有一个不认识的人写给我这样几句话："无论一个人的天赋如何优异，外表或内心如何美好，也必须在他的德性的光辉照耀到他人身上发生了热力、再由感受他的热力的人把那热力反射到自己身上的时候，才能体会到他本身的价值的存在。"

阿喀琉斯　这没有什么奇怪，俄底修斯！一个人看不见自己的美貌，他的美貌只能反映在别人的眼里；眼睛，那最灵敏的感官，也看不见它自己，只有当自己的眼睛和别人的眼睛相遇的时候，才可以交换彼此的形象，因为视力不能反及自身，除非把自己的影子映在可以被自己看见的地方。这事一点也不足为怪。

俄底修斯　我并不重视这一种很普通的道理，可是我不懂写这几句话的人的用意；他用迂回婉转的说法，证明一个人无论禀有着什么奇才异能，倘然不把那种才能传达到别人的身上，他就等于一无所有；也只有在把才能发展出去以后所博得的赞美声中，才可以认识他本身的价值，正像一座穹窿把声音弹射回来，又像一扇迎着阳光的铁门，反映出太阳所投射的形状，同时吐发出它所吸收的热力一样。他这番话很引起了我的思索，使我立刻想起了默默无闻的埃阿斯。天哪，这是一个多好的汉子！真是一匹轶群的骏马，他的奇才还没有为他自己所发现。天下真有这样被人贱视的珍宝！也有毫无价值的东西，反会受尽世人的赞赏！明天我们可以看见埃阿斯在无意中得到一个大显身手的机会，从此以后，他的威名将要遍传人口了。天哪！有些人会乘着别人懈怠的时候，干出怎样一番事业！有的人悄悄地钻进了反复无常的命运女神的厅堂，有的人却在她的眼中扮演着痴人！有的人利用着别人的骄傲而飞黄腾达，有的人却因为骄傲而使他的地位一落千丈！瞧这些希腊的将军！他们已经在那儿拍着粗笨的埃阿斯的肩膀，好像他的脚已经踏在勇敢的赫克托的胸口，强大的特洛伊已经濒于末日了。

阿喀琉斯　我相信你的话，因为他们走过我的身旁，就像守财奴看见叫花子一样，没有一句好话，也没有一张好脸。怎么！难道我的功劳都已经被人忘记了吗？

俄底修斯　将军，时间老人的背上负着一个庞大的布袋，那里面装满着被寡恩负义的世人所遗忘的丰功伟绩；那些已成过去的美绩，一转眼间就会在人们的记忆里消失。只有继续不断的前进，才可以使荣名永垂不替；如果一旦罢手，就会像一套久遭搁置的生锈的铠甲，谁也不记得它的往日的勋劳，徒然让它的不合时宜的式样，留作世人揶揄的资料。不要放弃眼前的捷径，光荣的路是狭窄的，一个人只能前进，不能后退；所以你应该继续在这一条狭路上迈步前进，因为无数竞争的人都在你的背后，一个紧追着一个；要是你略事退让，或者闪在路旁，他们就会像汹涌的怒潮一样直冲过来，把你遗弃在最后；又像一匹落伍的骏马，倒在地上，下驷的驽骀都可以追在它的前面，从它的身上践踏过去。那时候人家现在所做的事，虽然比不上你从前所做的事，但是你的声名却要被他们所掩盖，因为时间正像一个趋炎附势的主人，对于一个临去的客人不过和他略微握一握手，对于一个新来的客人，却伸开了两臂，飞也似的过去抱住他；欢迎是永远含笑的，告别总是带着叹息。啊！不要让德行追索它旧日的酬报，因为美貌、智慧、门第、膂力、功业、爱情、友谊、慈善，这些都要受到无情的时间的侵蚀。世人有一个共同的天性，他们一致赞美新制的玩物，虽然它们原是从旧有的材料改造而成的；他们宁愿拂拭发着亮光的金器，却不去过问那被灰尘掩蔽了光彩的金器。人们的眼睛只能看见现在，他们所赞赏的也只有眼前的人物；所以不用奇怪，你伟大的完人，一切希腊人都在开始崇拜埃阿斯，因为活动的东西是比停滞不动的东西更容易引人注目的。众人的属望曾经集于你的身上，要是你不把你自己活活埋葬，把你的威名收藏在你的营帐里，那么你也未始不可恢复旧日的光荣；不久以前，你那在战场上的赫赫声威，是曾经使天神为之侧目的。

阿喀琉斯　我这样深居简出，却有极充分的理由。

俄底修斯　可是有更充分、更有力的理由反对你的深居简出。阿喀琉斯，人家都知道你恋爱着普里阿摩斯的一个女儿。

阿喀琉斯　嘿！人家都知道！

俄底修斯　你以为那很奇怪吗？什么事情都逃不过旁观者的冷眼；渊深莫测的海底也可以量度得到，潜藏在心头的思想也会被人猜中。国家事务中往往有一些秘密，是任何史乘所无法发现的。你和特洛伊人之间的关系，我们是完全明白的；可是阿喀琉斯倘然是个真正的英雄，他就应该去把赫克托打败，不应该把波吕克塞娜①丢弃不顾。要是现在小小的皮洛斯在家里听见了光荣的号角在我们诸岛上吹响,所有的希腊少女们都在跳跃欢唱,"伟大的赫克托的妹妹征服了阿喀琉斯,可是我们的伟大的埃阿斯勇敢地把他打倒,"那时候他的心里该是多么难受。再见,将军,我对你这样说完全是出于好意;留心你脚底下的冰块,不要让一个傻子从这上面滑了过去,你自己却把它踹碎了。(下。)

帕特洛克罗斯　阿喀琉斯,我也曾经这样劝告过您。一个男人在需要行动的时候优柔寡断,没有一点丈夫的气概,比一个鲁莽粗野、有男子气概的女子更为可憎。人家常常责怪我,以为我对于战争的厌恶以及您对于我的亲密的友谊,是使您懈怠到现在这种样子的根本原因。好人,振作起来吧;只要您振臂一呼,那柔弱轻佻的丘匹德就会从您的颈上放松他的淫荡的拥抱,像雄狮鬣上的一滴露珠似的,摇散在空气之中。

阿喀琉斯　埃阿斯要去和赫克托交战吗?

帕特洛克罗斯　是的,也许他会在他身上得到极大的荣誉。

阿喀琉斯　我的声誉已经遭到极大的危险,我的威名已经受到严重的损害。

帕特洛克罗斯　啊!那么您要留心,自己加于自己的伤害是最不容易治疗的;忽略了应该做的事,往往会引起危险的后果,这种危险就像寒热病一样,会在我们向阳闲坐的时候侵袭到我们的身上。

阿喀琉斯　好帕特洛克罗斯,去把忒耳西忒斯叫来;我要差这傻瓜去见埃阿斯,请他在决战完毕以后,邀请特洛伊的骑士们到我们这儿来,大家便服相见。我简直像一个女人似的害着

---

① 波吕克塞娜(Polyxena),普里阿摩斯的女儿,为阿喀琉斯所恋。

相思，渴想着会一会卸除武装的赫克托，跟他握手谈心，把他的面貌瞧一个清楚。——他来得正好！

忒耳西忒斯上。

忒耳西忒斯　怪事，怪事！

阿喀琉斯　什么怪事？

忒耳西忒斯　埃阿斯在战场上走来走去，像失了魂似的。

阿喀琉斯　是怎么一回事？

忒耳西忒斯　他明天必须单人匹马去和赫克托交战；他因为预想到这一场英勇的厮杀，骄傲得了不得，所以满口乱嚷乱叫，却没有说出一句话来。

阿喀琉斯　怎么会有这样的事？

忒耳西忒斯　他跨着大步，像一只孔雀似的走来走去，踱了一步又立定了一会儿；他那满腹心事的样子，就像一个在脑子里打算盘的女店主在那儿计算她的账目；他咬着嘴唇，装出一副深谋远虑的神气，好像说，"我这儿有一脑袋的神机妙算，你们等着瞧吧；"他说得不错，可是他那脑袋里的智慧，就像打火石里的火花一样，不去打它是不肯出来的。这家伙一辈子算是完了；因为赫克托倘不在交战的时候扭断他的头颈，凭着他那股摇头摆脑的得意劲儿，也会把自己的头颈摇断的。他已经不认识我；我说，"早安，埃阿斯；"他却回答我，"谢谢，阿伽门农。"你们看他还算个什么人，会把我当作元帅！他简直变成了一条失水的鱼儿，一个不会说话的怪物啦。自以为了不起！就像一件皮背心一样，两面都好穿。

阿喀琉斯　忒耳西忒斯，你必须做我的使者，替我带一个信给他。

忒耳西忒斯　谁，我吗？嘿，他见了谁都不睬；他不愿意回答人家；只有叫花子才老是开口；他的舌头是长在臂膀上的。我可以扮作他的样子，让帕特洛克罗斯向我提出问题，你们就可以瞧瞧埃阿斯是怎么样的。

阿喀琉斯　帕特洛克罗斯,对他说:我恭恭敬敬地请求英武的埃阿斯邀请骁勇无比的赫克托便服到敝寨一叙;关于他的身体上的安全,我可以要求慷慨宽宏、声名卓著、高贵尊荣的希腊军大元帅阿伽门农特予保证,等等,等等。你这样说吧。

帕特洛克罗斯　乔武大神祝福伟大的埃阿斯!

忒耳西忒斯　哼!

帕特洛克罗斯　我奉尊贵的阿喀琉斯的命令前来——

忒耳西忒斯　嘿!

帕特洛克罗斯　他,恭恭敬敬地请求您邀请赫克托到他的寨内一叙——

忒耳西忒斯　哼!

帕特洛克罗斯　他可以从阿伽门农取得安全通行的保证。

忒耳西忒斯　阿伽门农!

帕特洛克罗斯　是,将军。

忒耳西忒斯　嘿!

帕特洛克罗斯　您的意思怎样?

忒耳西忒斯　愿上帝和你同在。

帕特洛克罗斯　您的答复呢,将军?

忒耳西忒斯　明天要是天晴,那么在十一点钟的时候,一定可以见个分晓;可是他即使得胜,我也要叫他付下重大的代价。

帕特洛克罗斯　您的答复呢,将军?

忒耳西忒斯　再见,再见。

阿喀琉斯　啊,难道他就是这么一副腔调吗?

忒耳西忒斯　不,他简直是脱腔走调;我不知道赫克托捶破了他的脑壳以后,他还会唱些什么调调儿出来;不过我想他是不会有什么调调儿唱出来的,除非阿波罗抽了他的筋去做琴弦。

阿喀琉斯　来，你必须立刻替我去送一封信给他。

忒耳西忒斯　让我再带一封去给他的马吧；比较起来，还是他的马有些知觉哩。

阿喀琉斯　我心里很乱，就像一池搅乱了的泉水，我自己也看不见它的底。（阿喀琉斯、帕特洛克罗斯同下。）

忒耳西忒斯　但愿你那心里的泉水再清澈起来，好让我把我的驴子牵下去喝几口水！我宁愿做一只羊身上的虱子，也不愿做这么一个没有头脑的勇士。（下。）

第四幕

第一场　特洛伊。街道

埃涅阿斯及仆人持火炬自一方上；帕里斯、得伊福玻斯、安忒诺、狄俄墨得斯及余人等各持火炬自另一方上。

帕里斯　瞧！喂！那儿是谁？

得伊福玻斯　那是埃涅阿斯将军。

埃涅阿斯　那一位是帕里斯王子吗？要是我也安享着像您这样的艳福，除非有天大的事情，什么也不能叫我离开我床头的伴侣的。

狄俄墨得斯　我也这样想呢。早安，埃涅阿斯将军。

帕里斯　埃涅阿斯，这是一位勇敢的希腊人，你跟他拉拉手吧。你不是说过，狄俄墨得斯曾经有整整一个星期在战场上把你纠缠住不放吗？现在你可以仔细瞧瞧他的面貌了。

埃涅阿斯　在我们继续休战的期间，勇敢的将军，我愿意祝您健康；可是当我们戎装相见的时候，我对您只有不共戴天的敌忾。

狄俄墨得斯　狄俄墨得斯对于您的友情和敌意，都同样欣然接受。当我们现在心平气和的时候，请您许我向您还祝健康；可是我们要是在战场上角逐起来，那么乔武在上，我要用我全身的力量和计谋，来夺取你的生命。

埃涅阿斯　你将要猎逐一头狮子，当它逃走的时候，是用它的脸奔向敌人的。现在我却用善意的温情，欢迎你到特洛伊来！凭着维纳斯的玉手起誓，世上没有人会像我一样爱着他所准备杀死的东西。

狄俄墨得斯　我们的想法完全一样。乔武，要是埃涅阿斯的末日不就是我的宝剑的光荣，那么愿他活到千秋万岁吧！可是当我们为了光荣而互相争斗的时候，那么愿他明天就死去，而且每一处骨节上都留着一个伤痕！

埃涅阿斯　我们真是知己相逢。

狄俄墨得斯　正是；我们更希望下一次相逢的时候，彼此互成仇敌。

帕里斯　像这样满含着敌意的热烈欢迎，像这样无上高贵的充满仇恨的友情，真是我平生所未闻。将军，你有什么事起得这样早？

埃涅阿斯　王上叫我去，可是我不知道为了什么事。

帕里斯　这儿就是他所要叫你干的事：你带着这位希腊人到卡尔卡斯的家里，在那里把美丽的克瑞西达交给他，以交换他们放回来的安忒诺。你可以陪着我们一块儿去；否则你先走一步也可以。我总是觉得——也可以说的确相信——我的兄弟特洛伊罗斯昨天晚上在那里过夜；你就把他叫醒起来，通知他我们就要来了，同时把一切情形告诉他。我怕我们此去是一定非常不受欢迎的。

埃涅阿斯　那还用说吗？特洛伊罗斯宁愿让希腊人拿了特洛伊去，也不愿让克瑞西达被人从特洛伊带走。

帕里斯　那也没有办法；时势所迫，不得不然。请吧，将军；我们随后就来。

埃涅阿斯　那么各位早安！（下。）

帕里斯　告诉我，尊贵的狄俄墨得斯，像一个好朋友似的老实告诉我，照您看起来，我跟墨涅拉俄斯两个人究竟是谁更配得上美丽的海伦？

狄俄墨得斯　你们两人都差不多。一个不以她的失节为嫌，费了这么大的力气想要把她追寻回来；一个也不以舔人唾余为耻，不惜牺牲了如许的资财将士，把她保留下来。他像一个懦弱的王八似的，甘心喝下人家残余的无味的糟粕；您像一个好色之徒似的，愿意让她淫荡的身体生育您的后嗣。照这样比较起来，你们正是一个半斤，一个八两。

帕里斯　您把您的同国的姊妹说得太不堪了。

狄俄墨得斯　她太对不起她的祖国了。听我说，帕里斯，在她的淫邪的血管里，每一滴负心的血液，都有一个希腊人为它而丧失了生命；在她的腐烂的尸体上，每一分、每一厘的皮肉，都有一个特洛伊人为它而暴骨沙场。自从她牙牙学语以来，她所说过的好话的数目，还抵不上死在她手里的希腊人和特洛伊人的总数。

帕里斯　好，狄俄墨得斯，您说的话就像一个做买卖的人似的，故意把您所要买的东西说得这样坏；可是我们却不愿多费唇舌，夸赞我们所要出卖的东西。请往这边走。（同下。）

第二场　同前。潘达洛斯家的庭前

　　　　　特洛伊罗斯及克瑞西达上。

特洛伊罗斯　亲爱的，进去吧；早晨很冷呢。

克瑞西达　那么，我的好殿下，让我去叫舅舅下来，替您开门。

特洛伊罗斯　不要麻烦他；去睡吧，去睡吧；你那双可爱的眼睛已经倦得睁不开来，你的全身有一种软绵绵的感觉，好像一个没有思虑的婴孩似的。

克瑞西达　那么再会吧。

特洛伊罗斯　请你快去睡一会儿。

克瑞西达　您已经讨厌我了吗？

特洛伊罗斯　啊，克瑞西达！倘不是忙碌的白昼被云雀叫醒，惊起了无赖的乌鸦；倘不是酣梦的黑夜不再遮掩我们的欢乐，我是怎么也不愿离开你的。

克瑞西达　夜是太短了。

特洛伊罗斯　可恨的妖巫！对于心绪烦乱的人们，她会像地狱中的长夜一样逗留不去；对于欢会的恋人们，她就驾着比思想还快的翅膀迅速飞走。你再不进去，会受寒的，那时你又要骂我了。

克瑞西达　请您再稍留片刻吧；你们男人总是不肯多留一会儿的。唉，好傻的克瑞西达！我应该继续推拒您的要求，那么您就不肯走开了。听！有人起来啦。

潘达洛斯　（在内）怎么！这儿的门都开着吗？

特洛伊罗斯　这是你的舅舅。

克瑞西达　真讨厌！现在他又要来把我取笑了；叫人怪不好意思的！

　　　　潘达洛斯上。

潘达洛斯　啊，啊！其味如何？喂，你这位大娘子！我的甥女克瑞西达呢？

克瑞西达　该死的坏舅舅，老是把人取笑！你自己害得我——现在却来讥笑我。

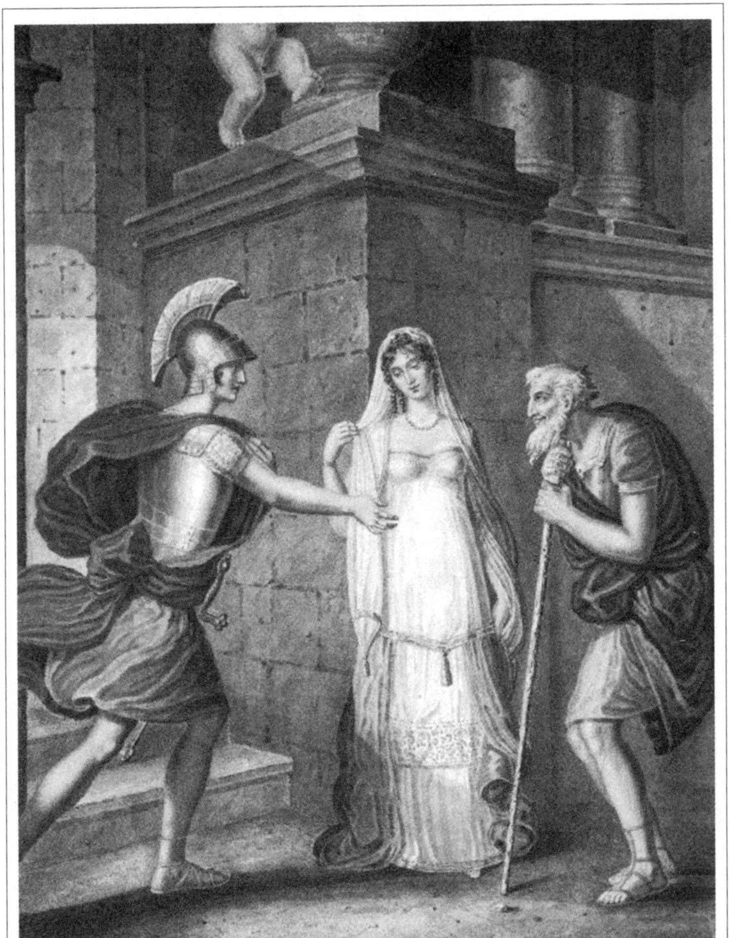

潘达洛斯　害得你怎样？害得你怎样？让她自己说，我害得你怎样？

克瑞西达　算了，算了，你这坏人！你自己永远做不出好事来，也不让人家做一个安安分分的人。

潘达洛斯　哈，哈！唉，可怜的东西！真是个傻丫头！昨天晚上没有睡觉吗？他这个坏家伙不让你睡吗？让妖精抓了他去！

克瑞西达　我不是对您说过吗？我恨不得打他一顿才痛快！（内叩门声）谁在打门？好舅舅，去瞧瞧。殿下，您再到我房里坐一会儿；您在笑我，好像我的话里头存着邪心似的。

特洛伊罗斯　哈哈！

克瑞西达　不，您弄错了，我没有转这种念头。（内叩门）他们把门擂得多急！请您快进去吧，我怎么也不愿让人家瞧见您在这儿。（特洛伊罗斯、克瑞西达同下。）

潘达洛斯　（往门口）是谁？什么事？你们要把门都打破了吗？怎么！什么事？

　　　　　埃涅阿斯上。

埃涅阿斯　早安，大人，早安。

潘达洛斯　是谁？埃涅阿斯将军！哎哟，我人都不认识啦。您这么早来有什么见教？

埃涅阿斯　特洛伊罗斯王子在这儿吗？

潘达洛斯　在这儿？他在这儿干吗？

埃涅阿斯　算了，大人，我知道他在这儿，您不用瞒我。我有一些对他很有关系的话要跟他说。

潘达洛斯　您说他在这儿吗？那么我可以发誓，我一点也不知道；我自己是很晚才回来的。他到这儿来干吗呢？

埃涅阿斯　算了，算了，您这样替他遮掩，也许是对朋友的一片好心，可是对他没有什么好处。不管您知道不知道，快去叫他出来；去。

　　　　特洛伊罗斯重上。

特洛伊罗斯　怎么！什么事？

埃涅阿斯　殿下，恕我少礼，我的事情很紧急；令兄帕里斯、得伊福玻斯、希腊来的狄俄墨得斯和被释归来的安忒诺都要来了。因为希腊人把安忒诺还给我们，所以我们必须在这一小时内，把克瑞西达姑娘交给狄俄墨得斯带回希腊，作为交换。

特洛伊罗斯　已经这样决定了吗？

埃涅阿斯　这件事情已经由普里阿摩斯和全体廷臣通过，立刻就要实行。

特洛伊罗斯　好容易如愿以偿，又变了一场梦幻！我要见他们去；埃涅阿斯将军，请你装作我们是偶然相遇的，不要说在这儿找到了我。

埃涅阿斯　很好，很好，殿下；我决不泄露秘密。（特洛伊罗斯、埃涅阿斯同下。）

潘达洛斯　有这等事？刚才到手就丢了？魔鬼把安忒诺抓了去！这位小王子准要发疯了。该死的安忒诺！我希望他们扭断他的头颈！

　　　　克瑞西达重上。

克瑞西达　怎么！什么事？刚才是谁？

潘达洛斯　唉！唉！

克瑞西达　您为什么这样长叹？他呢？去了！好舅舅，告诉我，是怎么一回事？

潘达洛斯　我还是死了干净！

克瑞西达　天哪！是什么事？

潘达洛斯　你进去吧。你为什么要生到这世上来？我知道你会把他害死的。唉，可怜的王子！该死的安忒诺！

克瑞西达　好舅舅，我求求您，我跪在地上求求您，告诉我究竟发生了什么事。

潘达洛斯　你得走了，丫头，你得走了；人家拿安忒诺来换你来了。你必须到你父亲那儿去，不能再跟特洛伊罗斯在一起。他一定要伤心死的；他再也受不了的。

克瑞西达　啊，你们天上的神明！我是不愿意去的。

潘达洛斯　你非去不可。

克瑞西达　我不愿意去，舅舅。我已经忘记了我的父亲；我不知道什么骨肉之情，只有亲爱的特洛伊罗斯才是我最亲近的亲人。神明啊！要是克瑞西达有一天会离开特洛伊罗斯，那么让她的名字永远被人唾骂吧！时间、武力、死亡，尽你们把我的身体怎样摧残吧；可是我的爱情的基础是这样坚固，就像吸引万物的地心，永远不会动摇的。我要进去哭了。

潘达洛斯　好，你去哭吧。

克瑞西达　我要扯下我的光亮的头发，抓破我的被人赞美的脸，哭哑我的娇好的喉咙，用特洛伊罗斯的名字捶碎我的心。我不愿离开特洛伊一步。（同下。）

第三场　同前。潘达洛斯家门前

帕里斯、特洛伊罗斯、埃涅阿斯、得伊福玻斯、安忒诺及狄俄墨得斯上。

帕里斯　天已经大亮，把她交给这位希腊勇士的预订时间很快就要到了。特洛伊罗斯，我的好兄弟，你去告诉这位姑娘她所应该做的事，催她赶快收拾一切，准备动身。

特洛伊罗斯　你们各位都跟我到她家里去；我立刻带她出来。当我把她交给这个希腊人的时候，请你把他的手当作一座祭坛，你的兄弟特洛伊罗斯是个祭司，把他自己的心挖出来作为献祭了。（下。）

帕里斯　我知道一个人在恋爱中的心理；可是我虽然老大不忍，却没有法子帮助他！各位将军，请进去吧。（同下。）

第四场　同前。潘达洛斯家中一室

潘达洛斯及克瑞西达上。

潘达洛斯　别太伤心啦，别太伤心啦。

克瑞西达　你为什么叫我别太伤心呢？我所感到的悲哀是这样地深刻、广泛、透彻而强烈，我怎么能够把它压抑下去呢？要是我可以节制我的感情，或是把它的味道冲得淡薄一点，那么也许我也可以节制我的悲哀；可是我的爱是不容许掺入任何水分的，我失去了这样一个爱人的悲哀，也是没有法子可以排遣的。

特洛伊罗斯上。

潘达洛斯　他、他、他来了。啊！好一对鸳鸯！

克瑞西达　（抱特洛伊罗斯）啊，特洛伊罗斯！特洛伊罗斯！

潘达洛斯　瞧这一双痴男怨女！我也要想抱着什么人哭一场哩。那歌儿是怎么说的？

啊，心啊，悲哀的心，
你这样叹息为何不破碎？

下面的答句是——

因为言语或友情，
都不能给你的痛苦以安慰。

这几行诗句真是说得入情入理。可见什么东西都不应该随便丢弃，因为我们也许会有一天用得着这样几句诗的。喂，小羊们！

特洛伊罗斯　克瑞西达，我因为爱你爱得这样虔诚，远胜于从我的冷淡的嘴唇里所吐出来的对于神明的颂祷，所以激怒了天神，把你夺去了。

克瑞西达　天神也会嫉妒吗？

潘达洛斯　是，是，是，是，这是一桩非常明显的事实。

克瑞西达　我真的必须离开特洛伊吗？

特洛伊罗斯　这是一件无可避免的恨事。

克瑞西达　怎么！也必须离开特洛伊罗斯吗？

特洛伊罗斯　你必须离开特洛伊，也必须离开特洛伊罗斯。

克瑞西达　真会有这种事吗？

特洛伊罗斯　而且是这样匆促。运命的无情的毒手把我们硬生生拆分开来，不留给我们一些从容握别的时间；它粗暴地阻止了我们唇吻的交融，用蛮力打散了我们紧紧的偎抱，把我们无限郑重的深盟密誓扼死在我们的喉间。我们用千万声叹息买到了彼此的爱情，现在却必须用一声短促的叹息把我们自己廉价出卖。无情的时间像一个强盗似的，现在必须把他所偷到的珍贵宝物急急忙忙塞在他的包裹里；像天上的星那么多的离情别意，每一句道别都伴着一声叹息一个吻，都被他挤塞在一句简单的"再会"里；只剩给我们草草的一吻，被断续的泪珠和成了辛酸的滋味。

埃涅阿斯　（在内）殿下，那姑娘预备好了没有？

特洛伊罗斯　听！他们在叫你啦。有人说，一个人将死的时候，催命的鬼差也是这样向他"来吧！""来吧！"地招呼着的。叫他们耐心等一会儿；她就要来了。

潘达洛斯　我的眼泪呢？快下起雨来，把我的叹息打下去，因为它像一阵大风似的，要把我的心连根吹起来了呢！（下。）

克瑞西达　那么我必须到希腊人那儿去吗？

特洛伊罗斯　没有挽回的余地了。

克瑞西达　那么我要在快活的希腊人中间，做一个伤心的克瑞西达了！我们什么时候再相会呢？

特洛伊罗斯　听我说，我的爱人。只要你忠心不变——

克瑞西达　我忠心不变！怎么！你怀疑我吗？

特洛伊罗斯　不，你不要误会我的意思；我说"只要你忠心不变"，不是对你有什么不放心的地方，我不过用这样一句话，引起我下面的意思。只要你忠心不变，我一定会来看你的。

克瑞西达　啊！殿下，那您就要遭到不测的危险啦；可是我的忠心是不会变的。

特洛伊罗斯　我要出入危险，习以为常。你佩戴着我这衣袖吧。

克瑞西达　这手套也请您永远戴在手上。我什么时候再看见您呢？

特洛伊罗斯　我会贿赂希腊的守兵，每天晚上来探望你。可是你不要变心。

克瑞西达　天哪！又是"不要变心"！

特洛伊罗斯　爱人，听我告诉你我说这句话的理由：希腊的青年们都是充满美好的品质的，他们都很可爱，很俊秀，有很好的天赋，又博学多能，我怕你也许会喜新忘旧；唉！一种真诚的嫉妒占据着我的心头，请你把它叫作纯洁的罪恶吧。

克瑞西达　天哪！您不爱我。

特洛伊罗斯　那么让我像一个恶徒一样不得好死！我不是怀疑你的忠心，只是不相信自己有什么长处：我不会唱歌，不会跳舞，不会讲那些花言巧语，也不会跟人家钩心斗角，这些都是希腊人最擅长的本领；可是我可以说在每一种这一类的优点中间，都潜伏着一个不动声色的狡猾的恶魔，引诱人堕入他的圈套。希望你不要被他诱惑。

克瑞西达　您想我会被他诱惑吗？

特洛伊罗斯　不。可是有些事情不是我们的意志所能做主的；有时候我们会变成引诱自己的恶魔，因为过于相信自己的脆弱易变的心性，而陷于身败名裂的地步。

埃涅阿斯　（在内）殿下！

特洛伊罗斯　来，吻我；我们就此分别了。

帕里斯　（在内）特洛伊罗斯兄弟！

特洛伊罗斯　哥哥，你带着埃涅阿斯和那希腊人进来吧。

克瑞西达　殿下，您不会变心吗？

特洛伊罗斯　谁，我吗？唉，忠心是我唯一的过失：当别人用手段去沽名钓誉的时候，我却用一片忠心博得一个痴愚的名声；人家用奸诈在他们的铜冠上镀了一层金，我只有纯朴的真诚，我的王冠是敝旧而没有虚饰的。你尽可相信我的一片真心：我的为人就是纯正朴实，如此而已。

　　　　　埃涅阿斯、帕里斯、安忒诺、得伊福玻斯及狄俄墨得斯上。

特洛伊罗斯　欢迎，狄俄墨得斯将军！这就是我们向你们交换安忒诺的那位姑娘，等我们到了城门口的时候，我就把她交给你，一路上我还要告诉你她是怎样的一个人。你要好好看顾她；凭着我的灵魂起誓，希腊人，要是有一天你的生命悬在我的剑下，只要一提起克瑞西达的名字，你就可以像普里阿摩斯坐在他的深宫里一样安全。

狄俄墨得斯　克瑞西达姑娘，您无须感谢这位王子的关切，您那明亮的眼睛，您那天仙化人的面庞，就是最有力的言辞，使我不能不给您尽心的爱护；您今后就是狄俄墨得斯的女主人，他愿意一切听从您的吩咐。

特洛伊罗斯　希腊人，你用这种恭维她的话语，来嘲笑我的诚意的请托，未免太没有礼貌了。我告诉你吧，希腊的将军，她的好处是远超过你的恭维以上的，你也不配做她的仆人。我吩咐你好好看顾她，因为这就是我的吩咐；要是你胆敢欺负她，那么即使阿喀琉斯那个大汉做你的保镖，我也要切断你的喉咙。

狄俄墨得斯　啊！特洛伊罗斯王子，您不用生气，让我凭着我的地位和使命所赋有的特权，说句坦白的话：当我离开这儿以后，我爱怎么做就怎么做，什么人也不能命令我；我将按照她本身的价值看重她，可是您要是叫我必须怎么怎么做，那么我就用我的勇气和荣誉，回答您一个"不"字。

特洛伊罗斯　来，到城门口去吧。我对你说，狄俄墨得斯，你今天对我这样出言不逊，以后你可不要碰在我的手里。姑娘，让我挽着您的手，我们就在路上谈谈我们两人所要说的话吧。

（特洛伊罗斯、克瑞西达、狄俄墨得斯同下；喇叭声。）

帕里斯　听！赫克托的喇叭声。

埃涅阿斯　我们把这一个早晨浪费过去了！我曾经对他发誓，要比他先到战场上去，现在他一定要怪我怠惰迟慢了。

帕里斯　这都是特洛伊罗斯不好。来，来，到战场上去会他。

得伊福玻斯　我们立刻就去吧。

埃涅阿斯　好，让我们像一个精神奋发的新郎似的，赶快去追随在赫克托的左右；我们特洛伊的光荣，今天完全依靠着他一个人的神威。（同下。）

第五场　希腊营地。前设围场

埃阿斯披甲胄及阿伽门农、阿喀琉斯、帕特洛克罗斯、墨涅拉俄斯、俄底修斯、涅斯托等同上。

阿伽门农　你已经到了约定的地点,勇气勃勃地等候时间的到来。威武的埃阿斯,用你的喇叭向特洛伊高声吹响,让它传到你那英勇的敌人的耳中,召唤他出来吧。

埃阿斯　吹喇叭的,我多赏你几个钱,你替我使劲地吹,把你那喇叭管子都吹破了吧。吹啊,家伙,鼓起你的腮帮,挺起你的胸脯,吹得你的眼睛里冒血,给我把赫克托吹了出来。(吹喇叭。)

俄底修斯　没有喇叭回答的声音。

阿喀琉斯　时候还早哩。

阿伽门农　那里不是狄俄墨得斯带着卡尔卡斯的女儿来了吗?

俄底修斯　正是他,我认识他走路的姿态;看他趾高气扬的样子,好像非常得意。

狄俄墨得斯及克瑞西达上。

阿伽门农　这位就是克瑞西达姑娘吗?

狄俄墨得斯　正是。

阿伽门农　好姑娘,欢迎您到我们这儿来。

涅斯托　我们的元帅用一个吻来欢迎您哩。

俄底修斯　可是那只能表示他个人的盛意;她是应该让我们大家都有接一次吻的机会的。

涅斯托　说得有理;我来开始吧。涅斯托已经吻过了。

阿喀琉斯　美人,让我吻去您嘴唇上的冰霜;阿喀琉斯向您表示他的欢迎。

墨涅拉俄斯　我也有吻她一次的权利。

帕特洛克罗斯　你还是放弃了你的权利吧;帕里斯也正是这样打旁边杀了过来,把你的权利夺了去的。

俄底修斯　啊,杀人的祸根,我们一切灾难的主因;为了一个人而我们来混战这一场。

帕特洛克罗斯　姑娘，这第一个吻是墨涅拉俄斯的；第二个是我的：帕特洛克罗斯吻着您。

墨涅拉俄斯　啊！这倒很方便！

帕特洛克罗斯　帕里斯跟我两个人总是代替他和人家接吻。

墨涅拉俄斯　我一定要得到我的一吻。姑娘，对不起。

克瑞西达　在接吻的时候，是您给我吻呢还是您受我的吻？

帕特洛克罗斯　我给您吻，也受您的吻。

克瑞西达　权衡轻重，不可吃亏，您所受的吻胜过您所给的吻，所以我不让您吻。

墨涅拉俄斯　那么我给您利息；让我用三个吻换您的一个吧。

克瑞西达　你确是个怪人；偏偏不用双数。

墨涅拉俄斯　姑娘，单身汉都很古怪。

克瑞西达　帕里斯却成了双；你也明明知道；你变得吊单了，他占了你的便宜，你是有苦说不出。

墨涅拉俄斯　你真是当头一棒呢。

克瑞西达　对不起。

俄底修斯　你俩并不能针锋相对，这笔买卖是做不成的。好姑娘，我可以向您讨一个吻吗？

克瑞西达　可以。

俄底修斯　我真想吻你。

克瑞西达　好，您讨吧。

俄底修斯　那么，为了维纳斯的缘故，给我一个吻；等海伦再变成一个处女的时候，他也可以吻您，他的吻也让我代领了吧。

克瑞西达　这一笔债可以记在账上，等它到期的时候，您再来问我讨吧。

俄底修斯　那是永远不会到期的，那么把我的一吻给我。

狄俄墨得斯　姑娘,我带您去见令尊吧。(狄俄墨得斯偕克瑞西达下。)

涅斯托　一个伶俐的女人。

俄底修斯　算了,算了!她的眼睛里、面庞上、嘴唇边都有话,连她的脚都会讲话呢;她身上的每一处骨节,每一个行动,都透露出风流的心情来。呵,这类油腔滑调的东西,厚着脸皮,侧步而进;她们把心里的话全部打开,引人上钩:简直是街头卖俏,唾手可得。(喇叭声。)

众人　特洛伊人的喇叭。

阿伽门农　他们的军队来了。

　　　　赫克托披甲胄;埃涅阿斯、特洛伊罗斯与其他特洛伊将士等上。

埃涅阿斯　各位希腊将军请了!赫克托叫我来问你们,在今天这次比武中间,交战双方是不是一定要一决雌雄,死伤流血,在所不计;还是在一方面已经占到上风的时候,就由监战的人发令双方停止?

阿伽门农　赫克托愿意采取哪一种方式?

埃涅阿斯　他没有意见;他愿意服从两方面议定的条件。

阿喀琉斯　这正是赫克托的作风,想得很周到,有点儿骄傲,可是未免太小看对方的骑士了。

埃涅阿斯　将军,您倘然不是阿喀琉斯,那么请问您叫什么名字?

阿喀琉斯　我倘不是阿喀琉斯,就是个无名小卒。

埃涅阿斯　那么尊驾正是阿喀琉斯了。可是让我告诉您吧:赫克托有的是吞吐宇宙的无限大的勇气,却没有一丝一毫的骄傲。您要是知道他的为人,那么他这种表面上的骄傲,正是他的礼貌。你们这位埃阿斯的身体上有一半是和赫克托同血统的,为了顾念亲属的情谊,今天只有半个赫克托出场,用他一半的心,一半的身体,来跟这个一半特洛伊人一半希腊人的混血骑士相会。

阿喀琉斯　那么今天的战争只是一场娘儿们的打架吗？啊！我知道了。

　　　　狄俄墨得斯重上。

阿伽门农　狄俄墨得斯将军来了。善良的骑士，你去站在我们这位埃阿斯的旁边；你和埃涅阿斯将军就做两方面的监战人吧，或者让他们战到精疲力竭，或者让他们略为打上一两回合，都由你们两人决定。这两个交战的既然是亲戚，恐怕他们剑下不免有所顾忌。（埃阿斯、赫克托二人入场。）

俄底修斯　他们已经拔剑相向了。

阿伽门农　那个满脸懊丧的特洛伊人是谁？

俄底修斯　普里阿摩斯的最小的儿子，一个真正的骑士：他未曾经过多大的历练，可是已经卓尔不群；他的出言很坚决，他的行为代替了他的言辞，他也从不矜功伐能；他不容易动怒，可是一动了怒，他的怒气却不容易平息下来；他有一颗坦白的心和一双慷慨的手，他所有的都可以给人家，他所想到的都不加掩饰，可是他的慷慨并不是滥施滥予，他的嘴里也从不曾吐露过一些卑劣的思想。他像赫克托一样勇敢，可是比赫克托更厉害；因为赫克托在盛怒之中，只要看见柔弱的事物，就会心软下来，可是他在激烈行动的时候，是比善妒的爱情更为凶狠。他们称他为特洛伊罗斯，在他的身上建立着未来的希望，足与赫克托先后媲美。这是埃涅阿斯对我说的，他很熟悉这个少年，当我在特洛伊宫里的时候，他这样私下告诉我的。（号角声；赫克托与埃阿斯交战。）

阿伽门农　他们打起来了。

涅斯托　埃阿斯，出力！

特洛伊罗斯　赫克托，你睡着了吗；醒来！

阿伽门农　他的剑法很不错；好啊，埃阿斯！

狄俄墨得斯　大家住手。（号角声停止。）

埃涅阿斯　两位王子，够了，请歇手吧。

埃阿斯　我还没有上劲呢；再打一会儿吧。

狄俄墨得斯　请问赫克托的意思。

赫克托　好，那么我是不愿意再打下去了。将军，你是我的父亲的妹妹的儿子，伟大的普里阿摩斯的侄儿；血统上的关系，阻止我们作流血的斗争。要是在你身上混合着的希腊和特洛伊的血液，可以使你这样说，"这一只手是完全属于希腊的，这一只是属于特洛伊的；这腿上的筋肉全然是希腊的，这腿上全然是特洛伊的；右边的脸上流着我母亲的血液，左边的流着我父亲的血液。"那么凭着万能的乔武起誓，我要用我的剑在你每一处流着希腊血液的肢体上留下这一场恶战的痕迹；可是我不能上干天怒，让我的利剑沾上一滴你所得自你的母亲、我的可尊敬的姑母的血液。让我拥抱你，埃阿斯；凭着震响着雷霆的天神起誓，你有很壮健的手臂：兄弟，愿你得到一切的光荣！

埃阿斯　谢谢你，赫克托；你是一个太仁厚慷慨的人。我本意是要来杀死你，替自己博得一个英雄的名声。

赫克托　即使最负盛名的涅俄普托勒摩斯[①]，也不能希望从赫克托身上夺得光荣。

埃涅阿斯　两方面都在等着看你们两位还有什么行动。

赫克托　我们就这样回答：拥抱是这一场决战的结果。埃阿斯，再会。

[①]　涅俄普托勒摩斯（Neoptolemus），即皮洛斯，是阿喀琉斯的儿子。此处显然是指阿喀琉斯本人。

埃阿斯　这是一个难得的机会,要是我的请求可以获得胜利,那么我要请我的著名的表兄到我们希腊营中一叙。

狄俄墨得斯　这是阿伽门农的意思,伟大的阿喀琉斯也渴想见一见解除甲胄的赫克托的英姿。

赫克托　埃涅阿斯,叫我的兄弟特洛伊罗斯过来见我;把这次友谊的访问通知我们特洛伊方面的观战将士,叫他们回去吧。兄弟,把你的手给我;我愿意跟你一起吃吃喝喝,认识认识你们的骑士。

埃阿斯　伟大的阿伽门农亲自来迎接我们了。

赫克托　凡是他们中间最有名的人物,都请你一个一个把他们的名字告诉我;可是轮到阿喀琉斯的时候,我要凭着我自己的眼睛,从他魁梧庞大的身体上认出他来。

阿伽门农　尊贵的英雄!我们热烈欢迎你,正像我们热烈希望早早去掉你这样一位敌人一样;可是在欢迎的时候,不该说这样的话,请你明白我的意思,在过去和未来的路上,是布满毁灭的零落的残迹的,可是在此时此刻,我们却毫不猜疑,以出于真心的诚意向你表示欢迎,伟大的赫克托!

赫克托　谢谢你,尊严的阿伽门农。

阿伽门农　(向特洛伊罗斯)特洛伊著名的将军,我们同样欢迎你的光降。

墨涅拉俄斯　让我继我的王兄之后,欢迎你们两位英雄的兄弟。

赫克托　这一位将军是谁?

埃涅阿斯　尊贵的墨涅拉俄斯。

赫克托　啊!是您吗,将军?凭着战神的臂鞲,谢谢您!不要笑我发这样古怪的誓,您那位从前的太太总是凭着爱神的手套起誓的;她很安好,可是没有叫我向您问候。

墨涅拉俄斯　别提起她,将军;她是一个死了的题目。

赫克托　啊！对不起，恕我失言。

涅斯托　勇敢的特洛伊人，我常常看见你突过希腊青年的队伍，像披荆斩棘一样挥舞着你的宝剑，一手操纵着死生的命运；我也看见你像一个盛怒的珀耳修斯①似的鞭策着骏马驰骋，把你的剑停留在空中，不去加诛那些望风披靡的败将降卒；那时我曾经对旁边的人说，"瞧！那边正是天神朱庇特在那儿决定人们的生死呢！"我也看见一群希腊人把你紧紧包围在中间，像俄林波斯山上的一场角斗似的，你却从容不迫地在那儿休息；可是当我看见你的时候，你的脸总是深锁在钢铁的面甲里，直到现在方才看到你的面目。我认识你的祖父，曾经跟他交战过一次，他是一位很好的军人；可是凭着伟大的战神起誓，你比他强得多啦。让一个老年人拥抱你；可尊敬的战士，欢迎你驾临我们的营地。

埃涅阿斯　这位是年老的涅斯托。

赫克托　让我拥抱你，久历沧桑的好老人家；最可尊敬的涅斯托，我很高兴遇见你。

涅斯托　我希望我的臂膀不但能够拥抱你，也能够和你在疆场上决战。

赫克托　我也希望它们能够。

涅斯托　嘿！凭着我这一把白须，我明天可要跟你决战几回合呢。好，欢迎，欢迎！我现在是老了——

俄底修斯　特洛伊的柱石已经在我们这儿了，我不知道现在那座城会不会倒下来。

赫克托　俄底修斯将军，您的容貌我还记得很清楚。啊！自从上次您跟狄俄墨得斯出使敝城，我们初次会面以后，已经死了

---

①　珀耳修斯（Perseus），希腊神话中的著名英雄。

多少希腊人和特洛伊人啦。

俄底修斯　将军，我那时候早就向您预告后来的事情了；我的预言还不过应验了一半，因为那座屏障贵邦的顽强的城墙，那些高耸云霄的碉楼，都必须吻它们自己脚下的泥土。

赫克托　我不能相信您的话，它们现在还是固若金汤；照我并不夸大的估计，打落每一块弗里吉亚的石头，都必须用一滴希腊人的血做代价。什么事情都要到结局方才知道究竟，那位惯于调停一切的时间老人，总有一天会替我们结束这一场纷争的。

俄底修斯　那么就让他去解决一切吧。最温良、最勇武的赫克托，欢迎！等元帅宴请过您以后，我也要请您驾临敝营，让我略尽地主之谊。

阿喀琉斯　对不起，俄底修斯将军，我要占先一下！赫克托，我已经把你看了个饱，仔细端详过你的面貌，把你身上的每一个地方都牢牢记住了。

赫克托　这位就是阿喀琉斯吗？

阿喀琉斯　我就是阿喀琉斯。

赫克托　请你站好，我也要看看你。

阿喀琉斯　你尽管看吧。

赫克托　我已经看好了。

阿喀琉斯　你看得太快了。我可要像买东西似的再把你从头到脚细细看一遍。

赫克托　啊！你要把我当作一本兵法书细看吗？可是我怕你有许多地方看不懂。为什么你要这样尽盯着我？

阿喀琉斯　天神啊，告诉我，我应该在他身上的哪一部分把他杀死呢？是这儿，是这儿，还是这儿？让我认清在什么方位结果赫克托的生命。天神啊，回答我吧！

赫克托　骄傲的人，天神倘会回答这样一个问题，他们也不成其为天神了。请你再站一站。你以为取我的命是一件这么容易的事，可以让你预先认清在什么地方把我杀死吗？

阿喀琉斯　我告诉你，是的。

赫克托　即使你的话是天神的启示，我也不会相信。你还是自己留心点儿吧，因为我要把你杀死的时候，我不是在这儿那儿杀死你，凭着替战神打盔的铁砧起誓，我要在你身上每一处地方杀死你。各位聪明的希腊人，恕我夸下这样的海口，他出言不逊，激我说出这样狂妄的话来；可是我倘不能用行为证实我的话，我就永不——

埃阿斯　表兄，你不必生气。阿喀琉斯，您也不用说这种恫吓的话，等您用得着它们的时候再拿出来吧；只要您有胃口，您可以每天去跟赫克托厮杀的。可是我怕我们全营将士请您出马的时候，您又请也请不出来了。

赫克托　请您让我在战场上跟您相见好不好？自从您不肯替希腊人出力以来，我们已经好久不曾有过痛快的厮杀了。

阿喀琉斯　赫克托，你请求我吗？好，明天我一定和你相会，决一个你死我活；可是今天晚上我们是好朋友。

赫克托　一言为定，把你的手给我。

阿伽门农　各位希腊将士，你们大家先到我的营帐里来，参加共同的欢宴；要是赫克托有功夫，你们有谁想要表示你们好客的殷勤，再可以各自招待他。把鼓儿高声打起来，把喇叭吹起来，让这位大英雄知道我们对他的欢迎。（除特洛伊罗斯、俄底修斯二人外皆下。）

特洛伊罗斯　俄底修斯将军，请您告诉我，卡尔卡斯住在什么地方？

俄底修斯　在墨涅拉俄斯的营帐里，尊贵的特洛伊罗斯；狄俄墨得斯今晚就在那儿陪他喝酒，这家伙眼睛里不见天地，只是瞧着美丽的克瑞西达。

特洛伊罗斯　将军，我们从阿伽门农帐里出来以后，可不可以有劳您带我到那里去？

俄底修斯　您可以命令我。我也要请问一声，这位克瑞西达姑娘在特洛伊的名誉怎样？她在那里有没有什么情人因为跟她分别而伤心？

特洛伊罗斯　啊，将军！我真像一个向人夸示他的伤疤的人一样，反而遭到您的讥笑了。请吧，将军。她曾经被人爱，她也爱过人，她现在还是这样；可是甜蜜的爱情往往是命运嘴里的食物。（同下。）

第五幕

第一场　希腊营地。阿喀琉斯帐前

　　阿喀琉斯及帕特洛克罗斯上。
阿喀琉斯　今夜我要用希腊的美酒烧热他的血液,明天再用我的宝剑叫它冷下来。帕特洛克罗斯,我们一定要请他痛痛快快地大吃一顿。
帕特洛克罗斯　忒耳西忒斯来了。
　　忒耳西忒斯上。
阿喀琉斯　啊,你这嫉妒的核儿!你这天生的硬面包壳儿!有什么消息?
忒耳西忒斯　嘿,你这虚有其表的画像,你这痴人崇拜者的偶像,这儿有一封信给你。
阿喀琉斯　从哪儿来的,你这七零八碎的东西?
忒耳西忒斯　嘿,你这满盘的傻瓜,从特洛伊来的。
帕特洛克罗斯　现在谁在看守着营帐?

忒耳西忒斯　军医和伤兵。①

帕特洛克罗斯　说得妙，你这捣蛋鬼，耍这种把戏有什么意思？

忒耳西忒斯　请你免开尊口，孩子；我一点也不能从你的谈话里得到什么好处。人家都以为你是阿喀琉斯的雄丫头。

帕特洛克罗斯　混蛋！什么叫作雄丫头？

忒耳西忒斯　嘿，雄丫头就是男婊子。但愿南方的各种恶病，绞肠、脱肠、伤风、肾砂、昏睡症、瘫痪、烂眼、坏肝、哮喘、膀胱肿毒、坐骨神经痛、灰掌疯、无药可医的筋骨痛、终身不治的水泡疹，一股脑儿染到你这荒唐家伙的身上！

帕特洛克罗斯　怎么，你这该死的嫉妒匣子，你这样咒人是什么意思？

忒耳西忒斯　我咒你吗？

帕特洛克罗斯　哼，你这烂木桶，你这婊子生的不成形的恶狗，你没有咒我。

忒耳西忒斯　没有！那么你为什么发急，你这一绞轻薄的丝线，你这罩在烂眼上的绿绸眼罩，你这浪子钱袋上的流苏，你？啊！这个寒碜的世间怎么尽是这些水面的飞虫，这些可厌的渺小的生物！

帕特洛克罗斯　闭嘴，恶毒的东西！

忒耳西忒斯　你这麻雀蛋儿！

阿喀琉斯　我的好帕特洛克罗斯，我明天出战的雄心已经受到挫折。这儿是一封赫卡柏王后写来的信，还有她的女儿，我的爱人，给我的一件礼物，她们都恳求我遵守我从前发过的一句誓言。我不愿违背我的誓言。让希腊没落，让名誉消失，

---

① 原文 tent 有两个意思：营帐和检查伤口的针具。忒耳西忒斯在回答时故意曲解原意，答非所问。

095

让光荣或去或留吧；我必须服从我所已经发过的重誓。来，来，忒耳西忒斯，帮着布置布置我的营帐；今夜一定要在欢宴中消度过去。去吧，帕特洛克罗斯！（阿喀琉斯、帕特洛克罗斯同下。）

忒耳西忒斯　这两个人有太多的血气，太少的头脑，也许会发起疯来；要是他们因为有太多的头脑，太少的血气而发疯，那么我倒可以治愈他们的疯病。还有那个阿伽门农，人倒很老实，他也很爱玩鹌鹑，可是他的头脑总共还不过像耳屎那么一点点。讲到他那个外表像天神的兄弟，那头公牛，那尊原始的雕像，那座歪斜的王八的纪念碑，他不过是用链条穿起了挂在他哥哥腿上的一块小小的鞋拔；像他这种家伙，智慧里掺了些奸恶，奸恶里拼了些智慧，还能够叫他变得比现在的样子好一点吗？变一头驴子，那也不算什么；他又是驴子又是牛。变一头牛，那也不算什么；他又是牛又是驴子。变一条狗、一头骡子、一只猫、一只臭鼬、一只蛤蟆、一条蜥蜴、一只枭、一只鹞子，或是一条没有卵的鲱鱼，我都不在乎；可是倘要叫我变一个墨涅拉俄斯！嘿，我才要向命运造反呢。要是我不是忒耳西忒斯，那么别问我愿意变什么，因为就是叫我做癞病人身上的一个虱子我都愿意，只要不是做墨涅拉俄斯。哎哟！精灵们带着火把来啦！

　　　　赫克托、特洛伊罗斯、埃阿斯、阿伽门农、俄底修斯、涅斯托、墨涅拉俄斯及狄俄墨得斯各持火炬上。

阿伽门农　我们走错了，我们走错了。
埃阿斯　不，那儿就是；就是那个有火光的地方。
赫克托　真太麻烦你们了。
埃阿斯　不，没有什么。
俄底修斯　他自己来接您啦。

阿喀琉斯重上。

阿喀琉斯　欢迎，勇敢的赫克托；欢迎，各位王子。
阿伽门农　特洛伊的英雄王子，我现在要向您道晚安了。埃阿斯
　　　　　会吩咐卫士们侍候您的。
赫克托　谢谢您，愿您晚安，希腊的元帅。
墨涅拉俄斯　晚安，将军。
赫克托　晚安，墨涅拉俄斯好将军。
忒耳西忒斯　好个屁：你说好呀？好粪坑，好尿桶。
阿喀琉斯　回去的人我向他们道晚安，留着的人我欢迎他们。
阿伽门农　晚安。（阿伽门农、墨涅拉俄斯同下。）
阿喀琉斯　年老的涅斯托也没有去；狄俄墨得斯，你也在这儿耽
　　　　　搁一二小时，陪陪赫克托吧。
狄俄墨得斯　我不能,将军；我有重要的事情,现在就要去了。晚安,
　　　　　伟大的赫克托。
赫克托　把您的手给我。
俄底修斯　（向特洛伊罗斯旁白）跟着他的火把跑；他是到卡尔
　　　　　卡斯的帐里去的。我陪您走走。
特洛伊罗斯　真是有劳您啦。
赫克托　好,晚安。（狄俄墨得斯下；俄底修斯、特洛伊罗斯随下。）
阿喀琉斯　来，来，我们进帐吧。（阿喀琉斯、赫克托、埃阿斯、
　　　　　涅斯托同下。）
忒耳西忒斯　那个狄俄墨得斯是个奸诈小人，一个居心不正的坏
　　　　　家伙；当他斜着眼睛瞧人的时候，正像一条发着咝咝声音的
　　　　　蛇一样靠不住。他会随口许愿，可是等到他履行他所许的愿
　　　　　的时候，天文学家也会发出预告，因为那时候天象一定会发
　　　　　生巨大的变化，太阳反而要向月亮借光了。我宁愿不看赫克
　　　　　托，一定要跟住他；人家说他养着一个特洛伊的婊子，借那

097

卖国贼卡尔卡斯的营帐幽会。我要跟他去。奸淫，只有奸淫！全都是些不要脸的淫棍！（下。）

第二场　同前。卡尔卡斯帐前

　　　　　狄俄墨得斯上。
狄俄墨得斯　喂！你睡了没有？
卡尔卡斯　（在内）谁在叫？
狄俄墨得斯　狄俄墨得斯。是卡尔卡斯吗？你的女儿呢？
卡尔卡斯　（在内）她就来了。
　　　　　特洛伊罗斯及俄底修斯自远处上；忒耳西忒斯随上。
俄底修斯　站远一些，别让火把照见我们。
　　　　　克瑞西达上。
特洛伊罗斯　克瑞西达出来会他了。
狄俄墨得斯　啊，我的被保护人！
克瑞西达　我的亲爱的保护人！来！我给您说句话。（向狄俄墨得斯耳语。）
特洛伊罗斯　哼，这样亲热！
俄底修斯　她会向无论哪个初次见面的男人唱歌。
忒耳西忒斯　不论哪个男人都能跟她唱到一块儿去，只要他能搭上她的腔调，她的调门多得很。
狄俄墨得斯　你会记得吗？
克瑞西达　记得，记得。
狄俄墨得斯　好，你可记住了；不要口不应心。
特洛伊罗斯　叫她记住些什么？
俄底修斯　听着！

克瑞西达　甜甜蜜蜜的希腊人，别再诱我干那些傻事情了。

忒耳西忒斯　捣什么鬼！

狄俄墨得斯　不，那么——

克瑞西达　我对您说呀——

狄俄墨得斯　算了，算了，有什么说的；你已经背了誓了。

克瑞西达　真的，我不能。你要我怎么样？

忒耳西忒斯　一个鬼把戏——公开的秘密。

狄俄墨得斯　你不是发过誓要给我一件什么东西吗？

克瑞西达　请您不要逼我履行我的誓言了，亲爱的希腊人；除了这一件事情以外，我什么都依你。

狄俄墨得斯　晚安！

特洛伊罗斯　忍耐，把这口怒气压下去吧！

俄底修斯　你怎么啦，特洛伊人？

克瑞西达　狄俄墨得斯——

狄俄墨得斯　不，不，晚安；我不愿再被愚弄了。

特洛伊罗斯　比你更好的人也被她愚弄过了。

克瑞西达　听着！我向您的耳边说句话。

特洛伊罗斯　该死，该死！

俄底修斯　您在动怒了，王子；我们还是走吧，免得您的脾气越发越大。这地方是个危险的地方，这时间也是容易闯祸的时间。请您回去吧。

特洛伊罗斯　不，你瞧你瞧！

俄底修斯　您还是走吧；您已经气得发疯了。来，来，来。

特洛伊罗斯　请你再等一会儿。

俄底修斯　您快要忍耐不住了；来。

特洛伊罗斯　请你等一会儿。凭着地狱和一切地狱里的酷刑发誓，我决不说一句话！

狄俄墨得斯　好，晚安！

克瑞西达　可是您是含怒而去的。

特洛伊罗斯　那使你心里难过吗？啊，枯萎了的忠心！

俄底修斯　怎么，怎么，王子！

特洛伊罗斯　天神在上，我忍耐就是了。

克瑞西达　我的保护人！——喂，希腊人！

狄俄墨得斯　呸，呸！再见；你老是作弄人家。

克瑞西达　凭良心说，我没有；您回来呀。

俄底修斯　您在气得发抖了；王子；我们走吧，您要忍不住了。

特洛伊罗斯　她摸他的脸！

俄底修斯　来，来。

特洛伊罗斯　不，等一会儿；天神在上，我决不说一句话；在我的意志和一切耻辱的中间，有忍耐在那儿看守着；再等一会儿吧。

忒耳西忒斯　那个屁股胖胖的、手指粗得像马铃薯般的荒淫的魔鬼怎么会把这两个宝货撮在一起！煎吧，都给我在奸淫里煎枯了吧！

狄俄墨得斯　那么你答应了吗？

克瑞西达　是，我答应了；不骗您。

狄俄墨得斯　给我一件什么东西做保证吧。

克瑞西达　我去给您拿来。（下。）

俄底修斯　您发誓说一定忍耐的。

特洛伊罗斯　你放心吧，好将军；我一定抑制住自己，不让我的感情暴露出来；我满心都是忍耐。

　　　　　克瑞西达重上。

忒耳西忒斯　抵押品来了！瞧，瞧，瞧！

克瑞西达　狄俄墨得斯，这衣袖请您收下来吧。

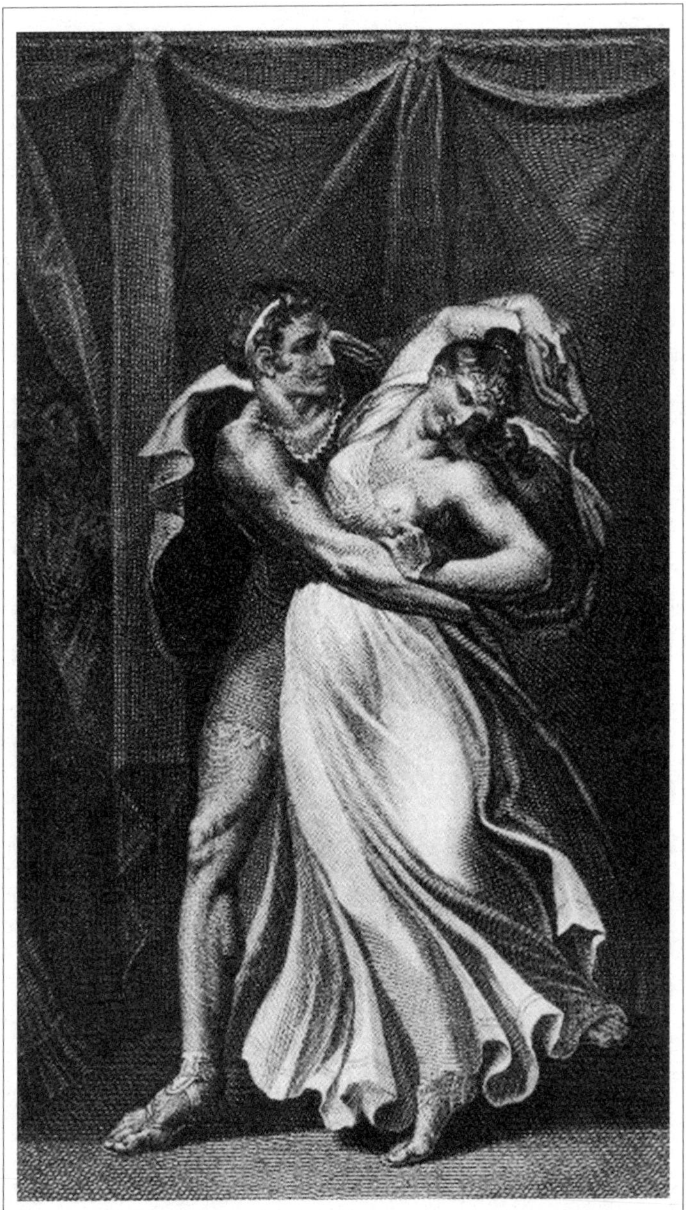

特洛伊罗斯　啊，美人！你的忠心呢？

俄底修斯　王子——

特洛伊罗斯　我会忍耐；在外表上忍住我的怒气。

克瑞西达　您瞧瞧那衣袖；瞧清楚了。他曾经爱过我——啊，负心的女人！把它还给我。

狄俄墨得斯　这是谁的？

克瑞西达　您已经还了我，不用再问了。明天晚上我不愿跟您相会。狄俄墨得斯，请您以后不要再来看我了吧。

忒耳西忒斯　现在她又要磨他了；说得好，磨石！

狄俄墨得斯　拿来给我。

克瑞西达　什么，是这个吗？

狄俄墨得斯　是这个。

克瑞西达　天上的诸神啊！你可爱的、可爱的信物！你的主人现在正在床上躺着想起你也想起我；他一定在那儿叹气，拿着我的手套，一边回忆一边轻轻地吻着它；就像我吻着你一样。不，不要从我手里把它夺去；谁拿了它去，就是把我的心也一块儿拿去了。

狄俄墨得斯　你的心已经给了我了；这东西也是我的。

特洛伊罗斯　我已经发誓忍耐。

克瑞西达　你不能把它拿去，狄俄墨得斯；真的您不能拿去；我宁愿把别的东西给您。

狄俄墨得斯　我一定要这个。它是谁的？

克瑞西达　您不用问。

狄俄墨得斯　快说，它本来是属于谁的？

克瑞西达　它本来是属于一个比您更爱我的人的。可是您既然已经拿了去，就给了您吧。

狄俄墨得斯　它是谁的？

克瑞西达　凭着狄安娜女神和侍候她的那群星娥起誓,我不愿告诉您它是谁的。

狄俄墨得斯　明天我要把它佩在我的战盔上,要是他不敢向我挑战,也叫他看着心里难过。

特洛伊罗斯　即使你是魔鬼,把它挂在你的角上,我也要向你挑战。

克瑞西达　好,好,事情已经过去,也不用说了;可是不,我不愿应您的约会。

狄俄墨得斯　好,那么再见;狄俄墨得斯以后再不让你玩弄了。

克瑞西达　您不要去;人家刚说了一句话,您又恼起来啦。

狄俄墨得斯　我不喜欢让人开这样的玩笑。

忒耳西忒斯　我也不喜欢,自有地狱王为证;可是你不喜欢的事我倒最喜欢。

狄俄墨得斯　那么我要不要来?什么时候?

克瑞西达　好,你来吧;——天哪!——你来吧;——我一定要受神明的惩罚了!

狄俄墨得斯　再会。

克瑞西达　晚安;请你一定来。(狄俄墨得斯下)别了,特洛伊罗斯!我的一只眼睛还在望着你,可是另一只眼睛已经随着我的心转换了方向。唉,我们可怜的女人!我发现了我们这一个弱点,我们的眼睛所犯的错误支配着我们的心;一时的失足把我们带到了永远错误的路上。啊,从这里可以得出一个结论,那就是:受眼睛支配的思念一定是十分卑劣的。(下。)

忒耳西忒斯　这是她对于她自己的贞节的最老实的供认,除非她再说一句,"我的心现在已经变成了一个娼妇。"

俄底修斯　没有什么可看的了,王子。

特洛伊罗斯　是的,一切都完了。

俄底修斯　那么我们还留在这儿干吗?

103

特洛伊罗斯　我要把他们在这儿说的话一个字一个字地记录在我的灵魂里。可是我倘把这两个人共同串演的这一出活剧告诉人家,虽然我宣布的是事实,这事实会不会是一个谎呢?因为在我的心里还留着一个顽强的信仰,不肯接受眼睛和耳朵的见证,好像这两个器官都是善于欺骗,它们的作用只是颠倒是非,淆乱黑白。刚才出来的真是克瑞西达吗?

俄底修斯　我又不会驱神役鬼,特洛伊人。

特洛伊罗斯　一定不是她。

俄底修斯　的确是她。

特洛伊罗斯　我还没有发疯,我知道那不是她。

俄底修斯　难道倒是我疯了吗?刚才明明是克瑞西达。

特洛伊罗斯　为了女人的光荣,不要相信她是克瑞西达!我们都是有母亲的;不要让那些找不到诽谤的题目的顽固批评家们得到借口,用克瑞西达的例子来评断一切女性;还是相信她不是克瑞西达吧。

俄底修斯　王子,她干了些什么事,可以使我们的母亲都蒙上污辱呢?

特洛伊罗斯　她没有干什么事,除非刚才的女人真的就是她。

忒耳西忒斯　他自己亲眼瞧见了还要强词诡辩吗?

特洛伊罗斯　这是她吗?不,这是狄俄墨得斯的克瑞西达。美貌如果是有灵魂的,这就不是她;灵魂如果指导着誓言,誓言如果代表着虔诚的心愿,虔诚如果是天神的喜悦,世间如果有不变的常道,这就不是她。啊,疯狂的理论!为自己起诉,控诉自己,却又全无实证,矛盾重重:理智造了反,却不违反理智;理智丢光了,却仍做得合理,保持一个场面。这是克瑞西达,又不是克瑞西达。我的灵魂里正在进行着一场奇怪的战争,一件不可分的东西,分隔得比天地相去还要辽阔;

可是在这样广大的距离中间，却又找不到一个针眼大的线缝。像地狱之门一样坚强的证据，证明克瑞西达是我的，上天的赤绳把我们结合在一起。像上天本身一样坚强的证据，却证明神圣的约束已经分裂松懈，她的破碎的忠心、她的残余的爱情、她的狼藉的贞操，都拿去与狄俄墨得斯另结新欢了。

俄底修斯　尊贵的特洛伊罗斯也会受制于他所吐露的那种感情吗？

特洛伊罗斯　是的，希腊人；我要用像热恋着维纳斯的战神马斯的心一样鲜红的大字把它书写出来；从来不曾有过一个年轻的男子用我这样永恒而坚定的灵魂恋爱过。听着，希腊人，正像我深爱着克瑞西达一样，我也同样痛恨着她的狄俄墨得斯；他将要佩在盔上的那块衣袖是我的，即使他的盔是用天上的神火打成的，我的剑也要把它挑下来；疾风卷海，波涛怒立的声势，也将不及我的利剑落在狄俄墨得斯身上的时候那样惊心动魄。

忒耳西忒斯　这是他偷女人的报应。

特洛伊罗斯　啊，克瑞西达！负心的克瑞西达！你好负心！一切不忠不信、无情无义，比起你的失节负心来，都会变成光荣。

俄底修斯　啊！您忍着些吧；您这一番愤激的话，已经给人家听见了。

　　埃涅阿斯上。

埃涅阿斯　殿下，我已经找您一个钟头了。赫克托现在正在特洛伊披起他的甲胄来了。埃阿斯等着护送您回去。

特洛伊罗斯　那么我们一同走吧。多礼的将军，再会。别了，叛逆的美人！狄俄墨得斯，留心站稳了，顶一座堡垒在你的头上吧！

俄底修斯　我送你们两位到门口。

特洛伊罗斯　请接受我心烦意乱的感谢。(特洛伊罗斯、埃涅阿斯、俄底修斯同下。)

忒耳西忒斯　要是我碰见了那个混蛋狄俄墨得斯！我要向他学老鸦叫,叫得他满身晦气。我倘把这婊子的事情告诉了帕特洛克罗斯,他一定愿意把无论什么东西送给我；鹦鹉瞧见了一粒杏仁,也不及他听见了一个近在手头的婊子更高兴。奸淫,奸淫；永远是战争和奸淫,别的什么都不时髦。浑身火焰的魔鬼抓了他们去！(下。)

第三场　特洛伊。普里阿摩斯王宫门前

　　　　赫克托及安德洛玛刻上。

安德洛玛刻　我的夫君今天怎么脾气坏到这样子,不肯接受人家的劝告呢？脱下你的甲胄来,今天不要出去打仗了。

赫克托　不要激怒我,快进去；凭着一切永生的天神起誓,我非去不可。

安德洛玛刻　我的梦一定会应验的。

赫克托　别多说啦。

　　　　卡珊德拉上。

卡珊德拉　我的哥哥赫克托呢?

安德洛玛刻　在这儿,妹妹；他已经披上甲胄,充满了杀心。陪着我向他高声恳求吧；让我们跪下来哀求他,因为我梦见流血的混乱,整夜里只是梦着屠杀的惨象。

卡珊德拉　啊！这是真的。

赫克托　喂！让我的喇叭吹起来。

卡珊德拉　看在上天的面上,好哥哥,不要吹起进攻的信号。

赫克托　快去；天神已经听见我发过誓了。

卡珊德拉　天神对于愤激暴怒的誓言是充耳不闻的；它们是不洁的祭礼，比污秽的兽肝更受憎恨。

安德洛玛刻　啊！听从我们的劝告吧。不要以为自恃正义，便可以伤害他人；如果那是合法的，那么用暴力劫夺所得的财物拿去布施，也可以说是合法的了。

卡珊德拉　誓言是否有效，必须视发誓的目的而定；不是任何的目的都可以使誓言发生力量。脱下你的甲胄吧，亲爱的赫克托。

赫克托　你们别闹。我的荣誉主宰着我的命运。生命是每一个人所重视的；可是高贵的人重视荣誉远过于生命。

　　　　特洛伊罗斯上。

赫克托　啊，孩子！你今天预备上战场吗？

安德洛玛刻　卡珊德拉，叫我们的父亲来劝劝他。（卡珊德拉下。）

赫克托　不，你不要去，特洛伊罗斯；脱下你的铠甲，孩子；我今天充满了骑士的精神。让你的筋骨再长得结实一点，不要就去试探战争的锋刃吧。脱下你的铠甲，去，不要怀疑，勇敢的孩子，我今天要为了你、为了我、为了整个的特洛伊而作战。

特洛伊罗斯　哥哥，您有一个太仁慈的弱点，这弱点适宜于一头狮子，却不适宜于一个勇士。

赫克托　是怎样一个弱点，好特洛伊罗斯？你指出来责备我吧。

特洛伊罗斯　好几次战败的希腊人倒在地上，您虽然已经举起您的剑，却叫他们站起来，放他们活命。

赫克托　啊！那是公道的行为。

特洛伊罗斯　不，那是傻气的行为，赫克托。

赫克托　怎么！怎么！

特洛伊罗斯　看在一切天神的面上，让我们把恻隐之心留在我们母亲那儿吧；当我们披上甲胄的时候，让残酷的愤怒指挥着我们的剑锋，执行无情的杀戮。

赫克托　嘿！那太野蛮了。

特洛伊罗斯　赫克托，这样才是战争呀。

赫克托　特洛伊罗斯，我今天不要你临阵。

特洛伊罗斯　谁可以阻止我？命运、命令，或是握着火红的指挥杖的战神的手，都不能叫我退下；普里阿摩斯父王和赫卡柏母后含着满眶的眼泪跪在地上，都不能打消我的决心；就是您，我的哥哥，拔出您的锋利的剑来，也挡不住我；除了我自己的毁灭以外，我不怕任何的阻力。

　　　卡珊德拉偕普里阿摩斯上。

卡珊德拉　拖住他，普里阿摩斯，不要放松。他是你的拐杖；要是你失去你的拐杖，那么你依靠着他，整个的特洛伊依靠着你，大家都要一起倒下了。

普里阿摩斯　来，赫克托，来，回来；你的妻子做了噩梦，你的母亲看见了幻象，卡珊德拉预知未来，我自己也像一个突然得到天启的先知一样，告诉你今天是一个不祥的日子，所以你回来吧。

赫克托　埃涅阿斯在战场上等我；我和许多希腊人有约在先，今天一定要去跟他们相会。

普里阿摩斯　可是你不能去。

赫克托　我不能失信于人。您知道我一向是不敢违抗您的意旨的，所以，亲爱的父亲，不要使我负上一个不孝的罪名，请您允许我出战吧。

卡珊德拉　普里阿摩斯啊！不要听从他。

安德洛玛刻　不要允许他，亲爱的父亲。

赫克托　安德洛玛刻，你使我生气了。为了你对我的爱情，快给我进去吧。（安德洛玛刻下。）

特洛伊罗斯　都是这个愚蠢的、做梦的、迷信的姑娘，凭空虚构出这许多噩兆。

卡珊德拉　啊，别了！亲爱的赫克托！瞧，你死了！瞧，你的眼睛变成惨白了！瞧，你满身的伤口都在流血！听，特洛伊在呼号，赫卡柏在痛哭，可怜的安德洛玛刻在发出她尖锐的悲声！瞧，慌乱、疯狂和惊愕，像一群没有头脑的痴人彼此相遇，大家都在哭喊着赫克托：赫克托死了！啊，赫克托！

特洛伊罗斯　去！去！

卡珊德拉　别了。且慢，赫克托，我还要向你告别：你欺骗了你自己，也欺骗了我们全体特洛伊人。（下。）

赫克托　父王，您听见她这样嚷叫，有点儿惊恐吗？进去安慰安慰我们的军民；我们现在要出去作战，干一些值得赞美的事情，今天晚上再来讲给您听吧。

普里阿摩斯　再会，愿神明保佑你平安！（普里阿摩斯、赫克托各下；号角声。）

特洛伊罗斯　他们已经打起来了，听！骄傲的狄俄墨得斯，相信我，我今天不是失去我的手臂，就要夺回我的衣袖。

　　　　特洛伊罗斯将去时，潘达洛斯自另一方上。

潘达洛斯　您听见吗，殿下？您听见吗？

特洛伊罗斯　现在又有什么事？

潘达洛斯　这儿是那可怜的女孩子寄来的一封信。

特洛伊罗斯　让我看。

潘达洛斯　这倒霉的混账咳嗽害得我好苦，还要让这傻丫头把我搅得心神不安，又是这样，又是那样，看来我这条老命也活不长久了；我的眼睛里又害起了风湿症，我的骨节又痛得这么厉害，不知道我作了什么孽，才受到这样的罪。她说些什么？

特洛伊罗斯　空话，空话，只有空话，没有一点真心；行为和言语背道而驰。（撕信）去，你风一样轻浮的，跟着风飘去，也化成一阵风吧。她用空话和罪恶搪塞我的爱情，却用行为去满足他人。（各下。）

第四场　特洛伊及希腊营地之间

　　号角声；兵士混战；忒耳西忒斯上。

忒耳西忒斯　现在他们在那儿打起来了，待我去看个热闹。那个奸诈的卑鄙小人，狄俄墨得斯，把那个下流的痴心的特洛伊小傻瓜的衣袖裹在他的战盔上；我巴不得看见他们碰头，看那头爱着那婊子的特洛伊小驴子怎样放那个希腊淫棍回到那只假情假义的浪蹄子那儿去，叫他有袖而来，无袖而归。在另一方面，那些狡猾的信口发誓的坏东西——那块耗子咬过的陈年干酪，涅斯托，和那头狗狐俄底修斯，他们定下的计策，简直不值一颗乌莓子：他们的计策是要叫那条杂种恶狗埃阿斯去对抗那条同样坏的恶狗阿喀琉斯；现在埃阿斯那恶狗已经变得比阿喀琉斯那恶狗更骄傲了，今天他不肯出战；所以那些希腊人都像野蛮人一样胡作非为起来，计策权谋把军誉一起搅坏了。且慢！衣袖来了；那一个也来了。

　　狄俄墨得斯上，特洛伊罗斯随上。

特洛伊罗斯　别逃；你就是跳下了冥河，我也要入水追你。
狄俄墨得斯　你弄错了，我没有逃；因为你们人多，好汉不吃眼前亏，所以我才抽身出来。你小心点儿吧！
忒耳西忒斯　守住你那婊子，希腊人！为了那婊子的缘故，特洛伊人，出力吧！挑下那衣袖来，挑下那衣袖来！（特洛伊罗斯、狄俄墨得斯随战随下。）

　　　　赫克托上。

赫克托　希腊人,你是谁?你也是要来跟赫克托比一个高下的吗?你是不是一个贵族?

忒耳西忒斯　不,不,我是个无赖,一个只会骂人的下流汉,一个卑鄙龌龊的小人。

赫克托　我相信你;放你活命吧。（下。）

忒耳西忒斯　慈悲的上帝,你居然会相信我!这天杀的把我吓了这么一跳!那两个扭成一团的混蛋呢?我想他们也许把彼此吞下去了,那才是个笑话哩。看起来,淫欲总是自食其果的。我要找他们去。（下。）

第五场　战地的另一部分

　　　　狄俄墨得斯及仆人上。

狄俄墨得斯　来,给我把特洛伊罗斯的骏马牵了回去,把它奉献给我的爱人克瑞西达,向她表示我对于她的美貌的敬礼;对她说,我已经教训过那个多情的特洛伊人,用事实证明我是她的骑士了。

仆人　我就去,将军。（下。）

　　　　阿伽门农上。

阿伽门农　添救兵,添救兵!凶猛的波吕达玛斯已经把门农打了下来;那私生子玛伽瑞隆把多里俄斯捉了去,像一尊巨大的石像似的,站在被杀的厄庇斯特洛福斯和刻狄俄斯二王的尸体上,挥舞着他的枪杆;波吕克塞诺斯也死了;安菲玛科斯和托阿斯都受了致命的重伤;帕特洛克罗斯被擒被杀,下落不明；帕拉墨得斯身受重创；可怕的萨癸塔里大逞威风，把我们的兵士吓得四散奔窜。狄俄墨得斯，快去添救兵，否则我们要一败涂地了。

　　涅斯托上。

涅斯托　去，把帕特洛克罗斯的尸体抬到阿喀琉斯帐里；再叫那像蜗牛一样慢腾腾的埃阿斯赶快披上甲胄。有一千个赫克托在战场上，一会儿他骑着马在这儿鏖战，一会儿他又在那边徒步奔突，挡着他的人逃的逃，死的死，就像一群轻舟小艇，遇见了一头喷射海水的巨鲸一样；一会儿他又在别的地方，把那些稻草般的希腊人摧枯拉朽似的杀得望风披靡，这里，那里，到处有他神出鬼没的踪迹，他的敏捷的行动，简直是得心应手，要怎么样便怎么样，看见了也会叫人不相信自己的眼睛。

　　俄底修斯上。

俄底修斯　啊！勇气，勇气，王子们！伟大的阿喀琉斯披起铠甲来了；他在哭泣，咒骂，发誓复仇，帕特洛克罗斯身上的创伤已经激起了他的昏睡的雄心；他手下的那些负伤的壮士，有的割去了鼻子，有的砍掉了手，断臂的，刖足的，都在叫喊着赫克托的名字。埃阿斯也失去了一个朋友，恼得他咬牙切齿，已经披甲出战，要去找特洛伊罗斯拼命；那特洛伊罗斯今天就像发了疯似的横冲直撞，勇不可当，命运也像故意讥讽智谋的无用一样，对他特别照顾，使他战无不胜。

　　埃阿斯上。

埃阿斯　特洛伊罗斯！你这懦夫躲到哪里去了？（下。）
狄俄墨得斯　在那儿，在那儿。
涅斯托　好，好，我们也上去杀一阵。

阿喀琉斯上。

阿喀琉斯　这赫克托在什么地方？来，来，你这吓吓小孩子的家伙，还不给我出来吗？我要让你知道遇见一个发怒的阿喀琉斯是怎么样的。赫克托！赫克托呢？我只要找赫克托。（各下。）

第六场　战地的另一部分

埃阿斯上。

埃阿斯　特洛伊罗斯，你这懦夫，出来！

狄俄墨得斯上。

狄俄墨得斯　特洛伊罗斯！特洛伊罗斯在什么地方？

埃阿斯　你要找他干吗？

狄俄墨得斯　我要教训教训他。

埃阿斯　等我做了元帅，你到了我的地位，你再来教训他吧。特洛伊罗斯！喂，特洛伊罗斯！

特洛伊罗斯上。

特洛伊罗斯　啊，奸贼，狄俄墨得斯！转过你的奸诈的脸来，你这奸贼！拿你的命来赔偿我的马儿！

狄俄墨得斯　嘿！你来了吗？

埃阿斯　我要独自跟他交战；站开，狄俄墨得斯。

狄俄墨得斯　他是我的目的物；我不愿意袖手旁观。

特洛伊罗斯　来，你们这两个希腊贼子；你们一起来吧！（随战随下。）

赫克托上。

赫克托　呀，特洛伊罗斯吗？啊，打得好，我的小兄弟！

阿喀琉斯上。

113

阿喀琉斯　现在我看见你了。嘿！等着吧，赫克托！

赫克托　住手，你还是休息一会儿。

阿喀琉斯　我不要你卖什么人情，骄傲的特洛伊人。我的手臂久已不举兵器了，这是你的幸运；我的休息和怠惰，给你很大的便宜；可是我不久就会让你知道我的厉害。现在你还是去追寻你的命运吧。（下。）

赫克托　再会，要是我早知道会遇见你，我的勇气一定会增加百倍。啊，我的兄弟！

　　　　特洛伊罗斯重上。

特洛伊罗斯　埃阿斯把埃涅阿斯捉了去了；真有这样的事吗？不，凭着那边天空中灿烂的阳光发誓，他不能让他捉去；我一定要去救他出来，否则宁愿让他们把我也一起捉了去。听着，命运！今天我已经把死生置之度外了。（下。）

　　　　一骑士披富丽铠甲上。

赫克托　站住，站住，希腊人；你是一个很好的目标。啊，你不愿站住吗？我很喜欢你这身甲胄；即使把它割破砍碎，也要剥它下来。畜生，你不愿站住吗？好，你逃，我就追，非得剥下你的皮来不可。（同下。）

第七场　战地的另一部分

　　　　阿喀琉斯及众骑士上。

阿喀琉斯　过来，我的骑士们，听清我的话。你们看我到什么地方，就跟到什么地方。不要动你们的刀剑，蓄养好你们的气力；当我找到了凶猛的赫克托以后，你们就用武器把他密密围住，一阵乱剑剁死他。跟我来，孩子们，留心我的行动；伟大的赫克托决定要在今天丧命。（同下。）

墨涅拉俄斯及帕里斯互战上；忒耳西忒斯随上。

忒耳西忒斯　那王八跟那奸夫也打起来了。出力，公牛！出力，狗子！呦，帕里斯，呦！啊，我的两个雌儿的麻雀！呦，帕里斯，呦！那公牛打胜了；喂，留心他的角！（帕里斯、墨涅拉俄斯下。）

玛伽瑞隆上。

玛伽瑞隆　奴才，转过来跟我打。
忒耳西忒斯　你是什么人？
玛伽瑞隆　普里阿摩斯的庶子。
忒耳西忒斯　你是个私生子，我也是个私生子，我喜欢私生子，一个私生子生我出来，教养我成为一个私生头脑、私生血气的变种：一头熊不会咬它的同类，那么私生子为什么要自相残杀呢？要注意，我们彼此不和是最不吉祥之兆：一个私生子为一个婊子打起架来就会惹祸上身的：再会，私生子。（下。）
玛伽瑞隆　魔鬼抓了你去，懦夫！（下。）

第八场　战地的另一部分

赫克托上。

赫克托　富丽的外表包裹着一个腐烂不堪的核心，你这一身好盔甲送了你的性命。现在我已经做完一天的工作，待我好好休息一下。我的剑啊，你已经饱餐了鲜血和死亡，你也休息休息吧。（脱下战盔，将盾牌悬挂背后。）

阿喀琉斯及众骑士上。

阿喀琉斯　瞧。赫克托，太阳已经开始没落，丑恶的黑夜在他的背后追踪而来；赫克托的生命，也要跟太阳一起西沉，结束了这一个白昼。

赫克托　我现在已经解除武装；不要乘人不备，希腊人。

阿喀琉斯　动手，孩子们，动手！这就是我所要找的人。（赫克托倒地）现在，特洛伊，你也跟着倒下来吧！这儿躺着你的心脏，你的筋肉，你的骨骼。上去，骑士们！大家齐声高呼，"阿喀琉斯已经把勇武的赫克托杀死了！"（吹归营号）听！我军在吹归营号了。

骑士　主将，特洛伊的喇叭跟我们的喇叭声音是一样的。

阿喀琉斯　黑夜的巨龙之翼已经覆盖了大地，分开了交战的两军。我的尚未餍足的宝剑，因为已经尝到了美味，也要归寝了。（插剑入鞘）来，把他的尸体缚在我的马尾巴上，我要把这特洛伊人拖过战场。（同下。）

第九场　战地的另一部分

阿伽门农、埃阿斯、墨涅拉俄斯、涅斯托、狄俄墨得斯及余人等列队行进，内喧呼声。

阿伽门农　听！听！那是什么呼声？

涅斯托　静下来，鼓声！

内呼声："阿喀琉斯！阿喀琉斯！赫克托被杀了！阿喀琉斯！"

狄俄墨得斯　听他们的呼声，好像是赫克托给阿喀琉斯杀了。

埃阿斯　果然有这样的事，我们也不要自夸；伟大的赫克托并没有不如他的地方。

阿伽门农　大家静静前进。派一个人到阿喀琉斯那里去，请他到我的大营里来。要是他的死是天神有心照顾我们，那么伟大的特洛伊已经是我们的，残酷的战争也要从此结束了。（众列队行进下。）

第十场　战地的另一部分

　　　　埃涅阿斯及特洛伊兵士上。

埃涅阿斯　站住！我们现在还控制着这战场。不要回去，让我们忍着饥饿挨过这一夜。

　　　　特洛伊罗斯上。

特洛伊罗斯　赫克托被杀了。

众人　赫克托！哪有这样的事！

特洛伊罗斯　他死了，他的尸体缚在那凶手的马尾上，惨无人道地拖过了充满着耻辱的战场。天哪，颦蹙你的怒眉，赶快降下你的惩罚来吧！神明啊，坐在你们的宝座上，眷顾着特洛伊吧！让你们的迅速的灾祸变成慈悲，不要拖延我们不可避免的毁灭吧！

埃涅阿斯　殿下，您不要瓦解我们全军的士气。

特洛伊罗斯　你没有了解我的意思，所以才会对我说这样的话。我没有说到逃走、恐惧和死亡；我是向着一切天神和世人所加于我们的迫切的危险挑战。赫克托已经离我们而去了；谁去把这样的消息告诉普里阿摩斯和赫卡柏呢？有谁现在到特洛伊去，宣布赫克托的死讯的，让他永远被称为不祥的啼枭吧。这样一句话是会使普里阿摩斯变成一座石像，使妇女们变成泪泉和化石，使少年们变成冰冷的雕像，使整个的特洛伊惊怖失色的。可是去吧，赫克托死了，还有什么话说呢？且慢！你们这些可恶的营帐，这样骄傲地布下在我们弗里吉亚的平原上,无论太阳起得多早,我要把你们踏为平地!还有你,你这肥胖的懦夫。无论怎样广阔的距离,都不能分解我们两人的仇恨;我要永远像一颗疑神疑鬼的负疚的良心一样缠绕着你!回到特洛伊去!我们不要懊恼,让复仇的希望掩盖我们内心的悲痛。(埃涅阿斯及特洛伊军队下。)

  特洛伊罗斯将去时,潘达洛斯自另一方上。

潘达洛斯　听我说,听我说!
特洛伊罗斯　滚开,下贱的龟奴!丑恶和耻辱追随着你,永远和你的名字连在一起!(下。)
潘达洛斯　好一服医治我的骨痛的妙药!啊,世界,世界,世界!一个替别人奔走的人,是这样被人轻视!做卖国贼的,做淫媒的,人家用得着你们的时候,是多么重用你们,可是他们会给你们些什么好处呢?为什么人家这样喜欢我们所干的事,却这样痛恨我们的行业?有什么诗句可以证明?——让我想一想!——

  那采蜜的蜂儿无虑无愁,
  终日在花丛里歌唱优游;
  等到它一朝失去了利刺,
  甘蜜和柔歌也一齐消逝。

奉告吃风月饭的朋友们,把这几句诗做你们的座右铭吧。(下。)

奥瑟罗

剧中人物

威尼斯公爵

勃拉班修　元老

葛莱西安诺　勃拉班修之弟

罗多维科　勃拉班修的亲戚

奥瑟罗　摩尔族贵裔，供职威尼斯政府

凯西奥　奥瑟罗的副将

伊阿古　奥瑟罗的旗官

罗德利哥　威尼斯绅士

蒙太诺　塞浦路斯总督，奥瑟罗的前任者

小丑　奥瑟罗的仆人

苔丝狄蒙娜　勃拉班修之女，奥瑟罗之妻

爱米利娅　伊阿古之妻

比恩卡　凯西奥的情妇

元老、水手、吏役、军官、使者、乐工、传令官、侍从等

地　点

第一幕在威尼斯；其余各幕在塞浦路斯岛一海口

第一幕

第一场　威尼斯。街道

　　　　罗德利哥及伊阿古上。

罗德利哥　嘿！别对我说，伊阿古；我把我的钱袋交给你支配，让你随意花用，你却做了他们的同谋，这太不够朋友啦。

伊阿古　他妈的！你总不肯听我说下去。要是我做梦会想到这种事情，你不要把我当作一个人。

罗德利哥　你告诉我你恨他。

伊阿古　要是我不恨他，你从此别理我。这城里的三个当道要人亲自向他打招呼，举荐我做他的副将；凭良心说，我知道我自己的价值，难道我就做不得一个副将？可是他眼睛里只有自己没有别人，对于他们的请求，都用一套充满了军事上口头禅的空话回绝了；因为，他说："我已经选定我的将佐了。"他选中的是个什么人呢？哼，一个算学大家，一个叫作迈克尔·凯西奥的弗罗棱萨人，一个几乎因为娶了娇妻而误了终身的家伙；他从来不曾在战场上领过一队兵，对于布阵作战的知识，懂得简直也不比一个老守空闺的女人多；即使懂得一些书本上的理论，那些身穿宽袍的元老大人讲起来也会比他更头头是道；只有空谈，不切实际，这就是他的全部的军人资格。可是，老兄，他居然得到了任命；我在罗得斯岛、塞浦路斯岛，以及其他基督徒和异教徒的国土之上，立过多少的军功，都是他亲眼看见的，现在却必须低首下心，受一个市侩的指挥。这位掌柜居然做起他的副将来，而我呢——上帝恕我这样说——却只在这位黑将军的麾下充一名旗官。

罗德利哥　天哪，我宁愿做他的刽子手。

伊阿古　这也是没有办法呀。说来真叫人恼恨，军队里的升迁可以全然不管古来的定法，按照各人的阶级依次递补，只要谁的脚力大，能够得到上官的欢心，就可以越级蹿升。现在，老兄，请你替我评一评，我究竟有什么理由要跟这摩尔人要好。

罗德利哥　假如是我，我就不愿跟随他。

伊阿古　啊，老兄，你放心吧；我所以跟随他，不过是要利用他达到我自己的目的。我们不能每个人都是主人，每个主人也不是都该让仆人忠心地追随他。你可以看到，有一辈天生的奴才，他们卑躬屈节，拼命讨主人的好，甘心受主人的鞭策，像一头驴子似的，为了一些粮草而出卖他们的一生，等到年纪老了，主人就把他们撵走；这种老实的奴才是应该抽一顿鞭子的。还有一种人，表面上尽管装出一副鞠躬如也的样子，骨子里却是为他们自己打算；看上去好像替主人做事，实际却靠着主人发展自己的势力，等捞足了油水，就可以知道他所尊敬的其实是他本人；像这种人还有几分头脑；我承认我自己就属于这一类。因为，老兄，正像你是罗德利哥而不是别人一样，我要是做了那摩尔人，我就不会是伊阿古。同样地没有错，虽说我跟随他，其实还是跟随我自己。上天是我的公证人，我这样对他赔着小心，既不是为了忠心，也不是为了义务，只是为了自己的利益，才装出这一副假脸。要是我表面上的恭而敬之的行为会泄露我内心的活动，那么不久我就要掏出我的心来，让乌鸦们乱啄了。世人所知道的我，并不是实在的我。

罗德利哥　要是那厚嘴唇的家伙也有这么一手，那可让他交上大运了！

伊阿古　叫起她的父亲来；不要放过他，打断他的兴致，在各处街道上宣布他的罪恶；激怒她的亲族。让他虽然住在气候宜人的地方，也免不了受蚊蝇的滋扰，虽然享受着盛大的欢乐，也免不了受烦恼的缠绕。

罗德利哥　这儿就是她父亲的家；我要高声叫喊。

伊阿古　很好，你嚷起来吧，就像在一座人口众多的城里，因为晚间失慎而起火的时候，人们用那种惊骇惶恐的声音呼喊一样。

罗德利哥　喂，喂，勃拉班修！勃拉班修先生，喂！

伊阿古　醒来！喂，喂！勃拉班修！捉贼！捉贼！捉贼！留心你的屋子、你的女儿和你的钱袋！捉贼！捉贼！

　　　　勃拉班修自上方窗口上。

勃拉班修　大惊小怪地叫什么呀？出了什么事？

罗德利哥　先生，您家里的人没有缺少吗？

伊阿古　您的门都锁上了吗？

勃拉班修　咦，你们为什么这样问我？

伊阿古　哼！先生，有人偷了您的东西去啦，还不赶快披上您的袍子！您的心碎了，您的灵魂已经丢掉半个；就在这时候，就在这一刻工夫，一头老黑羊在跟您的白母羊交尾哩。起来，起来！打钟惊醒那些鼾睡的市民，否则魔鬼要让您抱外孙啦。喂，起来！

勃拉班修　什么！你发疯了吗？

罗德利哥　最可敬的老先生，您听得出我的声音吗？

勃拉班修　我听不出；你是谁？

罗德利哥　我的名字是罗德利哥。

勃拉班修　讨厌！我叫你不要在我的门前走动；我已经老老实实、明明白白对你说，我的女儿是不能嫁给你的；现在你吃饱了饭，喝醉了酒，疯疯癫癫，不怀好意，又要来扰乱我的安静了。

罗德利哥　先生，先生，先生！

勃拉班修　可是你必须明白，我不是一个好说话的人，要是你惹我发火，凭着我的地位，只要略微拿出一点力量来，你就要叫苦不迭了。

罗德利哥　好先生，不要生气。

勃拉班修　说什么有贼没有贼？这儿是威尼斯；我的屋子不是一座独家的田庄。

罗德利哥　最尊严的勃拉班修，我是一片诚心来通知您。

伊阿古　嘿，先生，您也是那种因为魔鬼叫他敬奉上帝而把上帝丢在一旁的人。您把我们当作了坏人，所以把我们的好心看成了恶意，宁愿让您的女儿给一头黑马骑了，替您生下一些马子马孙，攀一些马亲马眷。

勃拉班修　你是个什么混账东西，敢这样胡说八道？

伊阿古　先生，我是一个特意来告诉您一个消息的人，您的令爱现在正在跟那摩尔人干那件禽兽一样的勾当哩。

勃拉班修　你是个混蛋！

伊阿古　您是一位——元老呢。

勃拉班修　你留点儿神吧；罗德利哥，我认识你。

罗德利哥　先生，我愿意负一切责任；可是请您允许我说一句话。要是令爱因为得到您的明智的同意，所以才会在这样更深人静的午夜，身边并没有一个人保护，让一个下贱的谁都可以雇用的船夫，把她载到一个贪淫的摩尔人的粗野的怀抱里——要是您对于这件事情不但知道，而且默许——照我看来，您至少已经给了她一部分的同意——那么我们的确太放肆、太冒昧了；可是假如您果真不知道这件事，那么从礼貌上说起来，您可不应该对我们恶声相向。难道我会这样一点不懂规矩，敢来戏侮像您这样一位年尊的长者吗？我再说一句，要是令爱没有得到您的许可，就把她的责任、美貌、智慧和财产，全部委弃在一个到处为家、漂泊流浪的异邦人的身上，那么她的确已经干下了一件重大的逆行了。您可以立刻去调查一个明白，要是她好好地在她的房间里或是在您的宅子里，那么是我欺骗了您，您可以按照国法惩办我。

勃拉班修　喂，点起火来！给我一支蜡烛！把我的仆人全都叫起来！这件事情很像我的噩梦，它的极大的可能性已经重压在我的心头了。喂，拿火来！拿火来！（自上方下。）

伊阿古　再会，我要少陪了；要是我不去，我就要出面跟这摩尔人作对证，那不但不大相宜，而且在我的地位上也很多不便；因为我知道无论他将要因此而受到什么谴责，政府方面现在还不能就把他免职；塞浦路斯的战事正在进行，情势那么紧急，要不是马上派他前去，他们休想找到第二个人有像他那样的才能，可以担当这一个重任。所以虽然我恨他像恨地狱里的刑罚一样，可是为了事实上的必要，我不得不和他假意周旋，那也不过是表面上的敷衍而已。你等他们出来找人的时候，只要领他们到马人旅馆去，一定可以找到他；我也在那边跟他在一起。再见。（下。）

　　勃拉班修率众仆持火炬自下方上。

勃拉班修　真有这样的祸事！她去了；只有悲哀怨恨伴着我这衰朽的余年！罗德利哥，你在什么地方看见她的？——啊，不

127

幸的孩子！——你说跟那摩尔人在一起吗？——谁还愿意做一个父亲！——你怎么知道是她？——唉，想不到她会这样欺骗我！——她对你怎么说？——再拿些蜡烛来！唤醒我的所有的亲族！——你想他们有没有结婚？

罗德利哥　说老实话，我想他们已经结了婚啦。

勃拉班修　天哪！她怎么出去的？啊，骨肉的叛逆！做父亲的人啊，从此以后，你们千万留心你们女儿的行动，不要信任她们的心思。世上有没有一种引诱青年少女失去贞操的邪术？罗德利哥，你有没有在书上读到过这一类的事情？

罗德利哥　是的，先生，我的确读到过。

勃拉班修　叫起我的兄弟来！唉，我后悔不让你娶了她去！你们快去给我分头找寻！你知道我们可以在什么地方把她和那摩尔人一起捉到？

罗德利哥　我想我可以找到他的踪迹，要是您愿意多派几个得力的人手跟我前去。

勃拉班修　请你带路。我要到每一个人家去搜寻；大部分的人家都在我的势力之下。喂，多带一些武器！叫起几个巡夜的警吏！去，好罗德利哥，我一定重谢你的辛苦。（同下。）

第二场　另一街道

奥瑟罗、伊阿古及侍从等持火炬上。

伊阿古　虽然我在战场上杀过不少的人，可是总觉得有意杀人是违反良心的；缺少作恶的本能，往往使我不能做我所要做的事。好多次我想要把我的剑从他的肋骨下面刺进去。

奥瑟罗　还是随他说去吧。

伊阿古　可是他唠里唠叨地说了许多难听的话破坏您的名誉，连像我这样一个荒唐的家伙也实在压不住心头的怒火。可是请问主帅，你们有没有完成婚礼？您要注意，这位元老是很得人心的，他的潜势力比公爵还要大上一倍；他会拆散你们的姻缘，尽量运用法律的力量来给您种种压制和迫害。

奥瑟罗　随他怎样发泄他的愤恨吧；我对贵族们所立的功劳，就可以驳倒他的控诉。世人还没有知道——要是夸口是一件荣耀的事，我就要到处宣布——我是高贵的祖先的后裔，我有充分的资格，享受我目前所得到的值得骄傲的幸运。告诉你吧，伊阿古，倘不是我真心恋爱温柔的苔丝狄蒙娜，即使给我大海中所有的珍宝，我也不愿意放弃我的无拘无束的自由生活，来俯就家室的羁缚的。可是瞧！那边举着火把走来的是些什么人？

伊阿古　她的父亲带着他的亲友来找您了；您还是进去躲一躲吧。

奥瑟罗　不，我要让他们看见我；我的人品、我的地位和我的清白的人格可以替我表明一切。是不是他们？

伊阿古　凭二脸神起誓，我想不是。

　　　　凯西奥及若干吏役持火炬上。

奥瑟罗　原来是公爵手下的人，还有我的副将。晚安，各位朋友！有什么消息？

凯西奥　主帅，公爵向您致意，请您立刻就过去。

奥瑟罗　你知道是为了什么事？

凯西奥　照我猜想起来，大概是塞浦路斯方面的事情，看样子很是紧急。就在这一个晚上，战船上已经连续不断派了十二个使者赶来告急；许多元老都从睡梦中被人叫醒，在公爵府里集合了。他们正在到处找您；因为您不在家里，所以元老院派了三队人出来分头寻访。

奥瑟罗　幸而我给你找到了。让我到这儿屋子里去说一句话,就来跟你同去。(下。)

凯西奥　他到这儿来有什么事?

伊阿古　不瞒你说,他今天夜里登上了一艘陆地上的大船;要是能够证明那是一件合法的战利品,他可以从此成家立业了。

凯西奥　我不懂你的话。

伊阿古　他结了婚啦。

凯西奥　跟谁结婚?

　　　　奥瑟罗重上。

伊阿古　呃,跟——来,主帅,我们走吧。

奥瑟罗　好,我跟你走。

凯西奥　又有一队人来找您了。

伊阿古　那是勃拉班修。主帅,请您留心点儿;他来是不怀好意的。

　　　　勃拉班修、罗德利哥及吏役等持火炬武器上。

奥瑟罗　喂!站住!

罗德利哥　先生,这就是那摩尔人。

勃拉班修　杀死他,这贼!(双方拔剑。)

伊阿古　你,罗德利哥!来,我们来比个高下。

奥瑟罗　收起你们明晃晃的剑,它们沾了露水会生锈的。老先生,像您这么年高德劭的人,有什么话不可以命令我们,何必动起武来呢?

勃拉班修　啊,你这恶贼!你把我的女儿藏到什么地方去了?你不想想你自己是个什么东西,胆敢用妖法蛊惑她;我们只要凭着情理判断,像她这样一个年轻貌美、娇生惯养的姑娘,多少我们国里有财有势的俊秀子弟她都看不上眼,倘不是中了魔,怎么会不怕人家的笑话,背着尊亲投奔到你这个丑恶的黑鬼的怀里?——那还不早把她吓坏了,岂有什么乐趣可言！世人可以替我评一评，是不是显而易见你用邪恶的符咒欺诱她的娇弱的心灵，用药饵丹方迷惑她的知觉；我要在法庭上叫大家评一评理，这种事情是不是很可能的。所以我现在逮捕你；妨害风化、行使邪术，便是你的罪名。抓住他；要是他敢反抗，你们就用武力制伏他。

奥瑟罗　帮助我的，反对我的，大家放下你们的手！我要是想打架，我自己会知道应该在什么时候动手。您要我到什么地方去答复您的控诉？

勃拉班修　到监牢里去，等法庭上传唤你的时候你再开口。

奥瑟罗　要是我听从您的话去了，那么怎么答复公爵呢？他的使者就在我的身边，因为有紧急的公事，等候着带我去见他。

吏役　真的，大人；公爵正在举行会议，我相信他已经派人请您去了。

勃拉班修　怎么！公爵在举行会议！在这样夜深的时候！把他带去。我的事情也不是一件等闲小事；公爵和我的同僚们听见了这个消息，一定会感到这种侮辱简直就像加在他们自己身上一般。要是这样的行为可以置之不问，奴隶和异教徒都要来主持我们的国政了。（同下。）

第三场　议事厅

公爵及众元老围桌而坐；吏役等随侍。

公爵　这些消息彼此分歧，令人难于置信。

元老甲　它们真是参差不一；我的信上说是共有船只一百零七艘。

公爵　我的信上说是一百四十艘。

元老乙　我的信上又说是二百艘。可是它们所报的数目虽然个个不同，因为根据估计所得的结果，难免多少有些出入，不过它们都证实确有一支土耳其舰队在向塞浦路斯岛进发。

公爵　嗯，这种事情推想起来很有可能；即使消息不尽正确，我也并不就此放心；大体上总是有根据的，我们倒不能不担着几分心事。

水手　（在内）喂！喂！喂！有人吗？

吏役　一个从船上来的使者。

　　　　—水手上。

公爵　什么事？

水手　安哲鲁大人叫我来此禀告殿下，土耳其人调集舰队，正在向罗得斯岛进发。

公爵　你们对于这一个变动有什么意见？

元老甲　照常识判断起来，这是不会有的事；它无非是转移我们目标的一种诡计。我们只要想一想塞浦路斯岛对于土耳其人的重要性，远在罗得斯岛以上，而且攻击塞浦路斯岛，也比攻击罗得斯岛容易得多，因为它的防务比较空虚，不像罗得斯岛那样戒备严密；我们只要想到这一点，就可以断定土耳其人决不会那样愚笨，甘心舍本逐末，避轻就重，进行一场无益的冒险。

公爵　嗯，他们的目标绝不是罗得斯岛，这是可以断定的。

吏役　又有消息来了。

　　　　—使者上。

使者　公爵和各位大人，向罗得斯岛驶去的土耳其舰队，已经和另外一支殿后的舰队会合了。

元老甲　嗯，果然符合我的预料。照你猜想起来，一共有多少船只？

使者　三十艘模样；它们现在已经回过头来，显然是要开向塞浦路斯岛去的。蒙太诺大人，您的忠实英勇的仆人，本着他的职责，叫我来向您报告这一个您可以相信的消息。

公爵　那么一定是到塞浦路斯岛去的了。玛克斯·勒西科斯不在威尼斯吗？

元老甲　他现在到弗罗棱萨去了。

公爵　替我写一封十万火急的信给他。

元老甲　勃拉班修和那勇敢的摩尔人来了。

　　　　勃拉班修、奥瑟罗、伊阿古、罗德利哥及吏役等上。

公爵　英勇的奥瑟罗，我们必须立刻派你出去向我们的公敌土耳其人作战。（向勃拉班修）我没有看见你；欢迎，高贵的大人，我们今晚正需要你的指教和帮助呢。

勃拉班修　我也同样需要您的指教和帮助。殿下，请您原谅，我并不是因为职责所在，也不是因为听到了什么国家大事而从床上惊起；国家的安危不能引起我的注意，因为我个人的悲哀是那么压倒一切，把其余的忧虑一起吞没了。

公爵　啊，为了什么事？

勃拉班修　我的女儿！啊，我的女儿！

公爵　众元老　死了吗？

勃拉班修　嗯，她对于我是死了。她已经被人污辱，人家把她从我的地方拐走，用江湖骗子的符咒药物引诱她堕落；因为一个没有残疾、眼睛明亮、理智健全的人，倘不是中了魔法的蛊惑，决不会犯这样荒唐的错误的。

公爵　如果有人用这种邪恶的手段引诱你的女儿，使她丧失了自己的本性，使你丧失了她，那么无论他是什么人，你都可以根据无情的法律，照你自己的解释给他应得的严刑；即使他是我的儿子，你也可以照样控诉他。

勃拉班修　感谢殿下。罪人就在这儿，就是这个摩尔人；好像您有重要的公事召他来的。

公爵　众元老　那我们真是抱憾得很。

公爵　（向奥瑟罗）你自己对于这件事有什么话要分辩？

勃拉班修　没有，事情就是这样。

奥瑟罗　威严无比、德高望重的各位大人，我的尊贵贤良的主人们，我把这位老人家的女儿带走了，这是完全真实的；我已经和她结了婚，这也是真的；我的最大的罪状仅止于此，别的就不是我所知道的了。我的言语是粗鲁的，一点不懂得那些温文尔雅的辞令；因为自从我这双手臂长了七年的膂力以后，直到最近这九个月以前，它们一直都在战场上发挥它们的本领；对于这一个广大的世界，我除了冲锋陷阵以外，几乎一无所知，所以我也不能用什么动人的字句替我自己辩护。可是你们要是愿意耐心听我说下去，我可以向你们讲述一段质朴无文的、关于我的恋爱的全部经过的故事；告诉你们我用什么药物、什么符咒、什么驱神役鬼的手段、什么神奇玄妙的魔法，骗到了他的女儿，因为这是他所控诉我的罪名。

勃拉班修　一个素来胆小的女孩子，她的生性是那么幽娴贞静，甚至于心里略为动了一点感情，就会满脸羞愧；像她这样的性质，像她这样的年龄，竟会不顾国族的畛域，把名誉和一切作为牺牲，去跟一个她瞧着都感到害怕的人发生恋爱！假如有人说，这样完美的人儿会做下这样不近情理的事，那这个人的判断可太荒唐了；因此怎么也得查究，到底这里使用了什么样阴谋诡计，才会有这种事情？我断定他一定曾经用烈性的药饵或是邪术炼成的毒剂麻醉了她的血液。

公爵　没有更确实显明的证据，单单凭着这些表面上的猜测和莫须有的武断，是不能使人信服的。

元老甲　奥瑟罗，你说，你有没有用不正当的诡计诱惑这一位年轻的女郎，或是用强暴的手段逼迫她服从你；还是正大光明地对她披肝沥胆,达到你的求爱的目的?

奥瑟罗　请你们差一个人到马人旅馆去把这位小姐接来,让她当着她的父亲的面告诉你们我是怎样一个人。要是你们根据她的报告,认为我是有罪的,你们不但可以撤销你们对我的信任,解除你们给我的职权,并且可以把我判处死刑。

公爵　去把苔丝狄蒙娜带来。

奥瑟罗　旗官,你领他们去;你知道她在什么地方。(伊阿古及吏役等下)当她没有到来以前,我要像对天忏悔我的血肉的罪恶一样,把我怎样得到这位美人的爱情和她怎样得到我的爱情的经过情形,忠实地向各位陈诉。

公爵　说吧,奥瑟罗。

奥瑟罗　她的父亲很看重我,常常请我到他家里,每次谈话的时候,总是问起我过去的历史,要我讲述我一年又一年所经历的各次战争、围城和意外的遭遇;我就把我的一生事实,从我的童年时代起,直到他叫我讲述的时候为止,原原本本地说了出来。我说起最可怕的灾祸,海上陆上惊人的奇遇,间不容发的脱险,在傲慢的敌人手中被俘为奴,和遇赎脱身的经过,以及旅途中的种种见闻;那些广大的岩窟、荒凉的沙漠、突兀的崖嶂、巍峨的峰岭;接着我又讲到彼此相食的野蛮部落,和肩下生头的化外异民;这些都是我的谈话的题目。苔丝狄蒙娜对于这种故事,总是出神倾听;有时为了家庭中的事务,她不能不离座而起,可是她总是尽力把事情赶紧办好,再回来孜孜不倦地把我所讲的每一个字都听了进去。我注意到她这种情形,有一天在一个适当的时间,从她的嘴里逗出了她的真诚的心愿:她希望我能够把我的一生经历,对她作一次详细的复述,因为她平日所听到的,只是一鳞半爪、残缺不全的片段。我答应了她的要求;当我讲到我在少年时代所遭逢的不幸的打击的时候，她往往忍不住掉下泪来。我的故事讲完以后，她用无数的叹息酬劳我；她发誓说，那是非常奇异而悲惨的；她希望她没有听到这段故事，可是又希望上天为她造下这样一个男子。她向我道谢，对我说，要是我有一个朋友爱上了她，我只要教他怎样讲述我的故事，就可以得到她的爱情。我听了这一个暗示，才向她吐露我的求婚的诚意。她为了我所经历的种种患难而爱我，我为了她对我所抱的同情而爱她：这就是我的唯一的妖术。她来了；让她为我证明吧。

　　苔丝狄蒙娜、伊阿古及吏役等上。

公爵　像这样的故事，我想我的女儿听了也会着迷的。勃拉班修，木已成舟，不必懊恼了。刀剑虽破，比起手无寸铁来，总是略胜一筹。

勃拉班修　请殿下听她说；要是她承认她本来也有爱慕他的意思，而我却还要归咎于他，那就让我不得好死吧。过来，好姑娘，你看这在座的济济众人之间，谁是你所最应该服从的？

苔丝狄蒙娜　我的尊贵的父亲，我在这里所看到的，是我的分歧的义务：对您说起来，我深荷您的生养教育的大恩，您给我的生命和教养使我明白我应该怎样敬重您；您是我的家长和严君，我直到现在都是您的女儿。可是这儿是我的丈夫，正像我的母亲对您克尽一个妻子的义务、把您看得比她的父亲更重一样，我也应该有权利向这位摩尔人，我的夫主，尽我应尽的名分。

勃拉班修　上帝和你同在！我没有话说了。殿下，请您继续处理国家的要务吧。我宁愿抚养一个义子，也不愿自己生男育女。过来，摩尔人。我现在用我的全副诚心，把她给了你；倘不是你早已得到了她，我一定再也不会让她到你手里。为了你的缘故，宝贝，我很高兴我没有别的儿女，否则你的私奔将

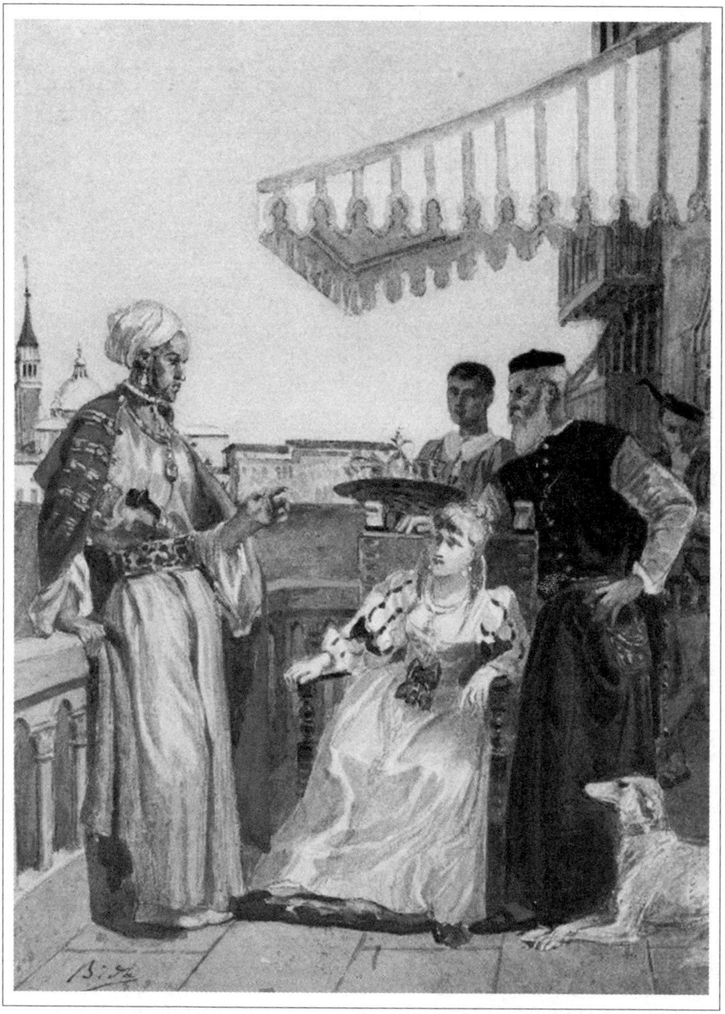

要使我变成一个虐待儿女的暴君，替他们手脚加上镣铐。我没有话说了，殿下。

公爵　让我设身处地，说几句话给你听听，也许可以帮助这一对恋人，使他们能够得到你的欢心。

　　　　眼看希望幻灭，厄运临头，
　　　　无可挽回，何必满腹牢愁？
　　　　为了既成的灾祸而痛苦，
　　　　徒然招惹出更多的灾祸。
　　　　既不能和命运争强斗胜，
　　　　还是付之一笑，安心耐忍。
　　　　聪明人遭盗窃毫不介意；
　　　　痛哭流涕反而伤害自己。

勃拉班修　让敌人夺去我们的海岛，
　　　　我们同样可以付之一笑。
　　　　那感激法官仁慈的囚犯，
　　　　他可以忘却刑罚的苦难；
　　　　倘然他怨恨那判决太重，
　　　　他就要忍受加倍的惨痛。
　　　　种种譬解虽能给人慰藉，
　　　　它们也会格外添人悲戚；
　　　　可是空言毕竟无补实际，
　　　　好听的话几曾送进心底？
　　　　请殿下继续进行原来的公事吧。

公爵　土耳其人正在向塞浦路斯大举进犯；奥瑟罗，那岛上的实力你是知道得十分清楚的；虽然我们派在那边代理总督职务的，是一个公认为很有能力的人，可是谁都不能不尊重大家的意思，大家觉得由你去负责镇守，才可以万无一失；所以说只得打扰你的新婚的快乐,辛苦你去跑这一趟了。

奥瑟罗　各位尊严的元老们,习惯的暴力已经使我把冷酷无情的战场当作我的温软的眠床,对于艰难困苦,我总是挺身而赴。我愿意接受你们的命令,去和土耳其人作战;可是我要恳求你们念在我替国家尽心出力,给我的妻子一个适当的安置,按照她的身份,供给她一切日常的需要。

公爵　你要是同意的话,可以让她住在她父亲的家里。

勃拉班修　我不愿意收留她。

奥瑟罗　我也不能同意。

苔丝狄蒙娜　我也不愿住在父亲的家里,让他每天看见我生气。最仁慈的公爵,愿您俯听我的陈请,让我的卑微的衷忱得到您的谅解和赞助。

公爵　你有什么请求,苔丝狄蒙娜?

苔丝狄蒙娜　我不顾一切跟命运对抗的行动可以代我向世人宣告,我因为爱这摩尔人,所以愿意和他过共同的生活;我的心灵完全为他的高贵的德性所征服;我先认识他那颗心,然后认识他那奇伟的仪表;我已经把我的灵魂和命运一起呈献给他了。所以,各位大人,要是他一个人迢迢出征,把我遗留在和平的后方,过着像蜉蝣一般的生活,我将要因为不能朝夕侍奉他,而在镂心刻骨的离情别绪中度日如年了。让我跟他去吧。

奥瑟罗　请你们允许了她吧。上天为我做证,我向你们这样请求,并不是为了贪尝人生的甜头,也不是为了满足我自己的欲望,因为青春的热情在我已成过去了;我的唯一的动机,只是不忍使她失望。请你们千万不要抱着那样的思想,以为她跟我在一起,会使我懈怠了你们所付托给我的重大的使命。不,要是插翅的爱神的风流解数,可以蒙蔽了我的灵明的理智,使我因为贪恋欢娱而误了正事,那么让主妇们把我的战盔当作水罐,让一切的污名都丛集于我的一身吧!

公爵　她的去留行止,可以由你们自己去决定。事情很是紧急,你必须立刻出发。

元老甲　今天晚上你就得动身。

奥瑟罗　很好。

公爵　明天早上九点钟,我们还要在这儿聚会一次。奥瑟罗,请你留下一个将佐在这儿,将来政府的委任状好由他转交给你;要是我们随后还有什么决定,可以叫他把训令传达给你。

奥瑟罗　殿下,我的旗官是一个很适当的人物,他的为人是忠实而可靠的;我还要请他负责护送我的妻子,要是此外还有什么必须寄给我的物件,也请殿下一起交给他。

公爵　很好。各位晚安!(向勃拉班修)尊贵的先生,倘然有德必有貌,说你这位女婿长得黑,远不如说他长得美。

元老甲　再会,勇敢的摩尔人!好好看顾苔丝狄蒙娜。

勃拉班修　留心看着她,摩尔人,不要视而不见;她已经愚弄了她的父亲,她也会把你欺骗。(公爵、众元老、吏役等同下。)

奥瑟罗　我用生命保证她的忠诚!正直的伊阿古,我必须把我的苔丝狄蒙娜托付给你,请你叫你的妻子当心照料她;看什么时候有方便,就烦你护送她们起程。来,苔丝狄蒙娜,我只有一小时的工夫和你诉说衷情,料理庶事了。我们必须服从环境的支配。(奥瑟罗、苔丝狄蒙娜同下。)

罗德利哥　伊阿古!

伊阿古　你怎么说,好人儿?

罗德利哥　你想我该怎么办?

伊阿古　上床睡觉去吧。

罗德利哥　我立刻就投水去。

伊阿古　好，要是你投了水，我从此不喜欢你了。嘿，你这傻大少爷！

罗德利哥　要是活着这样受苦，傻瓜才愿意活下去；一死可以了却烦恼，还是死了的好。

伊阿古　啊，该死！我在这世上也经历过四七二十八个年头了，自从我能够辨别利害以来，我从来不曾看见过什么人知道怎样爱惜他自己。要是我也会为了爱上一个雌儿的缘故而投水自杀，我宁愿变成一头猴子。

罗德利哥　我该怎么办？我承认这样痴心是一件丢脸的事，可是我没有力量把它补救过来呀。

伊阿古　力量！废话！我们变成这样那样，全在于我们自己。我们的身体就像一座园圃，我们的意志是这园圃里的园丁；不论我们插荨麻、种莴苣、栽下牛膝草、拔起百里香，或者单独培植一种草木，或者把全园种得万卉纷披，让它荒废不治也好，把它辛勤耕垦也好，那权力都在于我们的意志。要是在我们的生命之中，理智和情欲不能保持平衡，我们血肉的邪心就会引导我们到一个荒唐的结局；可是我们有的是理智，可以冲淡我们汹涌的热情，肉体的刺激和奔放的淫欲；我认为你所称为"爱情"的，也不过是那样一种东西。

罗德利哥　不，那不是。

伊阿古　那不过是在意志的默许之下一阵情欲的冲动而已。算了，做一个汉子。投水自杀！捉几头大猫小狗投在水里吧！我曾经声明我是你的朋友，我承认我对你的友谊是用不可摧折的、坚韧的缆索联结起来的；现在正是我应该为你出力的时候。把银钱放在你的钱袋里；跟他们出征去；装上一脸假胡子，遮住了你的本来面目——我说，把银钱放在你的钱袋里。苔丝狄蒙娜爱那摩尔人决不会长久——把银钱放在你的钱袋里——他也不会长久爱她。她一开始就把他爱得这样热烈，他们感情的破裂一定也是很突然的——你只要把银钱放在你的钱袋里。这些摩尔人很容易变心——把你的钱袋装满了钱——现在他吃起来像蝗虫一样美味的食物，不久便要变得像苦瓜柯萝辛一样涩口了。她必须换一个年轻的男子；当他的肉体使她餍足了以后，她就会觉悟她的选择的错误。她必须换换口味，她非换不可；所以把银钱放在你的钱袋里。要是你一定要寻死，也得想一个比投水巧妙一点的死法。尽你的力量搜括一些钱。要是凭着我的计谋和魔鬼们的奸诈，破坏这一个走江湖的蛮子和这一个狡猾的威尼斯女人之间的脆弱的盟誓，还不算是一件难事，那么你一定可以享受她——所以快去设法弄些钱来吧。投水自杀！什么话！那根本就不用提；你宁可因为追求你的快乐而被人吊死，总不要在没有一亲她的香泽以前投水自杀。

罗德利哥　要是我指望着这样的好事，你一定会尽力帮助我达到我的愿望吗？

伊阿古　你可以完全信任我。去，弄一些钱来。我常常对你说，一次一次反复告诉你，我恨那摩尔人；我的怨毒蓄积在心头，你也对他抱着同样深刻的仇恨，让我们同心合力向他复仇；要是你能够替他戴上一顶绿头巾，你固然是如愿以偿，我也可以拍掌称快。无数人事的变化孕育在时间的胚胎里，我们等着看吧。去，预备好你的钱。我们明天再谈这件事吧。再见。

罗德利哥　明天早上我们在什么地方会面？

伊阿古　就在我的寓所里吧。

罗德利哥　我一早就来看你。

伊阿古　好，再会。你听见吗，罗德利哥？

罗德利哥　你说什么？

伊阿古　别再提起投水的话了,你听见没有?

罗德利哥　我已经变了一个人了。我要去把我的田地一起变卖。

伊阿古　好,再会!多往你的钱袋里放些钱。(罗德利哥下)我总是这样让这种傻瓜掏出钱来给我花用;因为倘不是为了替自己解解闷,打算占些便宜,那我浪费时间跟这样一个呆子周旋,那才冤枉哩,那还算得什么有见识的人。我恨那摩尔人;有人说他和我的妻子私通,我不知道这句话是真是假;可是在这种事情上,即使不过是嫌疑,我也要把它当作实有其事一样看待。他对我很有好感,这样可以使我对他实行我的计策的时候格外方便一些。凯西奥是一个俊美的男子;让我想想看:夺到他的位置,实现我的一举两得的阴谋;怎么办?怎么办?让我看:等过了一些时候,在奥瑟罗的耳边捏造一些鬼话,说他跟他的妻子看上去太亲热了;他长得漂亮,性情又温和,天生一种媚惑妇人的魔力,像他这种人是很容易引起疑心的。那摩尔人是一个坦白爽直的人,他看见人家在表面上装出一副忠厚诚实的样子,就以为一定是个好人;我可以把他像一头驴子一般牵着鼻子跑。有了!我的计策已经产生。地狱和黑夜正酝酿成这空前的罪恶,它必须向世界显露它的面目。(下。)

第二幕

第一场　塞浦路斯岛海口一市镇。码头附近的广场

蒙太诺及二军官上。

蒙太诺　你从那海岬望出去，看见海里有什么船只没有？

军官甲　一点望不见。波浪很高，在海天之间，我看不见一片船帆。

蒙太诺　风在陆地上吹得也很厉害；从来不曾有这么大的暴风摇撼过我们的雉堞。要是它在海上也这么猖狂，哪一艘橡树造成的船身支持得住山一样的巨涛迎头倒下？我们将要从这场风暴中间听到什么消息呢？

军官乙　土耳其的舰队一定要被风浪冲散了。你只要站在白沫飞溅的海岸上，就可以看见咆哮的汹涛直冲云霄，被狂风卷起的怒浪奔腾山立，好像要把海水浇向光明的大熊星上，熄灭那照耀北极的永古不移的斗宿一样。我从来没有见过这样可怕的惊涛骇浪。

蒙太诺　要是土耳其舰队没有避进港里，它们一定沉没了；这样的风浪是抵御不了的。

另一军官上。

军官丙　报告消息！咱们的战事已经结束了。土耳其人遭受这场风暴的突击，不得不放弃他们进攻的计划。一艘从威尼斯来的大船一路上看见他们的船只或沉或破，大部分零落不堪。

蒙太诺　啊！这是真的吗？

军官丙　大船已经在这儿进港，是一艘维洛那造的船；迈克尔·凯西奥，那勇武的摩尔人奥瑟罗的副将，已经上岸来了；那摩尔人自己还在海上，他是奉到全权委任，到塞浦路斯这儿来的。

蒙太诺　我很高兴，这是一位很有才能的总督。

军官丙　可是这个凯西奥说起土耳其的损失，虽然兴高采烈，同时却满脸愁容，祈祷着那摩尔人的安全，因为他们是在险恶的大风浪中彼此失散的。

蒙太诺　但愿他平安无恙；因为我曾经在他手下做过事，知道他在治军用兵这方面，的确是一个大将之才。来，让我们到海边去！一方面看看新到的船舶，一方面把我们的眼睛遥望到海天相接的远处，盼候着勇敢的奥瑟罗。

军官丙　来，我们去吧；因为每一分钟都会有更多的人到来。

　　　　　凯西奥上。

凯西奥　谢谢，你们这座尚武的岛上的各位壮士，因为你们这样褒奖我们的主帅。啊！但愿上天帮助他战胜风浪，因为我是在险恶的波涛之中和他失散的。

蒙太诺　他的船靠得住吗？

凯西奥　船身很坚固，舵师是一个大家公认的很有经验的人，所以我还抱着很大的希望。（内呼声："一条船！一条船！一条船！"）

　　　　　一使者上。

凯西奥　什么声音？

使者　全市的人都出来了；海边站满了人，他们在嚷，"一条船！

一条船！"

凯西奥　我希望那就是我们新任的总督。（炮声。）

军官乙　他们在放礼炮了；即使不是总督，至少也是我们的朋友。

凯西奥　请你去看一看，回来告诉我们究竟是什么人来了。

军官乙　我就去。（下。）

蒙太诺　可是，副将，你们主帅有没有结过婚？

凯西奥　他的婚姻是再幸福不过的。他娶到了一位小姐，她的美貌才德，胜过一切的形容和盛大的名誉；笔墨的赞美不能写尽她的好处，没有一句适当的言语可以充分表出她的天赋的优美。

　　　　军官乙重上。

凯西奥　啊！谁到来了？

军官乙　是元帅麾下的一个旗官，名叫伊阿古。

凯西奥　他倒一帆风顺地到了。汹涌的怒涛，咆哮的狂风，埋伏在海底、跟往来的船只作对的礁石沙碛，似乎也懂得爱惜美人，收敛了它们凶恶的本性，让神圣的苔丝狄蒙娜安然通过。

蒙太诺　她是谁？

凯西奥　就是我刚才说起的，我们大帅的主帅。勇敢的伊阿古护送她到这儿来，想不到他们路上走得这么快，比我们的预期还早七天。伟大的乔武啊，保佑奥瑟罗，吹一口你的大力的气息在他的船帆上，让他的高大的桅樯在这儿海港里显现它的雄姿，让他跳动着一颗恋人的心投进了苔丝狄蒙娜的怀里，重新燃起我们奄奄欲绝的精神，使整个塞浦路斯充满了兴奋！

　　　　苔丝狄蒙娜、爱米利娅、伊阿古、罗德利哥及侍从等上。

凯西奥　啊！瞧，船上的珍宝到岸上来了。塞浦路斯人啊，向她下跪吧。祝福你，夫人！愿神灵在你前后左右周遭呵护你！

苔丝狄蒙娜　谢谢您，英勇的凯西奥。您知道我丈夫的什么消息吗？

146

凯西奥　他还没有到来；我只知道他是平安的，大概不久就会到来。

苔丝狄蒙娜　啊！可是我怕——你们怎么会分散的？

凯西奥　天风和海水的猛烈的激战，使我们彼此失散。可是听！有船来了。（内呼声："一条船！一条船！"炮声。）

军官乙　他们向我们城上放礼炮了；到来的也是我们的朋友。

凯西奥　你去探看探看。（军官乙下。向伊阿古）老总，欢迎！（向爱米利娅）欢迎，嫂子！请你不要恼怒，好伊阿古，我总得讲究个礼貌，按照我的教养，我就得来这么一个大胆的见面礼。（吻爱米利娅。）

伊阿古　老兄，要是她向你掀动她的嘴唇，也像她向我掀动她的舌头一样，那你就要叫苦不迭了。

苔丝狄蒙娜　唉！她又不会多嘴。

伊阿古　真的，她太会多嘴了；每次我想睡觉的时候，总是被她吵得不得安宁。不过，在您夫人的面前，我还要说一句，她有些话是放在心里说的，人家瞧她不开口，她却在心里骂人。

爱米利娅　你没有理由这样冤枉我。

伊阿古　得啦，得啦，你们跑出门来像图画，走进房去像响铃，到了灶下像野猫；害人的时候，面子上装得像个圣徒，人家冒犯了你们，你们便活像夜叉；叫你们管家，你们只会一味胡闹，一上床却又十足像个忙碌的主妇。

苔丝狄蒙娜　啊，啐！你这毁谤女人的家伙！

伊阿古　不，我说的话儿千真万确，
　　　　　你们起来游戏，上床工作。

爱米利娅　我再也不要你给我编什么赞美诗了。

伊阿古　好，不要叫我编。

苔丝狄蒙娜　要是叫你赞美我，你要怎么编法呢？

伊阿古　啊，好夫人，别叫我做这件事，因为我的脾气是要吹毛

147

求疵的。

苔丝狄蒙娜　来，试试看。有人到港口去了吗？

伊阿古　是，夫人。

苔丝狄蒙娜　我虽然心里愁闷，姑且强作欢容。来，你怎么赞美我？

伊阿古　我正在想着呢；可是我的诗情粘在我的脑壳里，用力一挤就会把脑浆一起挤出的。我的诗神可在难产呢——有了——好容易把孩子养出来了：

　　　　她要是既漂亮又智慧，

　　　　就不会误用她的娇美。

苔丝狄蒙娜　赞美得好！要是她虽黑丑而聪明呢？

伊阿古　她要是虽黑丑却聪明，

　　　　包她找到一位俊郎君。

苔丝狄蒙娜　不成话。

爱米利娅　要是美貌而愚笨呢？

伊阿古　美女人绝不是笨冬瓜，

　　　　蠢煞也会抱个小娃娃。

苔丝狄蒙娜　这些都是在酒店里骗傻瓜笑笑的古老的歪诗。还有一种又丑又笨的女人，你也能够勉强赞美她两句吗？

伊阿古　别嫌她心肠笨相貌丑，

　　　　女人的戏法一样拿手。

苔丝狄蒙娜　啊，岂有此理！你把最好的赞美给了最坏的女人。可是对于一个贤惠的女人——就连天生的坏蛋看见她这么好，也不由得对天起誓，说她真是个好女人——你又怎么赞美她呢？

伊阿古　她长得美，却从不骄傲，

　　　　能说会道，却从不叫嚣；

　　　　有的是钱，但从不妖娆；

　　　　摆脱欲念，嘴里说"我要！"

148

她受人气恼，想把仇报，
　　却平了气，把烦恼打消；
　　明白懂事，不朝三暮四，
　　不拿鳕鱼头换鲑鱼翅；[①]
　　会动脑筋，却闭紧小嘴，
　　有人盯梢，她头也不回；
　　要是有这样的女娇娘——

苔丝狄蒙娜 要她干什么呢？

伊阿古 去奶傻孩子，去记油盐账。

苔丝狄蒙娜 啊，这可真是最蹩脚、最松劲的收梢！爱米利娅，不要听他的话，虽然他是你的丈夫。你怎么说，凯西奥？他不是一个粗俗的、胡说八道的家伙吗？

凯西奥 他说得很直爽，夫人。您要是把他当作一个军人，不把他当作一个文士，您就不会嫌他出言粗俗了。

伊阿古 （旁白）他捏着她的手心。嗯，交头接耳，好得很。我只要张起这么一个小小的网，就可以捉住像凯西奥这样一只大苍蝇。嗯，对她微笑，很好；我要叫你跌翻在你自己的礼貌中间。——您说得对，正是正是。——要是这种鬼殷勤会葬送你的前程，你还是不要老是吻着你的三个指头，表示你的绅士风度吧。很好；吻得不错！绝妙的礼貌！正是正是。又把你的手指放到你的嘴唇上去了吗？让你的手指头变作你的通肠管我才高兴呢。（喇叭声）主帅来了！我听得出他的喇叭声音。

凯西奥 真的是他。

苔丝狄蒙娜 让我们去迎接他。

[①] 鳕鱼头比喻傻瓜；全句意谓：嫁了傻瓜，并不另找漂亮的相好。

凯西奥　瞧！他来了。

　　　　　奥瑟罗及侍从等上。

奥瑟罗　啊，我的娇美的战士！

苔丝狄蒙娜　我的亲爱的奥瑟罗！

奥瑟罗　看见你比我先到这里，真使我又惊又喜。啊，我的心爱的人！要是每一次暴风雨之后，都有这样和煦的阳光，那么尽管让狂风肆意地吹，把死亡都吹醒了吧！让那辛苦挣扎的船舶爬上一座座如山的高浪，就像从高高的天上堕下幽深的地狱一般，一泻千丈地跌下来吧！要是我现在死去，那才是最幸福的；因为我怕我的灵魂已经尝到了无上的欢乐，此生此世，再也不会有同样令人欣喜的事情了。

苔丝狄蒙娜　但愿上天眷顾，让我们的爱情和欢乐与日俱增！

奥瑟罗　阿门，慈悲的神明！我不能充分说出我心头的快乐；太多的欢喜憋住了我的呼吸。（吻苔丝狄蒙娜）一个——再来一个——这便是两颗心儿间最大的冲突了。

伊阿古　（旁白）啊，你们现在是琴瑟调和，看我不动声色，就叫你们松了弦线走了音。

奥瑟罗　来，让我们到城堡里去。好消息，朋友们；我们的战事已经结束，土耳其人全都淹死了。我的岛上的旧友，您好？爱人，你在塞浦路斯将要受到众人的宠爱，我觉得他们都是非常热情的。啊，亲爱的，我自己太高兴了，所以会说出这样忘形的话来。好伊阿古，请你到港口去一趟，把我的箱子搬到岸上。带那船长到城堡里来；他是一个很好的家伙，他的才能非常叫人钦佩。来，苔丝狄蒙娜，我们又在塞浦路斯岛团圆了。（除伊阿古、罗德利哥外均下。）

伊阿古　你马上就到港口来会我。过来。人家说，爱情可以刺激懦夫，使他鼓起本来所没有的勇气；要是你果然有胆量，请听我说。副将今晚在卫舍守夜。第一我必须告诉你,苔丝狄蒙娜直截了当地跟他发生了恋爱。

罗德利哥　跟他发生了恋爱!那是不会有的事。

伊阿古　闭住你的嘴,好好听我说。你看她当初不过因为这摩尔人向她吹了些法螺,撒下了一些漫天的大谎,她就爱得他那么热烈;难道她会继续爱他,只是为了他的吹牛的本领吗?你是个聪明人,不要以为世上会有这样的事。她的视觉必须得到满足;她能够从魔鬼脸上感到什么佳趣?情欲在一阵兴奋过了以后而渐生厌倦的时候,必须换一换新鲜的口味,方才可以把它重新刺激起来,或者是容貌的漂亮,或者是年龄的相称,或者是举止的风雅,这些都是这摩尔人所欠缺的;她因为在这些必要的方面不能得到满足,一定会觉得她的青春娇艳所托非人,而开始对这摩尔人由失望而憎恨,由憎恨而厌恶,她的天性就会迫令她再作第二次的选择。这种情形是很自然而可能的;要是承认了这一点,试问哪一个人比凯西奥更有享受这一种福分的便利?一个很会讲话的家伙,为了达到他的秘密的淫邪的欲望,他会恬不为意地装出一副殷勤文雅的外表。哼,谁也比不上他;哼,谁也比不上他!一个狡猾阴险的家伙,惯会乘机取利,无孔不钻——钻得进钻不进他才不管呢。一个鬼一样的家伙!而且,这家伙又漂亮,又年轻,凡是可以使无知妇女醉心的条件,他无一不备;一个十足害人的家伙。这女人已经把他勾上了。

罗德利哥　我不能相信,她是一位圣洁的女人。

伊阿古　他妈的圣洁!她喝的酒也是用葡萄酿成的;她要是圣洁,她就不会爱这摩尔人了。哼,圣洁!你没有看见她捏他的手心吗?你没有看见吗?

罗德利哥　是的,我看见的;可是那不过是礼貌罢了。

伊阿古　我举手为誓,这明明是奸淫!这一段意味深长的楔子,就包括无限淫情欲念的交流。他们的嘴唇那么贴近,他们的呼吸简直互相拥抱了。该死的思想,罗德利哥!这种表面上的亲热一开了端,主要的好戏就会跟着上场,肉体的结合是必然的结论。呸!可是,老兄,你依着我的话做去。我特意把你从威尼斯带来,今晚你去值班守夜,我会给你把命令弄来;凯西奥是不认识你的;我就在离你不远的地方看着你;你见了凯西奥就找一些借口向他挑衅,或者高声辱骂,破坏他的军纪,或者随你的意思用其他无论什么比较适当的方法。

罗德利哥　好。

伊阿古　老兄,他是个性情暴躁、易于发怒的人,也许会向你动武;即使他不动武,你也要激动他和你打起架来;因为借着这一个理由,我就可以在塞浦路斯人中间煽起一场暴动,假如要平息他们的愤怒,除了把凯西奥解职以外没有其他方法。这样你就可以在我的设计协助之下,早日达到你的愿望,你的阻碍也可以从此除去,否则我们的事情是决无成功之望的。

罗德利哥　我愿意这样干,要是我能够找到下手的机会。

伊阿古　那我可以向你保证。等会儿在城门口见我。我现在必须去替他把应用物件搬上岸来。再会。

罗德利哥　再会。(下。)

伊阿古　凯西奥爱她,这一点我是可以充分相信的;她爱凯西奥,这也是一件很自然而可能的事。这摩尔人我虽然气他不过,却有一副坚定、仁爱、正直的性格;我相信他会对苔丝狄蒙娜做一个最多情的丈夫。讲到我自己,我也是爱她的,并不完全出于情欲的冲动——虽然也许我犯的罪名也并不轻一些儿——可是一半是为要报复我的仇恨,因为我疑心这好色的摩尔人已经跳上了我的坐骑。这一种思想像毒药一样腐蚀我的肝肠，什么都不能使我心满意足，除非老婆对老婆，在他身上发泄这一口怨气；即使不能做到这一点，我也要叫这摩尔人心里长起根深蒂固的嫉妒来，没有一种理智的药饵可以把它治疗。为了达到这一个目的，我已经利用这威尼斯的瘟生做我的鹰犬；要是他果然听我的嗾使，我就可以抓住我们那位迈克尔·凯西奥的把柄，在这摩尔人面前大大地诽谤他——因为我疑心凯西奥跟我的妻子也是有些暧昧的。这样我可以让这摩尔人感谢我、喜欢我、报答我，因为我叫他做了一头大大的驴子，用诡计捣乱他的平和安宁，使他因气愤而发疯。方针已经决定，前途未可预料；阴谋的面目直到下手才会揭晓。（下。）

第二场　街道

传令官持告示上；民众随后。

传令官　我们尊贵英勇的元帅奥瑟罗有令，根据最近接到的消息，土耳其舰队已经全军覆没，全体军民听到这一个捷音，理应同伸庆祝：跳舞的跳舞，燃放焰火的燃放焰火，每一个人都可以随他自己的高兴尽情欢乐；因为除了这些可喜的消息以外，我们同时还要祝贺我们元帅的新婚。公家的酒窖、伙食房，一律开放；从下午五时起，直到深夜十一时，大家可以纵情饮酒宴乐。上天祝福塞浦路斯岛和我们尊贵的元帅奥瑟罗！（同下。）

第三场　城堡中的厅堂

　　　　奥瑟罗、苔丝狄蒙娜、凯西奥及侍从等上。

奥瑟罗　好迈克尔，今天请你留心警备；我们必须随时谨慎，免得因为纵乐无度而肇成意外。

凯西奥　我已经盼咐伊阿古怎样办了，我自己也要亲自督察照看。

奥瑟罗　伊阿古是个忠实可靠的汉子。迈克尔，晚安；明天你一早就来见我，我有话要跟你说。（向苔丝狄蒙娜）来，我的爱人，我们已经把彼此心身互相交换，愿今后花开结果，恩情美满。晚安！（奥瑟罗、苔丝狄蒙娜及侍从等下。）

　　　　伊阿古上。

凯西奥　欢迎，伊阿古；我们该守夜去了。

伊阿古　时候还早哪，副将；现在还不到十点钟。咱们主帅因为舍不得他的新夫人，所以这么早就打发我们出去；可是我们也怪不得他，他还没有跟她真个销魂，而她这个人，任是天神见了也要动心的。

凯西奥　她是一位人间无比的佳人。

伊阿古　我可以担保她迷男人的一套功夫可好着呢。

凯西奥　她的确是一个娇艳可爱的女郎。

伊阿古　她的眼睛多么迷人！简直在向人挑战。

凯西奥　一双动人的眼睛；可是却有一种端庄贞静的神气。

伊阿古　她说话的时候，不就是爱情的警报吗？

凯西奥　她真是十全十美。

伊阿古　好，愿他们被窝里快乐！来，副将，我还有一瓶酒；外面有两个塞浦路斯的军官，要想为黑将军祝饮一杯。

凯西奥　今夜可不能奉陪了，好伊阿古。我一喝了酒，头脑就会糊涂起来。我希望有人能够发明在宾客欢会的时候，用另外一种方法招待他们。

伊阿古　啊，他们都是我们的朋友；喝一杯吧——我也可以代你喝。

凯西奥　我今晚只喝了一杯，就是那一杯也被我偷偷地冲了些水，可是你看我这张脸，成个什么样子。我知道自己的弱点，实在不敢再多喝了。

伊阿古　哎哟，朋友！这是一个狂欢的良夜，不要让那些军官扫兴吧。

凯西奥　他们在什么地方？

伊阿古　就在这儿门外；请你去叫他们进来吧。

凯西奥　我去就去，可是我心里是不愿意的。（下。）

伊阿古　他今晚已经喝过了一些酒，我只要再灌他一杯下去，他就会像小狗一样到处惹是生非。我们那位为情憔悴的傻瓜罗德利哥今晚为了苔丝狄蒙娜也喝了几大杯的酒，我已经派他守夜了。还有三个心性高傲、重视荣誉的塞浦路斯少年，都是这座尚武的岛上数一数二的人物，我也把他们灌得酩酊大醉；他们今晚也是要守夜的。在这一群醉汉中间，我要叫我们这位凯西奥干出一些可以激动这岛上公愤的事来。可是他们来了。要是结果真就像我所梦想的，我这条顺风船儿顺流而下，前程可远大呢。

　　　　凯西奥率蒙太诺及军官等重上；众仆持酒后随。

凯西奥　上帝可以做证，他们已经灌了我一满杯啦。

蒙太诺　真的，只是小小的一杯，顶多也不过一品脱的分量；我是一个军人，从来不会说谎的。

伊阿古　喂，酒来！（唱）

>一瓶一瓶复一瓶,
>
>饮酒击瓶玎珰鸣。
>
>我为军人岂无情,
>
>人命倏忽如烟云,
>
>聊持杯酒遣浮生。

孩子们,酒来!

凯西奥　好一支歌儿!

伊阿古　这一支歌是我在英国学来的。英国人的酒量才厉害呢;什么丹麦人、德国人、大肚子的荷兰人——酒来!——比起英国人来都算不了什么。

凯西奥　英国人果然这样善于喝酒吗?

伊阿古　嘿,他会不动声色地把丹麦人灌得烂醉如泥,面不流汗地把德国人灌得不省人事,还没有倒满下一杯,那荷兰人已经呕吐狼藉了。

凯西奥　祝我们的主帅健康!

蒙太诺　赞成,副将,您喝我也喝。

伊阿古　啊,可爱的英格兰!(唱)

>英明天子斯蒂芬,
>
>做条裤子五百文;
>
>硬说多花钱六个,
>
>就把裁缝骂一顿。
>
>王爷大名天下传,
>
>你这小子是何人?
>
>骄奢虚荣亡了国,
>
>不如旧衣披在身。

喂,酒来!

凯西奥　呃，这支歌比方才唱的那一支更好听了。

伊阿古　你要再听一遍吗？

凯西奥　不，因为我认为他这样地位的人做出这种事来，是有失体统的。好，上帝在我们头上，有的灵魂必须得救，有的灵魂就不能得救。

伊阿古　对了，副将。

凯西奥　讲到我自己——我并没有冒犯我们主帅或是无论哪一位大人物的意思——我是希望能够得救的。

伊阿古　我也这样希望，副将。

凯西奥　嗯，可是，对不起，你不能比我先得救；副将得救了，然后才是旗官得救。咱们别提这种话啦，还是去干我们的公事吧。上帝赦免我们的罪恶！各位先生，我们不要忘记了我们的事情。不要以为我是醉了，各位先生。这是我的旗官；这是我的右手，这是我的左手。我现在并没有醉；我站得很稳，我说话也很清楚。

众人　非常清楚。

凯西奥　那么很好；你们可不要以为我醉了。（下。）

蒙太诺　各位朋友，来，我们到露台上守望去。

伊阿古　你们看刚才出去的这一个人；讲到指挥三军的才能，他可以和恺撒争一日之雄；可是你们瞧他这一种酗酒的样子，它正好和他的长处互相抵消。我真为他可惜！我怕奥瑟罗对他如此信任，也许有一天会被他误了大事，使全岛大受震动的。

蒙太诺　可是他常常是这样的吗？

伊阿古　他喝醉了酒总要睡觉；要是没有酒替他催眠，他可以一昼夜睡不着觉。

蒙太诺　这种情形应该向元帅提起；也许他没有觉察，也许他秉性仁恕，因为看重凯西奥的才能而忽略了他的短处。这句话

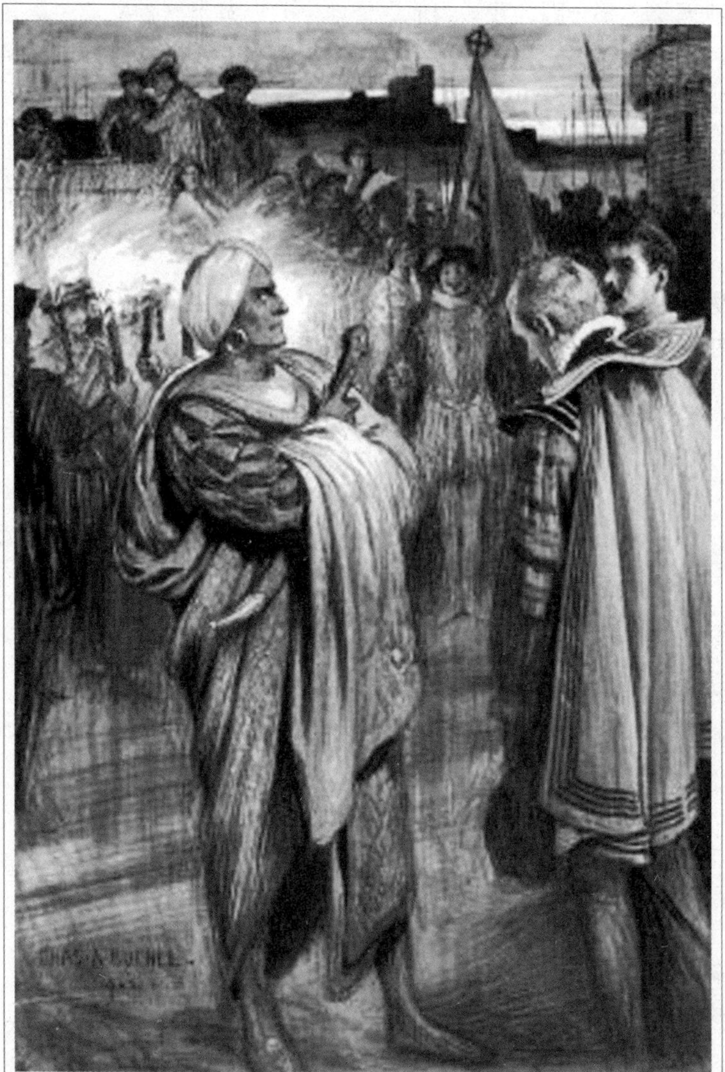

对不对?

    罗德利哥上。

伊阿古 （向罗德利哥旁白）怎么，罗德利哥！你快追到那副将后面去吧；去。（罗德利哥下。）

蒙太诺 这高贵的摩尔人竟会让一个染上这种恶癖的人做他的辅佐，真是一件令人抱憾的事。谁能够老实对他这样说，才是一个正直的汉子。

伊阿古 即使把这一座大好的岛送给我，我也不愿意说；我很爱凯西奥，要是有办法，我愿意尽力帮助他除去这一种恶癖。可是听！什么声音？（内呼声："救命！救命！"）

    凯西奥驱罗德利哥重上。

凯西奥 混蛋！狗贼！

蒙太诺 什么事，副将？

凯西奥 一个混蛋竟敢教训起我来！我要把这混蛋打进一只瓶子里去。

罗德利哥 打我！

凯西奥 你还要利嘴吗，狗贼？（打罗德利哥。）

蒙太诺 （拉凯西奥）不，副将，请您住手。

凯西奥 放开我，先生，否则我要一拳打到你的头上来了。

蒙太诺 得啦，得啦，你醉了。

凯西奥 醉了！（与蒙太诺斗。）

伊阿古 （向罗德利哥旁白）快走！到外边去高声嚷叫，说是出了乱子啦。（罗德利哥下）不，副将！天哪，各位！喂，来人！副将！蒙太诺！帮帮忙，各位朋友！这算是守的什么夜呀！（钟鸣）谁在那儿打钟？该死！全市的人都要起来了。天哪！副将，住手！你的脸要从此丢尽啦。

    奥瑟罗及侍从等重上。

奥瑟罗　这儿出了什么事情？

蒙太诺　他妈的！我的血流个不停；我受了重伤啦。

奥瑟罗　要活命的快住手！

伊阿古　喂，住手，副将！蒙太诺！各位！你们忘记你们的地位和责任了吗？住手！主帅在对你们说话；还不住手！

奥瑟罗　怎么，怎么！为什么闹起来的？难道我们都变成野蛮人了吗？上天不许土耳其人来打我们，我们倒自相残杀起来了吗？为了基督徒的面子，停止这场粗暴的争吵；谁要是一味怄气，再敢动一动，他就是看轻他自己的灵魂，他一举手我就叫他死。叫他们不要打那可怕的钟；它会扰乱岛上的人心。各位，究竟是怎么一回事？正直的伊阿古，瞧你懊恼得脸色惨淡，告诉我，谁开始这场争闹的？凭着你的忠心，老实对我说。

伊阿古　我不知道；刚才还是好好的朋友，像正在宽衣解带的新夫妇一般相亲相爱，一下子就好像受到什么星光的刺激，迷失了他们的本性，大家竟然拔出剑来，向彼此的胸前直刺过去，拼个你死我活了。我说不出这场任性的争吵是怎么开始的；只怪我这双腿不曾在光荣的战阵上失去，那么我也不会踏进这种是非中间了！

奥瑟罗　迈克尔，你怎么会这样忘记你自己的身份？

凯西奥　请您原谅我；我没有话可说。

奥瑟罗　尊贵的蒙太诺，您一向是个温文知礼的人，您的少年端庄为举世所钦佩，在贤人君子之间，您有很好的名声；为什么您会这样自贬身价，牺牲您的宝贵的名誉，让人家说您是个在深更半夜里酗酒闹事的家伙？给我一个回答。

蒙太诺　尊贵的奥瑟罗，我伤得很厉害，不能多说话；您的贵部下伊阿古可以告诉您我所知道的一切。其实我也不知道我在今夜说错了什么话或是做错了什么事，除非自重自爱有时会成了过失，在暴力侵凌的时候，自卫是一桩罪恶。

奥瑟罗　苍天在上，我现在可再也遏制不住我的怒气了；我的血气蒙蔽了清明的理性，叫我只知道凭着冲动的感情行事。我只要动一动，或是举一举这一只胳臂，就可以叫你们中间最有本领的人在我的一怒之下丧失了生命。让我知道这一场可耻的骚扰是怎么开始的，谁是最初肇起事端来的人；要是证实了哪一个人是启衅的罪魁，即使他是我的孪生兄弟，我也不能放过他。什么！一个新遭战乱的城市，秩序还没有恢复，人民的心里充满了恐惧，你们却在深更半夜，在全岛治安所系的所在为了私人间的细故争吵起来！岂有此理！伊阿古，谁是肇事的人？

蒙太诺　你要是意存偏袒，或是同僚相护，所说的话和事实不尽符合，你就不是个军人。

伊阿古　不要这样逼我；我宁愿割下自己的舌头，也不愿让它说迈克尔·凯西奥的坏话；可是事已如此，我想说老实话也不算对不起他。是这样的，主帅：蒙太诺跟我正在谈话，忽然跑进一个人来高呼救命，后面跟着凯西奥，杀气腾腾地提着剑，好像一定要杀死他才甘心似的；那时候这位先生就挺身前去拦住凯西奥，请他息怒；我自己追赶那个叫喊的人，因为恐怕他在外边大惊小怪，扰乱人心——后来果然不出我所料；可是他跑得快，我追不上，又听见背后刀剑碰撞和凯西奥高声咒骂的声音，所以就回来了；我从来没有听见他这样骂过人；我本来追得不远，一转身就看见他们在这儿你一刀、我一剑地厮杀得难解难分，正像您到来喝开他们的时候一样。我所能报告的就是这几句话。人总是人，圣贤也有错误的时候；一个人在愤怒之中，就是好朋友也会翻脸不认。虽然凯西奥给了他一点小小的伤害，可是我相信凯西奥一定从那逃走的家伙手里受到什么奇耻大辱，所以才会动起那么大的火性来的。

奥瑟罗　伊阿古，我知道你的忠实和义气，你把这件事情轻描淡写，替凯西奥减轻他的罪名。凯西奥，你是我的好朋友，可是从此以后，你不是我的部属了。

　　　　苔丝狄蒙娜率侍从重上。

奥瑟罗　瞧！我的温柔的爱人也给你们吵醒了！（向凯西奥）我要拿你做一个榜样。

苔丝狄蒙娜　什么事？

奥瑟罗　现在一切都没事了，亲爱的；去睡吧。先生，您受的伤我愿意亲自替您医治。把他扶出去。（侍从扶蒙太诺下）伊阿古，你去巡视市街，安定安定受惊的人心。来，苔丝狄蒙娜；难圆的是军人的好梦，才合眼又被杀声惊动。（除伊阿古、凯西奥外均下。）

伊阿古　什么！副将，你受伤了吗？

凯西奥　嗯，我的伤是无药可救的了。

伊阿古　哎哟，上天保佑没有这样的事！

凯西奥　名誉，名誉，名誉！啊，我的名誉已经一败涂地了！我已经失去我的生命中不死的一部分，留下来的也就跟畜生没有分别了。我的名誉，伊阿古，我的名誉！

伊阿古　我是个老实人，我还以为你受到了什么身体上的伤害，那是比名誉的损失痛苦得多的。名誉是一件无聊的骗人的东西；得到它的人未必有什么功德，失去它的人也未必有什么过失。你的名誉仍旧是好端端的，除非你自以为它已经扫地了。嘿，朋友，你要恢复主帅对你的欢心，尽有办法呢。你现在不过一时遭逢他的恼怒；他给你的这一种处分，与其说

162

是表示对你的不满,还不如说是遮掩世人耳目的政策,正像有人为了吓退一头凶恶的狮子而故意鞭打他的驯良的狗一样。你只要向他恳求恳求,他一定会回心转意的。

凯西奥　我宁愿恳求他唾弃我,也不愿蒙蔽他的聪明,让这样一位贤能的主帅手下有这么一个酗酒放荡的不肖将校。纵饮无度!胡言乱道!吵架!吹牛!赌咒!跟自己的影子说些废话!啊,你空虚缥缈的旨酒的精灵,要是你还没有一个名字,让我们叫你做魔鬼吧!

伊阿古　你提着剑追逐不舍的那个人是谁?他怎么冒犯了你?

凯西奥　我不知道。

伊阿古　你怎么会不知道?

凯西奥　我记得一大堆的事情,可是全都是模模糊糊的;我记得跟人家吵起来,可是不知道为了什么。上帝啊!人们居然会把一个仇敌放进自己的嘴里,让它偷去他们的头脑!我们居然会在欢天喜地之中,把自己变成了畜生!

伊阿古　可是你现在已经很清醒了;你怎么会明白过来的?

凯西奥　气鬼一上了身,酒鬼就自动退让;一件过失引起了第二件过失,简直使我自己也瞧不起自己了。

伊阿古　得啦,你也太认真了。照此时此地的环境说起来,我但愿没有这种事情发生;可是既然事已如此,替自己谋算个好办法吧。

凯西奥　我要向他请求恢复我的原职;他会对我说我是一个酒棍!即使我有一百张嘴,这样一个答复也会把它们一起封住。现在还是一个清清楚楚的人,不一会儿就变成个傻子,然后立刻就变成一头畜生!啊,奇怪!每一杯过量的酒都是魔鬼酿成的毒汁。

伊阿古　算了,算了,好酒只要不滥喝,也是一个很好的伙伴;你也不用咒骂它了。副将,我想你一定把我当作一个好朋友看待。

凯西奥　我很信任你的友谊。我醉了!

伊阿古　朋友,一个人有时候多喝了几杯,也是免不了的。让我告诉你一个办法。我们主帅的夫人现在是我们真正的主帅;我可以这样说,因为他心里只念着她的好处,眼睛里只看见她的可爱。你只要在她面前坦白忏悔,恳求恳求她,她一定会帮助你官复原职。她的性情是那么慷慨仁慈,那么体贴人心,人家请她出十分力,她要是没有出到十二分,就觉得好像对不起人似的。你请她替你弥缝弥缝你跟她的丈夫之间的这一道裂痕,我可以拿我的全部财产打赌,你们的交情一定反而会因此格外加强的。

凯西奥　你的主意出得很好。

伊阿古　我发誓这一种意思完全出于一片诚心。

凯西奥　我充分信任你的善意;明天一早我就请求贤德的苔丝狄蒙娜替我尽力说情。要是我在这儿给他们革退了,我的前途也就从此毁了。

伊阿古　你说得对。晚安,副将;我还要守夜去呢。

凯西奥　晚安,正直的伊阿古!(下。)

伊阿古　谁说我做事奸恶?我贡献给他的这番意见,不是光明正大、很合理,而且的确是挽回这摩尔人的心意的最好办法吗?只要是正当的请求,苔丝狄蒙娜总是有求必应的;她的为人是再慷慨、再热心不过的了。至于叫她去说动这摩尔人,更是不费吹灰之力;他的灵魂已经完全成为她的爱情的俘虏,无论她要做什么事,或是把已经做成的事重新推翻,即使叫他抛弃他的信仰和一切得救的希望,他也会唯命是从,让她的喜恶主宰他的无力反抗的身心。我既然凑合着凯西奥的心意,向他指示了这一条对他有利的方策,谁还能说我是个恶人呢?佛面蛇心的鬼魅！恶魔往往用神圣的外表，引诱世人干最恶的罪行，正像我现在所用的手段一样；因为当这个老实的呆子恳求苔丝狄蒙娜为他转圜，当她竭力在那摩尔人面前替他说情的时候，我就要用毒药灌进那摩尔人的耳中，说是她所以要运动凯西奥复职，只是为了恋奸情热的缘故。这样她越是忠于所托，越是会加强那摩尔人的猜疑；我就利用她的善良的心肠污毁她的名誉，让他们一个个都落进了我的罗网之中。

罗德利哥重上。

伊阿古　啊，罗德利哥！

罗德利哥　我跟着大伙儿赶到这儿来，不像一头追寻狐兔的猎狗，倒像是替你们凑凑热闹的。我的钱也差不多花光了，今夜我还挨了一顿痛打；我想这番教训，大概就是我费去不少辛苦换来的代价了。现在我的钱囊已经空空如也，我的头脑里总算增加了一点智慧，我要回威尼斯去了。

伊阿古　没有耐性的人是多么可怜！什么伤口不是慢慢地平复起来的？你知道我们干事情全赖计谋，并不是用的魔法；用计谋就必须等待时机成熟。一切不是进行得很顺利吗？凯西奥固然把你打了一顿，可是你受了一点小小的痛苦，已经使凯西奥把官职都丢了。虽然在太阳光底下，各种草木都欣欣向荣，可是最先开花的果子总是最先成熟。你安心点儿吧。哎哟，天已经亮啦；又是喝酒，又是打架，闹哄哄的就让时间飞过去了。你去吧，回到你的宿舍里去；去吧，有什么消息我再来告诉你；去吧。（罗德利哥下）我还要做两件事情：第一是叫我的妻子在她的女主人面前替凯西奥说两句好话；我就去怂恿她；同时我就去设法把那摩尔人骗开，等到凯西奥去向他的妻子请求的时候，再让他亲眼看见这幕把戏。好，言之有理；不要迁延不决，耽误了锦囊妙计。（下。）

第三幕

第一场　塞浦路斯。城堡前

　　　　凯西奥及若干乐工上。

凯西奥　列位朋友，就在这儿奏起来吧；我会酬劳你们的。奏一支简短一些的乐曲，敬祝我们的主帅晨安。（音乐。）

　　　　小丑上。

小丑　怎么，列位朋友，你们的乐器都曾到过那不勒斯，所以会这样嗡咙嗡咙地用鼻音说话吗？

乐工甲　怎么，大哥，怎么？

小丑　请问这些都是管乐器吗？

乐工甲　正是，大哥。

小丑　啊，怪不得下面有个那玩意儿。

乐工甲　怪不得有个什么玩意儿，大哥？

小丑　我说，有好多管乐器就都是这么回事。可是，列位朋友，这儿是赏给你们的钱；将军非常喜欢你们的音乐，他请求你们千万不要再奏下去了。

乐工甲　好，大哥，我们不奏就是了。

小丑　要是你们会奏听不见的音乐，请奏起来吧；可是正像人家说的，将军对于听音乐这件事不大感兴趣。

乐工甲　我们不会奏那样的音乐。

小丑　那么把你们的笛子藏起来，因为我要去了。去，消灭在空气里吧；去！（乐工等下。）

凯西奥　你听没听见，我的好朋友？

小丑　不，我没有听见您的好朋友；我只听见您。

凯西奥　少说笑话。这一块小小的金币你拿了去；要是侍候将军夫人的那位奶奶已经起身，你就告诉她有一个凯西奥请她出来说话。你肯不肯？

小丑　她已经起身了，先生；要是她愿意出来，我就告诉她。

凯西奥　谢谢你，我的好朋友。（小丑下。）

　　　　伊阿古上。

凯西奥　来得正好，伊阿古。

伊阿古　你还没有上过床吗？

凯西奥　没有；我们分手的时候，天早就亮了。伊阿古，我已经大胆叫人去请你的妻子出来；我想请她替我设法见一见贤德的苔丝狄蒙娜。

伊阿古　我去叫她立刻出来见你。我还要想一个法子把那摩尔人调开，好让你们谈话方便一些。

凯西奥　多谢你的好意。（伊阿古下）我从来没有认识过一个比他更善良正直的弗罗棱萨人。

　　　　爱米利娅上。

爱米利娅　早安，副将！听说您误触主帅之怒，真是一件令人懊恼的事；可是一切就会转祸为福的。将军和他的夫人正在谈起此事，夫人竭力替您辩白，将军说，被您伤害的那个人，在塞浦路斯是很有名誉、很有势力的，为了避免受人非难起见，他不得不把您斥革；可是他说他很喜欢您，即使没有别人替您说情，他由于喜欢您，也会留心着一有适当的机会，就让您恢复原职的。

凯西奥　可是我还要请求您一件事：要是您认为没有妨碍，或是可以办得到的话，请您设法让我独自见一见苔丝狄蒙娜，跟她作一次简短的谈话。

爱米利娅　请您进来吧；我可以带您到一处可以让您从容吐露您的心曲的所在。

凯西奥　那真使我感激万分了。（同下。）

第二场　城堡中一室

奥瑟罗、伊阿古及军官等上。

奥瑟罗　伊阿古，这几封信你拿去交给舵师，叫他回去替我呈上元老院。我就在堡垒上走走；你把事情办好以后，就到那边来见我。

伊阿古　是，主帅，我就去。

奥瑟罗　各位，我们要不要去看看这儿的防务？

众人　我们愿意奉陪。（同下。）

第三场　城堡前

苔丝狄蒙娜、凯西奥及爱米利娅上。

苔丝狄蒙娜　好凯西奥，你放心吧，我一定尽力替你说情就是了。

爱米利娅　好夫人，请您千万出力。不瞒您说，我的丈夫为了这件事情，也懊恼得不得了，就像是他自己身上的事情一般。

苔丝狄蒙娜　啊！你的丈夫是一个好人。放心吧，凯西奥，我一定会设法使我的丈夫对你恢复原来的友谊。

凯西奥　大恩大德的夫人，无论迈克尔·凯西奥将来会有什么成就，他永远是您的忠实的仆人。

苔丝狄蒙娜　我知道；我感谢你的好意。你爱我的丈夫，你又是他的多年的知交；放心吧，他除了表面上因为避免嫌疑而对你略示疏远以外，决不会真把你见外的。

凯西奥　您说得很对，夫人；可是为了这"避嫌"，时间可能就要拖得很长，或是为了一些什么细碎小事，再三考虑之后还是不便叫我回来，结果我失去了在帐下供奔走的机会，日久之后，有人代替了我的地位，恐怕主帅就要把我的忠诚和微劳一起忘记了。

苔丝狄蒙娜　那你不用担心；当着爱米利娅的面，我保证你一定可以回复原职。请你相信我，要是我发誓帮助一个朋友，我一定会帮助他到底。我的丈夫将要不得安息，无论睡觉吃饭的时候，我都要在他耳旁聒噪；无论他干什么事，我都要插进嘴去替凯西奥说情。所以高兴起来吧，凯西奥，因为你的辩护人是宁死不愿放弃你的权益的。

　　　　　奥瑟罗及伊阿古自远处上。

爱米利娅　夫人，将军来了。

凯西奥　夫人，我告辞了。

苔丝狄蒙娜　啊，等一等，听我说。

凯西奥　夫人，改日再谈吧；我现在心里很不自在，见了主帅恐怕反多不便。

苔丝狄蒙娜　好，随您的便。（凯西奥下。）

伊阿古　嘿！我不喜欢那种样子。

奥瑟罗　你说什么?

伊阿古　没有什么,主帅;要是——我不知道。

奥瑟罗　那从我妻子身边走开去的,不是凯西奥吗?

伊阿古　凯西奥,主帅? 不,不会有那样的事,我不能够设想,他一看见您来了,就好像做了什么亏心事似的,偷偷地溜走了。

奥瑟罗　我相信是他。

苔丝狄蒙娜　啊,我的主! 刚才有人在这儿向我请托,他因为失去了您的欢心,非常抑郁不快呢。

奥瑟罗　你说的是什么人?

苔丝狄蒙娜　就是您的副将凯西奥呀。我的好夫君,要是我还有几分面子,或是几分可以左右您的力量,请您立刻对他恢复原来的恩宠吧;因为他倘不是一个真心爱您的人,他的过失倘不是无心而是有意的,那么我就是看错了人啦。请您叫他回来吧。

奥瑟罗　他刚才从这儿走开吗?

苔丝狄蒙娜　嗯,是的;他是那样满含着羞愧,使我也不禁对他感到同情的悲哀。爱人,叫他回来吧。

奥瑟罗　现在不必,亲爱的苔丝狄蒙娜;慢慢再说吧。

苔丝狄蒙娜　可是那不会太久吗?

奥瑟罗　亲爱的,为了你的缘故,我叫他早一点复职就是了。

苔丝狄蒙娜　能不能在今天晚餐的时候?

奥瑟罗　不,今晚可不能。

苔丝狄蒙娜　那么明天午餐的时候?

奥瑟罗　明天我不在家里午餐;我要跟将领们在营中会面。

苔丝狄蒙娜　那么明天晚上吧;或者星期二早上,星期二中午,晚上,星期三早上,随您指定一个时间,可是不要超过三天以上。他对于自己的行为失检,的确非常悔恨;固然在这种战争的时期，听说必须惩办那最好的人物，给全军立个榜样，可是照我们平常的眼光看来，他的过失实在是微乎其微，不必受什么个人的处分。什么时候让他来？告诉我，奥瑟罗。要是您有什么事情要求我，我想我决不会拒绝您，或是这样吞吞吐吐的。什么！迈克尔·凯西奥，您向我求婚的时候，是他陪着您来的；好多次我表示对您不满意的时候，他总是为您辩护；现在我请您把他重新叙用，却会这样为难！相信我，我可以——

奥瑟罗　好了，不要说下去了。让他随便什么时候来吧；你要什么我总不愿拒绝的。

苔丝狄蒙娜　这并不是一个恩惠，就好像我请求您戴上您的手套，劝您吃些富于营养的菜肴，穿些温暖的衣服，或是叫您做一件对您自己有益的事情一样。不，要是我真的向您提出什么要求，来试探试探您的爱情，那一定是一件非常棘手而难以应允的事。

奥瑟罗　我什么都不愿拒绝你；可是现在你必须答应暂时离开我一会儿。

苔丝狄蒙娜　我会拒绝您的要求吗？不。再会，我的主。

奥瑟罗　再会，我的苔丝狄蒙娜；我马上就来看你。

苔丝狄蒙娜　爱米利娅，来吧。您爱怎么样就怎么样，我总是服从您的。（苔丝狄蒙娜、爱米利娅同下。）

奥瑟罗　可爱的女人！要是我不爱你，愿我的灵魂永堕地狱！当我不爱你的时候，世界也要复归于混沌了。

伊阿古　尊贵的主帅——

奥瑟罗　你说什么，伊阿古？

伊阿古　当您向夫人求婚的时候，迈克尔·凯西奥也知道你们在恋爱吗？

171

奥瑟罗　他从头到尾都知道。你为什么问起？

伊阿古　不过是为了解释我心头的一个疑惑，并没有其他用意。

奥瑟罗　你有什么疑惑，伊阿古？

伊阿古　我以为他本来跟夫人是不相识的。

奥瑟罗　啊，不，他常常在我们两人之间传递消息。

伊阿古　当真！

奥瑟罗　当真！嗯，当真。你觉得有什么不对吗？他这人不老实吗？

伊阿古　老实，我的主帅？

奥瑟罗　老实！嗯，老实。

伊阿古　主帅，照我所知道的——

奥瑟罗　你有什么意见？

伊阿古　意见，我的主帅！

奥瑟罗　意见，我的主帅！天哪，他在学我的舌，好像在他的思想之中，藏着什么丑恶得不可见人的怪物似的。你的话里含着意思。刚才凯西奥离开我的妻子的时候，我听见你说，你不喜欢那种样子；你不喜欢什么样子呢？当我告诉你在我求婚的全部过程中他都参与我们的秘密的时候，你又喊着说，"当真！"蹙紧了你的眉头，好像在把一个可怕的思想锁在你的脑筋里一样。要是你爱我，把你所想到的事告诉我吧。

伊阿古　主帅，您知道我是爱您的。

奥瑟罗　我相信你的话；因为我知道你是一个忠诚正直的人，从来不让一句没有忖度过的话轻易出口，所以你这种吞吞吐吐的口气格外使我惊疑。在一个奸诈的小人，这些不过是一套玩惯了的戏法；可是在一个正人君子，那就是从心底里不知不觉自然流露出来的秘密的抗议。

伊阿古　讲到迈克尔·凯西奥，我敢发誓我相信他是忠实的。

奥瑟罗　我也这样想。

伊阿古　人们的内心应该跟他们的外表一致，有的人却不是这样；要是他们能够脱下了假面，那就好了！

奥瑟罗　不错，人们的内心应该跟他们的外表一致。

伊阿古　所以我想凯西奥是个忠实的人。

奥瑟罗　不，我看你还有一些别的意思。请你老老实实把你心中的意思告诉我，尽管用最坏的字眼，说出你所想到的最坏的事情。

伊阿古　我的好主帅，请原谅我；凡是我名分上应尽的责任，我当然不敢躲避，可是您不能勉强我做那一切奴隶们也没有那种义务的事。吐露我的思想？也许它们是邪恶而卑劣的；哪一座庄严的宫殿里，不会有时被下贱的东西闯入呢？哪一个人的心胸这样纯洁，没有一些污秽的念头和正大的思想分庭抗礼呢？

奥瑟罗　伊阿古，要是你以为你的朋友受人欺侮了，可是却不让他知道你的思想，这不成合谋卖友了吗？

伊阿古　也许我是以小人之腹度君子之心，因为——我承认我有一种坏毛病，是个秉性多疑的人，常常会无中生有，错怪了人家；所以请您凭着您的见识，还是不要把我的无稽的猜测放在心上，更不要因为我的胡乱的妄言而自寻烦恼。要是我让您知道了我的思想，一则将会破坏您的安宁，对您没有什么好处；二则那会影响我的人格，对我也是一件不智之举。

奥瑟罗　你的话是什么意思？

伊阿古　我的好主帅，无论男人女人，名誉是他们灵魂里面最切身的珍宝。谁偷窃我的钱囊，不过偷窃到一些废物，一些虚无的东西，它只是从我的手里转到他的手里，而它也曾做过千万人的奴隶；可是谁偷去了我的名誉，那么他虽然并不因此而富足，我却因为失去它而成为赤贫了。

奥瑟罗　凭着上天起誓，我一定要知道你的思想。

伊阿古　即使我的心在您的手里，您也不能知道我的思想；当它还在我的保管之下，我更不能让您知道。

奥瑟罗　嘿！

伊阿古　啊，主帅，您要留心嫉妒啊；那是一个绿眼的妖魔，谁做了它的牺牲，就要受它的玩弄。本来并不爱他的妻子的那种丈夫，虽然明知被他的妻子欺骗，算来还是幸福的；可是啊！一方面那样痴心疼爱，一方面又是那样满腹狐疑，这才是活活的受罪！

奥瑟罗　啊，难堪的痛苦！

伊阿古　贫穷而知足，可以赛过富有；有钱的人要是时时刻刻都在担心他会有一天变成穷人，那么即使他有无限的资财，实际上也像冬天一样贫困。天哪，保佑我们不要嫉妒吧！

奥瑟罗　咦，这是什么意思？你以为我会在嫉妒里消磨我的一生，随着每一次月亮的变化，发生一次新的猜疑吗？不，我有一天感到怀疑，就要把它立刻解决。要是我会让这种捕风捉影的猜测支配我的心灵，像你所暗示的那样，我就是一头愚蠢的山羊。谁说我的妻子貌美多姿，爱好交际，口才敏慧，能歌善舞，弹得一手好琴，决不会使我嫉妒；对于一个贤淑的女子，这些是锦上添花的美妙的外饰。我也绝不因为我自己的缺点而担心她会背叛我；她倘不是独具慧眼，决不会选中我的。不，伊阿古，我在没有目睹以前，决不妄起猜疑；当我感到怀疑的时候，我就要把它证实；果然有了确实的证据，我就一了百了，让爱情和嫉妒同时毁灭。

伊阿古　您这番话使我听了很是高兴，因为我现在可以用更坦白的精神，向您披露我的忠爱之忱了；既然我不能不说，您且听我说吧。我还不能给您确实的证据。注意尊夫人的行动；

留心观察她对凯西奥的态度；用冷静的眼光看着他们，不要一味多心，也不要过于大意。我不愿您的慷慨豪迈的天性被人欺罔；留心着吧。我知道我们国里娘儿们的脾气；在威尼斯她们背着丈夫干的风流活剧，是不瞒天地的；她们可以不顾羞耻，干她们所要干的事，只要不让丈夫知道，就可以问心无愧。

奥瑟罗　你真的这样说吗？

伊阿古　她当初跟您结婚，曾经骗过她的父亲；当她好像对您的容貌战栗畏惧的时候，她的心里却在热烈地爱着它。

奥瑟罗　她正是这样。

伊阿古　好，她这样小小的年纪，就有这般能耐，做作得不露一丝破绽，把她父亲的眼睛完全遮掩过去，使他疑心您用妖术把她骗走。——可是我不该说这种话；请您原谅我对您的过分的忠心吧。

奥瑟罗　我永远感激你的好意。

伊阿古　我看这件事情有点儿令您扫兴。

奥瑟罗　一点不，一点不。

伊阿古　真的，我怕您在生气啦。我希望您把我这番话当作善意的警戒。可是我看您真的在动怒啦。我必须请求您不要因为我这么说了，就武断地下了结论；不过是一点嫌疑，还不能就认为是事实哩。

奥瑟罗　我不会的。

伊阿古　您要是这样，主帅，那么我的话就要引起不幸的后果，完全违反我的本意了。凯西奥是我的好朋友——主帅，我看您在动怒啦。

奥瑟罗　不，并不怎么动怒。我怎么也不能不相信苔丝狄蒙娜是贞洁的。

伊阿古　但愿她永远如此！但愿您永远这样想！

奥瑟罗　可是一个人往往容易迷失本性——

伊阿古　嗯，问题就在这儿。说句大胆的话，当初多少跟她同国族、同肤色、同阶级的人向她求婚，照我们看来，要是成功了，那真是天作之合，可是她都置之不理，这明明是违反常情的举动；嘿！从这儿就可以看到一个荒唐的意志、乖僻的习性和不近人情的思想。可是原谅我，我不一定指着她说；虽然我恐怕她因为一时的孟浪跟随了您，也许后来会觉得您在各方面不能符合她自己国中的标准而懊悔她选择的错误。

奥瑟罗　再会，再会。要是你还观察到什么事，请让我知道；叫你的妻子留心察看。离开我，伊阿古。

伊阿古　主帅，我告辞了。（欲去。）

奥瑟罗　我为什么要结婚呢？这个诚实的汉子所看到、所知道的事情，一定比他向我宣布出来的多得多。

伊阿古　（回转）主帅，我想请您最好把这件事情搁一搁，慢慢再说吧。凯西奥虽然应该让他复职，因为他对于这一个职位是非常胜任的；可是您要是愿意对他暂时延宕一下，就可以借此窥探他的真相，看他钻的是哪一条门路。您只要注意尊夫人在您面前是不是着力替他说情；从那上头就可以看出不少情事。现在请您只把我的意见认作无谓的过虑——我相信我的确太多疑了——仍旧把尊夫人看成一个清白无罪的人。

奥瑟罗　你放心吧，我不会失去自制的。

伊阿古　那么我告辞了。（下。）

奥瑟罗　这是一个非常诚实的家伙，对于人情世故是再熟悉不过的了。要是我能够证明她是一头没有驯服的野鹰，虽然我用自己的心弦把她系住，我也要放她随风远去，追寻她自己的命运。也许因为我生得黑丑，缺少绅士们温柔风雅的谈吐；

也许因为我年纪老了点儿——虽然还不算顶老——所以她才会背叛我;我已经自取其辱,只好割断对她这一段痴情。啊,结婚的烦恼!我们可以在名义上把这些可爱的人儿称为我们所有,却不能支配她们的爱憎喜恶!我宁愿做一只蛤蟆,呼吸牢室中的浊气,也不愿占住了自己心爱之物的一角,让别人把它享用。可是那是富贵者也不能幸免的灾祸,他们并不比贫贱者享有更多的特权;那是像死一样不可逃避的命运,我们一生下来就已经在冥冥中注定了要戴那顶倒霉的绿头巾。瞧!她来了。倘然她是不贞的,啊!那么上天在开自己的玩笑了。我不信。

苔丝狄蒙娜及爱米利娅重上。

苔丝狄蒙娜　啊,我的亲爱的奥瑟罗!您所宴请的那些岛上的贵人都在等着您去就席哩。

奥瑟罗　是我失礼了。

苔丝狄蒙娜　您怎么说话这样没有劲?您不大舒服吗?

奥瑟罗　我有点儿头痛。

苔丝狄蒙娜　那一定是因为睡少的缘故,不要紧的;让我替您绑紧了,一小时内就可以痊愈。

奥瑟罗　你的手帕太小了。(苔丝狄蒙娜手帕坠地)随它去;来,我跟你一块儿进去。

苔丝狄蒙娜　您身子不舒服,我很懊恼。(奥瑟罗、苔丝狄蒙娜下。)

爱米利娅　我很高兴我拾到了这方手帕;这是她从那摩尔人手里第一次得到的礼物。我那古怪的丈夫向我说过了不知多少好话,要我把它偷出来;可是她非常喜欢这玩意儿,因为他叫她永远保存好,所以她随时带在身边,一个人的时候就拿出来把它亲吻,对它说话。我要去把那花样描下来,再把它送给伊阿古;究竟他拿去有什么用,天才知道,我可不知道。

我只不过为了讨他的喜欢。

  伊阿古重上。

伊阿古　啊！你一个人在这儿干吗？

爱米利娅　不要骂；我有一件好东西给你。

伊阿古　一件好东西给我？一件不值钱的东西——

爱米利娅　嘿！

伊阿古　娶了一个愚蠢的老婆。

爱米利娅　啊！只落得这句话吗？要是我现在把那方手帕给了你，你给我什么东西？

伊阿古　什么手帕？

爱米利娅　什么手帕！就是那摩尔人第一次送给苔丝狄蒙娜，你老是叫我偷出来的那方手帕呀。

伊阿古　已经偷来了吗？

爱米利娅　不，不瞒你说，她自己不小心掉了下来，我正在旁边，乘此机会就把它拾起来了。瞧，这不是吗？

伊阿古　好妻子，给我。

爱米利娅　你一定要我偷了它来，究竟有什么用？

伊阿古　哼，那干你什么事？（夺帕。）

爱米利娅　要是没有重要的用途，还是把它还了我吧。可怜的夫人！她失去这方手帕，准要发疯了。

伊阿古　不要说出来；我自有用处。去，离开我。（爱米利娅下）我要把这手帕丢在凯西奥的寓所里，让他找到它。像空气一样轻的小事，对于一个嫉妒的人，也会变成天书一样坚强的确证；也许这就可以引起一场是非。这摩尔人已经中了我的毒药的毒，他的心理上已经发生变化了；危险的思想本来就是一种毒药，虽然在开始的时候尝不到什么苦涩的味道，可是渐渐地在血液里活动起来，就会像硫矿一样轰然爆发。我

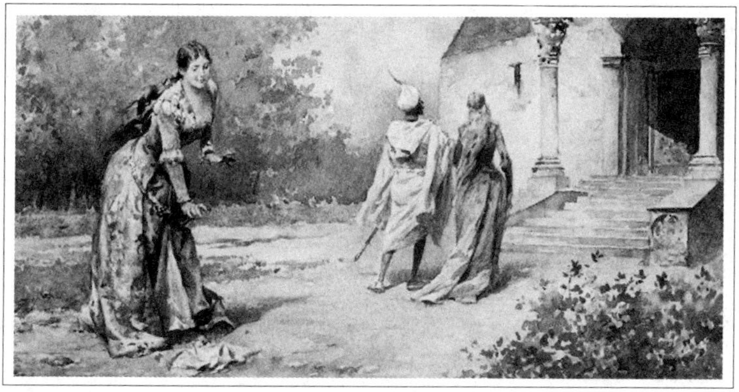

的话果然不差；瞧，他又来了！

奥瑟罗重上。

伊阿古　罂粟、曼陀罗或是世上一切使人昏迷的药草，都不能使你得到昨天晚上你还安然享受的酣眠。

奥瑟罗　嘿！嘿！对我不贞？

伊阿古　啊，怎么，主帅！别老想着那件事啦。

奥瑟罗　去！滚开！你害得我好苦。与其知道得不明不白，还是糊里糊涂受人家欺弄的好。

伊阿古　怎么，主帅！

奥瑟罗　她瞒着我跟人家私通，我不是一无知觉吗？我没有看见，没有想到，它对我漠不相干；到了晚上，我还是睡得好好的，逍遥自得，无忧无虑，在她的嘴唇上找不到凯西奥吻过的痕迹。被盗的人要是不知道偷儿盗去了他什么东西，旁人也不去让他知道，他就等于没有被盗一样。

伊阿古　我很抱歉听见您说这样的话。

奥瑟罗　要是全营的将士，从最低微的工兵起，都曾领略过她的肉体的美趣，只要我一无所知，我还是快乐的。啊！从今以后，永别了，宁静的心绪！永别了，平和的幸福！永别了，威武的大军、激发壮志的战争！啊，永别了！永别了，长嘶的骏马、锐厉的号角、惊魂的鼙鼓、刺耳的横笛、庄严的大旗和一切战阵上的威仪！还有你，杀人的巨炮啊，你的残暴的喉管里模仿着天神乔武的怒吼，永别了！奥瑟罗的事业已经完了。

伊阿古　难道一至于此吗，主帅？

奥瑟罗　恶人，你必须证明我的爱人是一个淫妇，你必须给我目击的证据；否则凭着人类永生的灵魂起誓，我的激起了的怒火将要喷射在你的身上，使你悔恨自己当初不曾投胎做一条狗！

伊阿古　竟会到了这样的地步吗？

奥瑟罗　让我亲眼看见这种事实，或者至少给我无可置疑的切实的证据，不这样可不行；否则我要活活要你的命！

伊阿古　尊贵的主帅——

奥瑟罗　你要是故意捏造谣言，毁坏她的名誉，使我受到难堪的痛苦，那么你再不要祈祷吧；放弃一切恻隐之心，让各种骇人听闻的罪恶丛集于你罪恶的一身，尽管做一些使上天悲泣、使人世惊愕的暴行吧，因为你现在已经罪大恶极，没有什么可以使你在地狱里沉沦得更深的了。

伊阿古　天哪！您是一个汉子吗？您有灵魂吗？您有知觉吗？上帝和您同在！我也不要做这劳什子的旗官了。啊，倒霉的傻瓜！你一生只想做个老实人，人家却把你的老实当作了罪恶！啊，丑恶的世界！注意，注意，世人啊！说老实话，做老实人，是一件危险的事哩。谢谢您给我这一个有益的教训；既然善意反而遭人嗔怪，从此以后，我再也不对什么朋友掬献我的真情了。

奥瑟罗　不，且慢；你应该做一个老实人。

伊阿古　我应该做一个聪明人；因为老实人就是傻瓜，虽然一片好心，结果还是自己吃了亏。

奥瑟罗　我想我的妻子是贞洁的，可是又疑心她不大贞洁；我想你是诚实的，可是又疑心你不大诚实。我一定要得到一些证据。她的名誉本来是像狄安娜的容颜一样皎洁的，现在已经染上污垢，像我自己的脸一样黝黑了。要是这儿有绳子、刀子、毒药、火焰或是使人窒息的河水，我一定不能忍受下去。但愿我能够扫空这一块疑团！

伊阿古　主帅，我看您完全被感情所支配了。我很后悔不该惹起您的疑心。那么您愿意知道究竟吗？

奥瑟罗　愿意！嘿，我一定要知道。

伊阿古　那倒是可以的；可是怎样办呢？怎样才算知道了呢，主帅？您还是眼睁睁地当场看她被人奸污吗？

奥瑟罗　啊！该死该死！

伊阿古　叫他们当场出丑，我想很不容易；他们干这种事，总是要避人眼目的。那么怎么样呢？又怎么办呢？我应该怎么说呢？怎样才可以拿到真凭实据？即使他们像山羊一样风骚，猴子一样好色，豺狼一样贪淫，即使他们是糊涂透顶的傻瓜，您也看不到他们这一幕把戏。可是我说，有了确凿的线索，就可以探出事实的真相；要是这一类间接的旁证可以替您解除疑惑，那倒是不难让你得到的。

奥瑟罗　给我一个充分的理由，证明她已经失节。

伊阿古　我不欢喜这件差使；可是既然愚蠢的忠心已经把我拉进了这一桩纠纷里去，我也不能再保持沉默了。最近我曾经和凯西奥同过榻；我因为牙痛不能入睡；世上有一种人，他们的灵魂是不能保守秘密的，往往会在睡梦之中吐露他们的私事，凯西奥也就是这一种人；我听见他在梦寐中说，"亲爱的苔丝狄蒙娜，我们须要小心，不要让别人窥破了我们的爱情！"于是，主帅，他就紧紧地捏住我的手，嘴里喊，"啊，可爱的人儿！"然后狠狠地吻着我，好像那些吻是长在我的嘴唇上，他恨不得把它们连根拔起一样；然后他又把他的脚搁在我的大腿上，叹一口气，亲一个吻，喊一声"该死的命运，把你给了那摩尔人！"

奥瑟罗　啊，可恶！可恶！

伊阿古　不，这不过是他的梦。

奥瑟罗　但是过去发生过什么事就可想而知；虽然只是一个梦，怎么能不叫人起疑呢。

伊阿古　本来只是很无谓的事，现在这样一看，也就大有文章了。

奥瑟罗　我要把她碎尸万段。

伊阿古　不，您不能太鲁莽了；我们还没有看见实际的行动；也许她还是贞洁的。告诉我这一点：您有没有看见过在尊夫人的手里有一方绣着草莓花样的手帕？

奥瑟罗　我给过她这样一方手帕；那是我第一次送给她的礼物。

伊阿古　那我不知道；可是今天我看见凯西奥用这样一方手帕抹他的胡子，我相信它一定就是尊夫人的。

奥瑟罗　假如就是那一方手帕——

伊阿古　假如就是那一方手帕，或者是其他她所用过的手帕，那么又是一个对她不利的证据了。

奥瑟罗　啊，我但愿那家伙有四万条生命！单单让他死一次是发泄不了我的愤怒的。现在我明白这件事情全然是真的了。瞧，伊阿古，我把我的全部痴情向天空中吹散；它已经随风消失了。黑暗的复仇，从你的幽窟之中升起来吧！爱情啊，把你的王冠和你的心灵深处的宝座让给残暴的憎恨吧！胀起来吧，我的胸膛，因为你已经满载着毒蛇的螫舌！

伊阿古　请不要生气。

奥瑟罗　啊，血！血！血！

伊阿古　忍耐点儿吧；也许您的意见会改变过来的。

奥瑟罗　决不，伊阿古。正像黑海的寒涛滚滚奔流，奔进马尔马拉海，直冲达达尼尔海峡，永远不会后退一样，我的风驰电掣的流血的思想，在复仇的目的没有充分达到以前，也绝不会踟蹰回顾，化为绕指的柔情。（跪）苍天在上，我倘不能报复这奇耻大辱，誓不偷生人世。

伊阿古　且慢起来。（跪）永古炳耀的日月星辰，环抱宇宙的风云雨雾，请你们为我做证：从现在起，伊阿古愿意尽心竭力，

183

为被欺的奥瑟罗效劳；无论他叫我做什么残酷的事，我一切唯命是从。

奥瑟罗　我不用空口的感谢接受你的好意，为了表示我的诚心的嘉纳，我要请你立刻履行你的诺言：在这三天以内，让我听见你说凯西奥已经不在人世。

伊阿古　我的朋友的死已经决定了，因为这是您的意旨；可是放她活命吧。

奥瑟罗　该死的淫妇！啊，咒死她！来，跟我去；我要为这美貌的魔鬼想出一个干脆的死法。现在你是我的副将了。

伊阿古　我永远是您的忠仆。（同下。）

第四场　城堡前

　　　　苔丝狄蒙娜、爱米利娅及小丑上。

苔丝狄蒙娜　喂，你知道凯西奥副将的家在什么地方吗？

小丑　我可不敢说他有"家"。

苔丝狄蒙娜　为什么，好人儿？

小丑　他是个军人，要是说军人心中有"假"，那可是性命出入的事儿。

苔丝狄蒙娜　好吧，那么他住在什么地方呢？

小丑　告诉您他住在什么地方，就是告诉您我在撒谎。

苔丝狄蒙娜　那是什么意思？

小丑　我不知道他住在什么地方；要是胡乱想出一个地方来，说他"家"住在这儿，"家"住在那儿，那就是我存心说"假"话了。

苔丝狄蒙娜　你可以打听打听他在什么地方呀。

小丑　好，我就去到处向人家打听——那是说，去盘问人家，看他们怎么回答我。

苔丝狄蒙娜　找到了他，你就叫他到这儿来；对他说我已经替他在将军面前说过情了，大概可以得到圆满的结果。

小丑　干这件事是一个人的智力所能及的，所以我愿意去干一下。（下。）

苔丝狄蒙娜　我究竟在什么地方掉了那方手帕呢，爱米利娅？

爱米利娅　我不知道，夫人。

苔丝狄蒙娜　相信我，我宁愿失去我的一满袋金币；倘然我的摩尔人不是这样一个光明磊落的汉子，倘然他也像那些多疑善妒的卑鄙男人一样，这是很可以引起他的疑心的。

爱米利娅　他不会嫉妒吗？

苔丝狄蒙娜　谁！他？我想在他生长的地方，那灼热的阳光已经把这种气质完全从他身上吸去了。

爱米利娅　瞧！他来了。

苔丝狄蒙娜　我在他没有把凯西奥叫到他跟前来以前，决不离开他一步。

　　　奥瑟罗上。

苔丝狄蒙娜　您好吗，我的主？

奥瑟罗　好，我的好夫人。（旁白）啊，装假脸真不容易！——你好，苔丝狄蒙娜？

苔丝狄蒙娜　我好，我的好夫君。

奥瑟罗　把你的手给我。这手很潮润呢，我的夫人。

苔丝狄蒙娜　它还没有感到老年的侵袭，也没有受过忧伤的损害。

奥瑟罗　这一只手表明它的主人是胸襟宽大而心肠慷慨的；这么热，这么潮。奉劝夫人努力克制邪心，常常斋戒祷告，反躬自责，礼拜神明，因为这儿有一个年少风流的魔鬼，惯会在人们血液里捣乱。这是一只好手,一只很慷慨的手。

苔丝狄蒙娜 您真的可以这样说,因为就是这一只手把我的心献给您的。

奥瑟罗 一只慷慨的手。从前的姑娘把手给人,同时把心也一起给了他;现在时世变了,得到一位姑娘的手的,不一定能够得到她的心。

苔丝狄蒙娜 这种话我不会说。来,您答应我的事怎么样啦?

奥瑟罗 我答应你什么,乖乖?

苔丝狄蒙娜 我已经叫人去请凯西奥来跟您谈谈了。

奥瑟罗 我的眼睛有些胀痛,老是淌着眼泪。把你的手帕借给我一用。

苔丝狄蒙娜 这儿,我的主。

奥瑟罗 我给你的那一方呢?

苔丝狄蒙娜 我没有带在身边。

奥瑟罗 没有带?

苔丝狄蒙娜 真的没有带,我的主。

奥瑟罗 那你可错了。那方手帕是一个埃及女人送给我的母亲的;她是一个能够洞察人心的女巫,她对我的母亲说,当她保存着这方手帕的时候,它可以使她得到我的父亲的欢心,享受专房的爱宠,可是她要是失去了它,或是把它送给旁人,我的父亲就要对她发生憎厌,他的心就要另觅新欢了。她在临死的时候把它传给我,叫我有了妻子以后,就把它交给新妇。我遵照她的吩咐给了你,所以你必须格外小心,珍惜它像珍惜你自己宝贵的眼睛一样;万一失去了,或是送给别人,那就难免遭到一场无比的灾祸。

苔丝狄蒙娜 真会有这种事吗?

奥瑟罗 真的,这一方小小的手帕,却有神奇的魔力织在里面;

它是一个二百岁的神巫在一阵心血来潮的时候缝就的；它那一缕缕的丝线，也不是世间的凡蚕所吐；织成以后，它曾经在用处女的心炼成的丹液里浸过。

苔丝狄蒙娜　当真！这是真的吗？

奥瑟罗　绝对的真实；所以留心藏好它吧。

苔丝狄蒙娜　上帝啊，但愿我从来没见过它！

奥瑟罗　嘿！为什么？

苔丝狄蒙娜　您为什么说得这样暴躁？

奥瑟罗　它已经失去了吗？不见了吗？说，它是不是已经丢了？

苔丝狄蒙娜　上天祝福我们！

奥瑟罗　你说。

苔丝狄蒙娜　它没有失去；可是要是失去了，那可怎么办呢？

奥瑟罗　怎么！

苔丝狄蒙娜　我说它没有失去。

奥瑟罗　去把它拿来给我看。

苔丝狄蒙娜　我可以去把它拿来，可是现在我不高兴。这是一个诡计，要想把我的要求赖了过去。请您把凯西奥重新录用了吧。

奥瑟罗　给我把那手帕拿来。我在起疑心了。

苔丝狄蒙娜　得啦，得啦，您再也找不到一个比他更能干的人。

奥瑟罗　手帕！

苔丝狄蒙娜　请您还是跟我谈谈凯西奥的事情吧。

奥瑟罗　手帕！

苔丝狄蒙娜　他一向把自己的前途寄托在您的眷爱上，又跟着您同甘共苦，历尽艰辛——

奥瑟罗　手帕！

苔丝狄蒙娜　凭良心说，您也太不该。

奥瑟罗　去！（下。）

爱米利娅　这个人在嫉妒吗?

苔丝狄蒙娜　我从来没有见过他这样子。这手帕一定有些不可思议的魔力；我真倒霉把它丢了。

爱米利娅　好的男人一两年里头也难得碰见一个。男人是一张胃，我们是一块肉；他们贪馋地把我们吞下去，吃饱了，就把我们呕出来。您瞧！凯西奥跟我的丈夫来啦。

　　　　　伊阿古及凯西奥上。

伊阿古　没有别的法子，只好央求她出力。瞧！好运气！去求求她吧。

苔丝狄蒙娜　啊，好凯西奥！您有什么见教?

凯西奥　夫人，我还是要向您重提我的原来的请求，希望您发挥鼎力，让我重新做人，能够在我所尊敬的主帅麾下再邀恩眷。我不能这样延宕下去了。假如我果然罪大恶极，无论过去的微劳、现在的悔恨或是将来立功自赎的决心，都不能博取他的矜怜宽谅，那么我也希望得到一个明白的答复，我就死心塌地向别处去乞讨命运的布施了。

苔丝狄蒙娜　唉，善良的凯西奥！我的话已经变成刺耳的烦渎了；我的丈夫已经不是我的丈夫，要是他的面貌也像他的脾气一样变了样，我简直要不认识他了。愿神灵保佑我！我已经尽力替您说话；为了我的言辞的戆拙，我已经遭到他的憎恶。您必须暂时忍耐；只要是我力量所及的事，我都愿意为您一试；请您相信我，倘然那是我自己的事情，我也不会这样热心的。这样，您心里也该满意了吧。

伊阿古　主帅发怒了吗？

爱米利娅　他刚才从这儿走开，他的神气暴躁异常。

伊阿古　他会发怒吗？我曾经看见大炮冲散他的队伍，像魔鬼一样把他的兄弟从他身边轰掉，他仍旧不动声色。他也会发怒吗？那么一定出了什么重大的事情了。我要去看看他。他要是发怒，一定有些缘故。

苔丝狄蒙娜　请你就去吧。（伊阿古下）一定是威尼斯有什么国家大事，或是他在这儿塞浦路斯发现了什么秘密的阴谋，扰乱了他的清明的神志；人们在这种情形之下，往往会为了一些些小事而生气，虽然实际激怒他们的却是其他更大的原因。正是这样，我们一个指头疼痛的时候，全身都会觉得难受。我们不能把男人当作完善的天神，也不能希望他们永远像新婚之夜那样殷勤体贴。爱米利娅，我真该死，我可真是个不体面的"战士"，会在心里抱怨他的无情；现在我才觉悟我是收买了假见证，让他受了冤枉。

爱米利娅　谢天谢地，但愿果然像您所想的，是为了些国家的事情，不是因为对您起了疑心。

苔丝狄蒙娜　唉！我从来没有给过他一些可以使他怀疑的理由。

爱米利娅　可是多疑的人是不会因此而满足的；他们往往不是因为有了什么理由而嫉妒，只是为了嫉妒而嫉妒，那是一个凭空而来、自生自长的怪物。

苔丝狄蒙娜　愿上天保佑奥瑟罗，不要让这怪物钻进他的心里！

爱米利娅　阿门，夫人。

苔丝狄蒙娜　我去找他去。凯西奥，您在这儿走走；要是我看见自己可以跟他说几句话，我会向他提起您的请求，尽力给您转圜就是了。

凯西奥　多谢夫人。（苔丝狄蒙娜、爱米利娅下。）

　　　　　比恩卡上。

比恩卡　你好，凯西奥朋友！

凯西奥　你怎么不在家里？你好，我的最娇美的比恩卡？不骗你，亲爱的，我正要到你家里来呢。

比恩卡　我也是要到你的尊寓去的，凯西奥。什么！一个星期不来看我？七天七夜？一百六十八个小时？在相思里挨过的时辰，比时钟是要慢上一百六十倍；啊，这一笔算不清的糊涂账！

凯西奥　对不起，比恩卡，这几天来我实在心事太重，改日加倍补报你就是了。亲爱的比恩卡，（以苔丝狄蒙娜手帕授比恩卡）替我把这手帕上的花样描下来。

比恩卡　啊，凯西奥！这是什么地方来的？这一定是哪个新相好送给你的礼物；我现在明白你不来看我的缘故了。有这等事吗？好，好。

凯西奥　得啦，女人！把你这种瞎疑心丢还给魔鬼吧。你在吃醋了，你以为这是什么情人送给我的纪念品；不，凭着我的良心发誓，比恩卡。

比恩卡　那么这是谁的？

凯西奥　我不知道，亲爱的；我在寝室里找到它。那花样我很喜欢，我想趁失主没有来问我讨还以前，把它描了下来。请你拿去给我描一描。现在请你暂时离开我。

比恩卡　离开你！为什么？

凯西奥　我在这儿等候主帅到来；让他看见我有女人陪着，恐怕不大方便，我不愿意这样。

比恩卡　为什么？我倒要请问。

凯西奥　不是因为我不爱你。

比恩卡　只是因为你并不爱我。请你陪我稍为走一段路，告诉我今天晚上你来不来看我。

凯西奥　我只能陪你稍走几步，因为我在这儿等人；可是我就会来看你的。

比恩卡　那很好；我也不能勉强你。（各下。）

第四幕

第一场　塞浦路斯。城堡前

　　奥瑟罗及伊阿古上。

伊阿古　您愿意这样想吗？

奥瑟罗　这样想，伊阿古！

伊阿古　什么！背着人接吻？

奥瑟罗　这样的接吻是为礼法所不许的。

伊阿古　脱光了衣服，和她的朋友睡在一床，经过一个多小时，却一点不起邪念？

奥瑟罗　伊阿古，脱光衣服睡在床上，还会不起邪念！这明明是对魔鬼的假意矜持；他们的本心是规矩的，可偏是做出了这种勾当；魔鬼欺骗了这两个规规矩矩的人，而他们就去欺骗上天。

伊阿古　要是他们不及于乱，那还不过是一个小小的过失；可是假如我把一方手帕给了我的妻子——

奥瑟罗　给了她便怎样？

伊阿古　啊，主帅，那时候它就是她的东西了；既然是她的东西，我想她可以把它送给无论什么人的。

奥瑟罗　她的贞操也是她自己的东西，她也可以把它送给无论什么人吗？

伊阿古　她的贞操是一种不可捉摸的品质；世上有几个真正贞洁的妇人？可是讲到那方手帕——

奥瑟罗　天哪，我但愿忘记那句话！你说——啊！它笼罩着我的记忆，就像预兆不祥的乌鸦在染疫人家的屋顶上回旋一样——你说我的手帕在他的手里。

伊阿古　是的，在他手里便怎么样？

奥瑟罗　那可不大好。

伊阿古　什么！要是我说我看见他干那对您不住的事？或是听见他说——世上尽多那种家伙，他们靠着死命的追求征服了一个女人，或者得到什么情妇的自动的垂青，就禁不住到处向人吹嘘——

奥瑟罗　他说过什么话吗？

伊阿古　说过的，主帅；可是您放心吧，他说过的话，他都可以发誓否认的。

奥瑟罗　他说过什么？

伊阿古　他说，他曾经——我不知道他曾经干些什么事。

奥瑟罗　什么？什么？

伊阿古　跟她睡——

奥瑟罗　在一床？

伊阿古　睡在一床，睡在她的身上；随您怎么说吧。

奥瑟罗　跟她睡在一床！睡在她的身上！我们说睡在她身上，岂不是对她人身的污辱——睡在一床！该死，岂有此理！手帕——口供——手帕！叫他招供了，再把他吊死。先把他吊起来，然后叫他招供。我一想起就气得发抖。人们总是有了

192

某种感应,阴暗的情绪才会笼罩他的心灵;一两句空洞的话是不能给我这样大的震动的。呸!磨鼻子,咬耳朵,吮嘴唇。会有这样的事吗?口供!——手帕!——啊,魔鬼!(晕倒。)

伊阿古　显出你的效力来吧,我的妙药,显出你的效力来吧!轻信的愚人是这样落进了圈套;许多贞洁贤淑的娘儿们,都是这样蒙上了不白之冤。喂,主帅!主帅!奥瑟罗!

　　　　凯西奥上。

伊阿古　啊,凯西奥!
凯西奥　怎么一回事?
伊阿古　咱们大帅发起癫痫来了。这是他第二次发作;昨天他也发过一次。
凯西奥　在他太阳穴上摩擦摩擦。
伊阿古　不,不行;他这种昏迷状态,必须保持安静;要不然的话,他就要嘴里冒出白沫,慢慢地会发起疯狂来的。瞧!他在动了。你暂时走开一下,他就会恢复原状的。等他走了以后,我还有要紧的话跟你说。(凯西奥下)怎么啦,主帅?您没有摔痛您的头吧?
奥瑟罗　你在讥笑我吗?
伊阿古　我讥笑您!不,没有这样的事!我愿您像一个大丈夫似的忍受命运的拨弄。
奥瑟罗　顶上了绿头巾,还算一个人吗?
伊阿古　在一座热闹的城市里,这种不算人的人多着呢。
奥瑟罗　他自己公然承认了吗?
伊阿古　主帅,您看破一点吧;您只要想一想,哪一个有家室的须眉男子,没有遭到跟您同样命运的可能;世上不知有多少男人,他们的卧榻上容留过无数素昧平生的人,他们自己还满以为这是一块私人的禁地哩；您的情形还不算顶坏。啊！这是最刻毒的恶作剧，魔鬼的最大的玩笑，让一个男人安安心心地搂着枕边的荡妇亲嘴，还以为她是一个三贞九烈的女人！不，我要睁开眼来，先看清自己成了个什么东西，我也就看准了该拿她怎么办。

奥瑟罗　啊！你是个聪明人；你说得一点不错。

伊阿古　现在请您暂时站在一旁，竭力耐住您的怒气。刚才您恼得昏过去的时候——大人物怎么能这样感情冲动啊——凯西奥曾经到这儿来过；我推说您不省人事是因为一时不舒服，把他打发走了，叫他过一会儿再来跟我谈谈；他已经答应我了。您只要找一处所在躲一躲，就可以看见他满脸得意忘形，冷嘲热讽的神气；因为我要叫他从头叙述他历次跟尊夫人相会的情形，还要问他重温好梦的时间和地点。您留心看看他那副表情吧。可是不要气恼；否则我就要说您一味意气用事，一点没有大丈夫的气概啦。

奥瑟罗　告诉你吧，伊阿古，我会很巧妙地不动声色；可是，你听着，我也会包藏一颗最可怕的杀心。

伊阿古　那很好；可是什么事都要看准时机。您走远一步吧。（奥瑟罗退后）现在我要向凯西奥谈起比恩卡，一个靠着出卖风情维持生活的雌儿；她热恋着凯西奥；这也是娼妓们的报应，往往她们迷惑了多少的男子，结果却被一个男人迷昏了心。他一听见她的名字，就会忍不住捧腹大笑。他来了。

　　　　凯西奥重上。

伊阿古　他一笑起来，奥瑟罗就会发疯；可怜的凯西奥的嬉笑的神情和轻狂的举止，在他那充满着无知的嫉妒的心头，一定可以引起严重的误会。——您好，副将？

凯西奥　我因为丢掉了这个头衔，正在懊恼得要死，你却还要这

194

样称呼我。

伊阿古　在苔丝狄蒙娜跟前多说几句央求的话，包你原官起用。（低声）要是这件事情换在比恩卡手里，早就不成问题了。

凯西奥　唉，可怜虫！

奥瑟罗　（旁白）瞧！他已经在笑起来啦！

伊阿古　我从来不知道一个女人会这样爱一个男人。

凯西奥　唉，小东西！我看她倒是真的爱我。

奥瑟罗　（旁白）现在他在含糊否认，想把这事情用一笑搪塞过去。

伊阿古　你听见吗，凯西奥？

奥瑟罗　（旁白）现在他缠住他要他讲一讲经过情形啦。说下去；很好，很好。

伊阿古　她向人家说你将要跟她结婚；你有这个意思吗？

凯西奥　哈哈哈！

奥瑟罗　（旁白）你这样得意吗，好家伙？你这样得意吗？

凯西奥　我跟她结婚！什么？一个卖淫妇？对不起，你不要这样看轻我，我还不至于糊涂到这等地步哩。哈哈哈！

奥瑟罗　（旁白）好，好，好，好。得胜的人才会笑逐颜开。

伊阿古　不骗你，人家都在说你将要跟她结婚。

凯西奥　对不起，别说笑话啦。

伊阿古　我要是骗了你，我就是个大大的混蛋。

奥瑟罗　（旁白）你这算是一报还一报吗？好。

凯西奥　一派胡说！她自己一厢情愿，相信我会跟她结婚；我可没有答应她。

奥瑟罗　（旁白）伊阿古在向我打招呼；现在他开始讲他的故事啦。

凯西奥　她刚才还在这儿；她到处缠着我。前天我正在海边跟几个威尼斯人谈话，那傻东西就来啦；不瞒你说，她这样攀住我的颈项——

奥瑟罗　（旁白）叫一声"啊，亲爱的凯西奥！"我可以从他的表情之间猜得出来。

凯西奥　她这样拉住我的衣服，靠在我的怀里，哭个不了，还这样把我拖来拖去，哈哈哈！

奥瑟罗　（旁白）现在他在讲她怎样把他拖到我的寝室里去啦。啊！我看见你的鼻子，可是不知道应该把它丢给哪一条狗吃。

凯西奥　好，我只好离开她。

伊阿古　啊！瞧，她来了。

凯西奥　好一头抹香粉的臭猫！

　　　　比恩卡上。

凯西奥　你这样到处盯着我不放，是什么意思呀？

比恩卡　让魔鬼跟他的老娘盯着你吧！你刚才给我的那方手帕算是什么意思？我是个大傻瓜，才会把它受了下来。叫我描下那花样！好看的花手帕可真多哪，居然让你在你的寝室里找到它，却不知道谁把它丢在那边！这一定是哪一个贱丫头送给你的东西，却叫我描下它的花样来！拿去，还给你那个相好吧；随你从什么地方得到这方手帕，我可不高兴描下它的花样。

凯西奥　怎么，我的亲爱的比恩卡！怎么！怎么！

奥瑟罗　（旁白）天哪，那该是我的手帕哩！

比恩卡　今天晚上你要是愿意来吃饭，尽管来吧；要是不愿意来，等你下回有兴致的时候再来吧。（下。）

伊阿古　追上去，追上去。

凯西奥　真的，我必须追上去，否则她会沿街谩骂的。

伊阿古　你预备到她家里去吃饭吗？

凯西奥　是的，我想去。

伊阿古　好，也许我会再碰见你；因为我很想跟你谈谈。

凯西奥　请你一定来吧。

伊阿古　得啦，别多说啦。（凯西奥下。）

奥瑟罗　（趋前）伊阿古，我应该怎样杀死他？

伊阿古　您看见他一听到人家提起他的丑事，就笑得多么高兴吗？

奥瑟罗　啊，伊阿古！

伊阿古　您还看见那方手帕吗？

奥瑟罗　那就是我的吗？

伊阿古　我可以举手起誓，那是您的。瞧他多么看得起您那位痴心的太太！她把手帕送给他，他却拿去给了他的娼妇。

奥瑟罗　我要用九年的时间慢慢地磨死她。一个高雅的女人！一个美貌的女人！一个温柔的女人！

伊阿古　不，您必须忘掉那些。

奥瑟罗　嗯，让她今夜腐烂、死亡、堕入地狱吧，因为她不能再活在世上。不，我的心已经变成铁石了；我打它，反而打痛了我的手。啊！世上没有一个比她更可爱的东西；她可以睡在一个皇帝的身边，命令他干无论什么事。

伊阿古　您素来不是这个样子的。

奥瑟罗　让她死吧！我不过说她是怎么样的一个人。她的针线活儿是这样精妙！一个出色的音乐家！啊，她唱起歌来，可以驯服一头野熊的心！她的心思才智，又是这样敏慧多能！

伊阿古　唯其这样多才多艺，干出这种丑事来，才格外叫人气恼。

奥瑟罗　啊！一千倍、一千倍的可恼！而且她的性格又是这样温柔！

伊阿古　嗯，太温柔了。

奥瑟罗　对啦，一点不错。可是，伊阿古，可惜！啊！伊阿古！伊阿古！太可惜啦！

伊阿古　要是您对于一个失节之妇，还是这样恋恋不舍，那么索性采取放任吧；因为既然您自己也不以为意，当然更不干别人的事。

奥瑟罗　我要把她剁成一堆肉酱。叫我当一个王八！

伊阿古　啊，她太不顾羞耻啦！

奥瑟罗　跟我的部将通奸！

伊阿古　那尤其可恶。

奥瑟罗　给我弄些毒药来，伊阿古；今天晚上。我不想跟她多费唇舌，免得她的肉体和美貌再打动了我的心。今天晚上，伊阿古。

伊阿古　不要用毒药，在她床上扼死她，就在那被她玷污了的床上。

奥瑟罗　好，好；那是一个大快人心的处置，很好。

伊阿古　至于凯西奥，让我去取他的命吧；您在午夜前后，一定可以听到消息。

奥瑟罗　好极了。（内喇叭声）那是什么喇叭的声音？

伊阿古　一定是从威尼斯来了什么人。——是罗多维科奉公爵之命到这儿来了；瞧，您那位太太也跟他在一起。

　　　　罗多维科、苔丝狄蒙娜及侍从等上。

罗多维科　上帝保佑您，尊贵的将军！

奥瑟罗　祝福您，大人。

罗多维科　公爵和威尼斯的元老们问候您安好。（以信交奥瑟罗。）

奥瑟罗　我敬吻他们的恩命。（拆信阅读。）

苔丝狄蒙娜　罗多维科大哥，威尼斯有什么消息？

伊阿古　我很高兴看见您，大人；欢迎您到塞浦路斯来！

罗多维科　谢谢。凯西奥副将好吗？

伊阿古　他还健在，大人。

苔丝狄蒙娜　大哥，他跟我的丈夫闹了点儿别扭；可是您可以使他们言归于好。

奥瑟罗　你有把握吗？

苔丝狄蒙娜　您怎么说，我的主？

奥瑟罗　（读信）"务必照办为要，不得有误。——"

罗多维科　他没有回答；他正在忙着读信。将军跟凯西奥果然有了意见吗？

苔丝狄蒙娜　有了很不幸的意见；为了我对凯西奥所抱的好感，我很愿意尽力调解他们。

奥瑟罗　该死！

苔丝狄蒙娜　您怎么说，我的主？

奥瑟罗　你聪明吗？

苔丝狄蒙娜　什么！他生气了吗？

罗多维科　也许这封信激动了他；因为照我猜想起来，他们是要召他回国，叫凯西奥代理他的职务。

苔丝狄蒙娜　真的吗？那好极了。

奥瑟罗　当真！

苔丝狄蒙娜　您怎么说，我的主？

奥瑟罗　你要是发了疯，我才高兴。

苔丝狄蒙娜　为什么，亲爱的奥瑟罗？

奥瑟罗　魔鬼！（击苔丝狄蒙娜。）

苔丝狄蒙娜　我没有错处，您不该这样对待我。

罗多维科　将军，我要是把这回事情告诉威尼斯人，即使发誓说我亲眼看见，他们也一定不会相信我。这太过分了；向她赔罪吧，她在哭了。

奥瑟罗　啊，魔鬼！魔鬼！要是妇人的眼泪有滋生化育的力量，她的每一滴泪，掉在地上，都会变成一条鳄鱼。走开，不要让我看见你！

苔丝狄蒙娜　我不愿留在这儿害您生气。（欲去。）

罗多维科　真是一位顺从的夫人。将军，请您叫她回来吧。

奥瑟罗　夫人！

苔丝狄蒙娜　我的主？

奥瑟罗　大人，您要跟她说些什么话？

罗多维科　谁？我吗，将军？

奥瑟罗　嗯，您要我叫她转来，现在她转过来了。她会转来转去，走一步路回一个身；她还会哭，大人，她还会哭；她是非常顺从的，正像您所说，非常顺从。尽管流你的眼泪吧。大人，这信上的意思——好一股装腔作势的劲儿！——是要叫我回去——你去吧，等会儿我再叫人来唤你——大人，我服从他们的命令，不日就可以束装上路，回到威尼斯去——去！滚开！（苔丝狄蒙娜下）凯西奥可以接替我的位置。今天晚上，大人，我还要请您赏光便饭。欢迎您到塞浦路斯来！——山羊和猴子！（下。）

罗多维科　这就是为我们整个元老院所同声赞叹、称为全才全德的那位英勇的摩尔人吗？这就是那喜怒之情不能把它震撼的高贵的天性吗？那命运的箭矢不能把它擦伤穿破的坚定的德操吗？

伊阿古　他已经大大变了样子啦。

罗多维科　他的头脑没有毛病吗？他的神经是不是有点错乱？

伊阿古　他就是他那个样子；我实在不敢说他还会变成怎么一个样子；如果他不是像他所应该的那样，那么但愿他也不至于这个样子！

罗多维科　什么！打他的妻子！

伊阿古　真的，那可不大好；可是我但愿知道他对她没有比这更暴虐的行为！

罗多维科　他一向都是这样的吗？还是因为信上的话激怒了他，

200

才会有这种以前所没有的过失？

伊阿古　唉！唉！按着我的地位，我实在不便把我所看见所知道的一切说出口来。您不妨留心注意他，他自己的行动就可以说明一切，用不着我多说了。请您跟上去，看他还会做出什么花样来。

罗多维科　他竟是这样一个人，真使我大失所望啊。（同下。）

第二场　城堡中一室

奥瑟罗及爱米利娅上。

奥瑟罗　那么你没有看见什么吗？

爱米利娅　没有看见，没有听见，也没有疑心到。

奥瑟罗　你不是看见凯西奥跟她在一起吗？

爱米利娅　可是我不知道那有什么不对，而且我听见他们两人所说的每一个字。

奥瑟罗　什么！他们从来不曾低声耳语吗？

爱米利娅　从来没有，将军。

奥瑟罗　也不曾打发你走开吗？

爱米利娅　没有。

奥瑟罗　没有叫你去替她拿扇子、手套、脸罩，或是什么东西吗？

爱米利娅　没有，将军。

奥瑟罗　那可奇怪了。

爱米利娅　将军，我敢用我的灵魂打赌她是贞洁的。要是您疑心她有非礼的行为，赶快除掉这种思想吧，因为那是您心理上的一个污点。要是哪一个混蛋把这种思想放进您的脑袋里，让上天罚他变成一条蛇，受永远的咒诅！假如她不是贞洁、贤淑和忠诚的，那么世上没有一个幸福的男人了；最纯洁的妻子，也会变成最丑恶的淫妇。

奥瑟罗　叫她到这儿来；去。（爱米利娅下）她的话说得很动听；可是这种拉惯皮条的人，都是天生的利嘴。这是一个狡猾的淫妇，一肚子千刁万恶，当着人却会跪下来向天祈祷；我看见过她这一种手段。

　　　　爱米利娅偕苔丝狄蒙娜重上。

苔丝狄蒙娜　我的主，您有什么吩咐？

奥瑟罗　过来，乖乖。

苔丝狄蒙娜　您要我怎么样？

奥瑟罗　让我看看你的眼睛；瞧着我的脸。

苔丝狄蒙娜　这是什么古怪的念头？

奥瑟罗　（向爱米利娅）你去留心你的事吧，奶奶；把门关了，让我们两人在这儿谈谈心。要是有人来了，你就在门口咳嗽一声。干你的贵营生去吧；快，快！（爱米利娅下。）

苔丝狄蒙娜　我跪在您的面前，请您告诉我您这些话是什么意思？我知道您在生气，可是我不懂您的话。

奥瑟罗　嘿，你是什么人？

苔丝狄蒙娜　我的主，我是您的妻子，您的忠心不二的妻子。

奥瑟罗　来，发一个誓，让你自己死后下地狱吧；因为你的外表太像一个天使了，倘不是在不贞之上，再加一重伪誓的罪名，也许魔鬼们会不敢抓你下去；所以发誓说你是贞洁的吧。

苔丝狄蒙娜　天知道我是贞洁的。

奥瑟罗　天知道你是像地狱一样淫邪的。

苔丝狄蒙娜　我的主，我对谁干了欺心的事？我跟哪一个人有不端的行为？我怎么是淫邪的？

奥瑟罗　啊，苔丝狄蒙娜！去！去！去！

苔丝狄蒙娜　唉，不幸的日子！——您为什么哭？您的眼泪是为我而流的吗，我的主？要是您疑心这次奉召回国，是我父亲的主意，请您不要怪我；您固然失去他的好感，我也已经失去他的慈爱了。

奥瑟罗　要是上天的意思，要让我受尽种种的折磨；要是他用诸般的痛苦和耻辱降在我的毫无防卫的头上，把我浸没在贫困的泥沼里，剥夺我的一切自由和希望，我也可以在我的灵魂的一隅之中，找到一滴忍耐的甘露。可是唉！在这尖酸刻薄的世上，做一个被人戟指笑骂的目标！就连这个，我也完全可以容忍；可是我的心灵失去了归宿，我的生命失去了寄托，我的活力的源泉枯竭了，变成了蛤蟆繁育生息的污池！忍耐，你朱唇韶颜的天婴啊，转变你的脸色，让它化成地狱般的狰狞吧！

苔丝狄蒙娜　我希望我在我的尊贵的夫主眼中，是一个贤良贞洁的妻子。

奥瑟罗　啊，是的，就像夏天肉铺里的苍蝇一样贞洁——一边撒它的卵子，一边就在受孕。你这野草闲花啊！你的颜色是这样娇美，你的香气是这样芬芳，人家看见你嗅到你就会心疼；但愿世上从来不曾有过你！

苔丝狄蒙娜　唉！我究竟犯了什么连我自己也不知道的罪恶呢？

奥瑟罗　这一张皎洁的白纸，这一本美丽的书册，是要让人家写上"娼妓"两个字的吗？犯了什么罪恶！啊，你这人尽可夫的娼妇！我只要一说起你所干的事，我的两颊就会变成两座熔炉，把"廉耻"烧为灰烬。犯了什么罪恶！天神见了它要掩鼻而过；月亮看见了要羞得闭上眼睛；碰见什么都要亲吻的淫荡的风，也静悄悄地躲在岩窟里面，不愿听见人家提起它的名字。犯了什么罪恶！不要脸的娼妇！

苔丝狄蒙娜　天哪，您不该这样侮辱我！

奥瑟罗　你不是一个娼妇吗？

苔丝狄蒙娜　不，我发誓我不是，否则我就不是一个基督徒。要是为我的主保持这一个清白的身子，不让淫邪的手把它污毁，要是这样的行为可以使我免去娼妇的恶名，那么我就不是娼妇。

奥瑟罗　什么！你不是一个娼妇吗？

苔丝狄蒙娜　不，否则我死后没有得救的希望。

奥瑟罗　真的吗？

苔丝狄蒙娜　啊！上天饶恕我们！

奥瑟罗　那么我真是多多冒昧了；我还以为你就是那个嫁给奥瑟罗的威尼斯的狡猾的娼妇哩。——喂，你这位刚刚和圣彼得干着相反的差使的，看守地狱门户的奶奶！

　　　　爱米利娅重上。

奥瑟罗　你，你，对了，你！我们已经完事了。这几个钱是给你作为酬劳的；请你开了门上的锁，不要泄露我们的秘密。（下。）

爱米利娅　唉！这位老爷究竟在转些什么念头呀？您怎么啦，夫人？您怎么啦，我的好夫人？

苔丝狄蒙娜　我是在半醒半睡之中。

爱米利娅　好夫人，我的主到底有些什么心事？

苔丝狄蒙娜　谁？

爱米利娅　我的主呀，夫人。

苔丝狄蒙娜　谁是你的主？

爱米利娅　我的主就是你的丈夫，好夫人。

苔丝狄蒙娜　我没有丈夫。不要对我说话，爱米利娅；我不能哭，我没有话可以回答你，除了我的眼泪。请你今夜把我结婚的被褥铺在我的床上，记好了；再去替我叫你的丈夫来。

爱米利娅　真是变了，变了！（下。）

苔丝狄蒙娜　我应该受到这样的待遇，全然是应该的。我究竟有些什么不检的行为——哪怕只是一丁点儿的错误，才会引起他的猜疑呢？

　　　　爱米利娅率伊阿古重上。

伊阿古　夫人，您有什么吩咐？您怎么啦？

苔丝狄蒙娜　我不知道。小孩子做了错事，做父母的总是用温和的态度，轻微的责罚教训他们；他也可以这样责备我，因为我是一个该受管教的孩子。

伊阿古　怎么一回事，夫人？

爱米利娅　唉！伊阿古，将军口口声声骂她娼妇，用那样难堪的名字加在她的身上，稍有人心的人，谁听见了都不能忍受。

苔丝狄蒙娜　我应该得到那样一个称呼吗，伊阿古？

伊阿古　什么称呼，好夫人？

苔丝狄蒙娜　就像她说我的主称呼我的那种名字。

爱米利娅　他叫她娼妇；一个喝醉了酒的叫花子，也不会把这种名字加在他的姘妇身上。

伊阿古　为什么他要这样？

苔丝狄蒙娜　我不知道；我相信我不是那样的女人。

伊阿古　不要哭，不要哭。唉！

爱米利娅　多少名门贵族向她求婚，她都拒绝了；她抛下了老父，离乡背井，远别亲友，结果却只讨他骂一声娼妇吗？这还不叫人伤心吗？

苔丝狄蒙娜　都是我自己命薄。

伊阿古　他太岂有此理了！他怎么会起这种心思的？

苔丝狄蒙娜　天才知道。

爱米利娅　我可以打赌，一定有一个万劫不复的恶人，一个爱管闲事、鬼讨好的家伙，一个说假话骗人的奴才，因为要想钻求差使，造出这样的谣言来；要是我的话说得不对，我愿意让人家把我吊死。

伊阿古　呸！哪里有这样的人？一定不会的。

苔丝狄蒙娜　要是果然有这样的人，愿上天宽恕他！

爱米利娅　宽恕他！一条绳子箍住他的颈项，地狱里的恶鬼咬碎他的骨头！他为什么叫她娼妇？谁跟她在一起？什么所在？什么时候？什么方式？什么根据？这摩尔人一定是上了不知哪一个千刁万恶的坏人的当，一个下流的大混蛋，一个卑鄙的家伙；天哪！愿你揭破这种家伙的嘴脸，让每一个老实人的手里都拿一根鞭子，把这些混蛋脱光了衣服抽一顿，从东方一直抽到西方！

伊阿古　别嚷得给外边都听见了。

爱米利娅　哼，可恶的东西！前回弄昏了你的头，使你疑心我跟这摩尔人有暧昧的，也就是这种家伙。

伊阿古　好了，好了；你是个傻瓜。

苔丝狄蒙娜　好伊阿古啊，我应当怎样重新取得我的丈夫的欢心呢？好朋友，替我向他解释解释；因为凭着天上的太阳起誓，我实在不知道我怎么会失去他的宠爱。我对天下跪，要是在思想上、行动上，我曾经有意背弃他的爱情；要是我的眼睛、我的耳朵或是我的任何感觉，曾经对别人发生爱悦；要是我在过去、现在和将来，不是那样始终深深地爱着他，即使他把我弃如敝屣，也不因此而改变我对他的忠诚；要是我果然有那样的过失，愿我终身不能享受快乐的日子！无情可以给人重大的打击；他的无情也许会摧残我的生命，可是永不能毁坏我的爱情。我不愿提起"娼妇"两个字，一说到它就会使我心生憎恶，更不用说亲自去干那博得这种丑名的勾当了；

整个世界的荣华也不能诱动我。

伊阿古　请您宽心,这不过是他一时的心绪恶劣,在国家大事方面受了点刺激,所以跟您呕起气来啦。

苔丝狄蒙娜　要是没有别的原因——

伊阿古　只是为了这个原因,我可以保证。(喇叭声)听!喇叭在吹晚餐的信号了;威尼斯的使者在等候进餐。进去,不要哭;一切都会圆满解决的。(苔丝狄蒙娜、爱米利娅下。)

　　　　　　　罗德利哥上。

伊阿古　啊,罗德利哥!

罗德利哥　我看你全然在欺骗我。

伊阿古　我怎么欺骗你?

罗德利哥　伊阿古,你每天在我面前耍手段,把我支吾过去;照我现在看来,你非但不给我开一线方便之门,反而使我的希望一天小似一天。我实在再也忍不住了。为了自己的愚蠢,我已经吃了不少的苦头,这一笔账我也不能就此善罢甘休。

伊阿古　你愿意听我说吗,罗德利哥?

罗德利哥　哼,我已经听得太多了;你的话和行动是不相符合的。

伊阿古　你太冤枉人啦。

罗德利哥　我一点没有冤枉你。我的钱都花光啦。你从我手里拿去送给苔丝狄蒙娜的珠宝,即使一个圣徒也会被它诱惑的;你对我说她已经收下了,告诉我不久就可以听到喜讯,可是到现在还不见一点动静。

伊阿古　好,算了;很好。

罗德利哥　很好!算了!我不能就此算了,朋友;这事情也不很好。我举手起誓,这种手段太卑鄙了;我开始觉得我自己受了骗了。

伊阿古　很好。

罗德利哥　我告诉你这事情不很好。我要亲自去见苔丝狄蒙娜,要是她肯把我的珠宝还我，我愿意死了这片心，忏悔我这种非礼的追求；要不然的话，你留心点儿吧，我一定要跟你算账。

伊阿古　你现在话说完了吧？

罗德利哥　嗯，我的话都是说过就做的。

伊阿古　好，现在我才知道你是一个有骨气的人；从这一刻起，你已经使我比从前加倍看重你了。把你的手给我，罗德利哥。你责备我的话，都非常有理；可是我还要声明一句，我替你干这件事情，的的确确是尽忠竭力，不敢昧一分良心的。

罗德利哥　那还没有事实的证明。

伊阿古　我承认还没有事实的证明，你的疑心不是没有理由的。可是，罗德利哥，要是你果然有决心，有勇气，有胆量——我现在相信你一定有的——今晚你就可以表现出来；要是明天夜里你不能享用苔丝狄蒙娜，你可以用无论什么恶毒的手段、什么阴险的计谋，取去我的生命。

罗德利哥　好，你要我怎么干？是说得通做得到的事吗？

伊阿古　老兄，威尼斯已经派了专使来，叫凯西奥代替奥瑟罗的职位。

罗德利哥　真的吗？那么奥瑟罗和苔丝狄蒙娜都要回到威尼斯去了。

伊阿古　啊，不，他要到毛里塔尼亚去，把那美丽的苔丝狄蒙娜一起带走，除非这儿出了什么事，使他耽搁下来。最好的办法是把凯西奥除掉。

罗德利哥　你说把他除掉是什么意思？

伊阿古　砸碎他的脑袋，让他不能担任奥瑟罗的职位。

罗德利哥　那就是你要我去干的事吗？

伊阿古　嗯，要是你敢做一件对你自己有利益的事。他今晚在一个妓女家里吃饭，我也要到那儿去见他。现在他还没有知道他自己的命运。我可以设法让他在十二点钟到一点钟之间从那儿出来,你只要留心在门口守候,就可以照你的意思把他处置;我就在附近接应你,他在我们两人之间一定逃不了。来,不要发呆,跟我去;我可以告诉你为什么他的死是必要的,你听了就会知道这是你的一件无可推辞的行动。现在正是晚餐的时候,夜过去得很快,准备起来吧。

罗德利哥　我还要听一听你要教我这样做的理由。

伊阿古　我一定可以向你解释明白。(同下。)

第三场　城堡中另一室

　　　　奥瑟罗、罗多维科、苔丝狄蒙娜、爱米利娅及侍从等上。

罗多维科　将军请留步吧。

奥瑟罗　啊,没有关系;散散步对我也是很有好处的。

罗多维科　夫人,晚安;谢谢您的盛情。

苔丝狄蒙娜　大驾光临,我们是十分欢迎的。

奥瑟罗　请吧,大人。啊!苔丝狄蒙娜——

苔丝狄蒙娜　我的主?

奥瑟罗　你快进去睡吧;我马上就回来的。把你的侍女们打发开了,不要忘记。

苔丝狄蒙娜　是,我的主。(奥瑟罗、罗多维科及侍从等下。)

爱米利娅　怎么?他现在的脸色温和得多啦。

苔丝狄蒙娜　他说他就会回来的;他叫我去睡,还叫我把你遣开。

爱米利娅　把我遣开!

苔丝狄蒙娜　这是他的吩咐;所以,好爱米利娅,把我的睡衣给我,你去吧,我们现在不能再惹他生气了。

爱米利娅　我希望您当初并不和他相识!

苔丝狄蒙娜　我却不希望这样;我是那么喜欢他,即使他的固执、他的呵斥、他的怒容——请你替我取下衣上的扣针——在我看来也是可爱的。

爱米利娅　我已经照您的吩咐,把那些被褥铺好了。

苔丝狄蒙娜　很好。天哪!我们的思想是多么傻!要是我比你先死,请你就把那些被褥做我的殓衾。

爱米利娅　得啦得啦,您在说呆话。

苔丝狄蒙娜　我的母亲有一个侍女名叫巴巴拉,她跟人家有了恋爱;她的情人发了疯,把她丢了。她有一支《杨柳歌》,那是一支古老的曲调,可是正好说中了她的命运;她到死的时候,嘴里还在唱着它。那支歌今天晚上老是萦回在我的脑际;我的烦乱的心绪,使我禁不住侧下我的头,学着可怜的巴巴拉的样子把它歌唱。请你赶快点儿。

爱米利娅　我要不要就去把您的睡衣拿来?

苔丝狄蒙娜　不,先替我取下这儿的扣针。这个罗多维科是一个俊美的男子。

爱米利娅　一个很漂亮的人。

苔丝狄蒙娜　他的谈吐很高雅。

爱米利娅　我知道威尼斯有一个女郎,愿意赤了脚步行到巴勒斯坦,为了希望碰一碰他的下唇。

苔丝狄蒙娜　(唱)

　　可怜的她坐在枫树下啜泣,

　　歌唱那青青杨柳;

　　她手抚着胸膛,她低头靠膝,

　　唱杨柳,杨柳,杨柳。

>清澈的流水吐出她的呻吟,
>
>唱杨柳,杨柳,杨柳。
>
>她的热泪溶化了顽石的心——

把这些放在一旁。——(唱)

>唱杨柳,杨柳,杨柳。

快一点,他就要来了。——(唱)

>青青的柳枝编成一个翠环;
>
>不要怪他,我甘心受他笑骂——

不,下面一句不是这样的。听!谁在打门?

爱米利娅　是风哩。

苔丝狄蒙娜　(唱)

>我叫情哥负心郎,他又怎讲?
>
>唱杨柳,杨柳,杨柳。
>
>我见异思迁,由你另换情郎。

你去吧;晚安。我的眼睛在跳,那是哭泣的预兆吗?

爱米利娅　没有这样的事。

苔丝狄蒙娜　我听见人家这样说。啊,这些男人!这些男人!凭你的良心说,爱米利娅,你想世上有没有背着丈夫干这种坏事的女人?

爱米利娅　怎么没有?

苔丝狄蒙娜　你愿意为了整个世界的财富而干这种事吗?

爱米利娅　难道您不愿意吗?

苔丝狄蒙娜　不,我对着明月起誓!

爱米利娅　不,对着光天化日,我也不干这种事;要干也得暗地里干。

苔丝狄蒙娜　难道你愿意为了整个的世界而干这种事吗?

爱米利娅　世界是一个大东西；用一件小小的坏事换得这样大的代价是值得的。

苔丝狄蒙娜　真的，我想你不会。

爱米利娅　真的，我想我应该干的；等干好之后，再想法补救。当然，为了一枚对合的戒指、几丈细麻布或是几件衣服、几件裙子、一两顶帽子，以及诸如此类的小玩意儿而叫我干这种事，我当然不愿意；可是为了整个的世界，谁不愿意出卖自己的贞操，让她的丈夫做一个皇帝呢？我就是因此而下炼狱，也是甘心的。

苔丝狄蒙娜　我要是为了整个的世界，会干出这种丧心病狂的事来，一定不得好死。

爱米利娅　世间的是非本来没有定准；您因为干了一件错事而得到整个的世界，在您自己的世界里，您还不能把是非颠倒过来吗？

苔丝狄蒙娜　我想世上不会有那样的女人的。

爱米利娅　这样的女人不是几个，可多着呢，足够把她们用小小的坏事换来的世界塞满了。照我想来，妻子的堕落总是丈夫的过失；要是他们疏忽了自己的责任，把我们所珍爱的东西浪掷在外人的怀里，或是无缘无故吃起醋来，约束我们行动的自由，或是殴打我们，削减我们的花粉钱，我们也是有脾气的，虽然生就温柔的天性，到了一个时候也是会复仇的。让做丈夫的人们知道，他们的妻子也和他们有同样的感觉：她们的眼睛也能辨别美恶，她们的鼻子也能辨别香臭，她们的舌头也能辨别甜酸，正像她们的丈夫们一样。他们厌弃了我们，别寻新欢，是为了什么缘故呢？是逢场作戏吗？我想是的。是因为爱情的驱使吗？我想也是的。还是因为喜新厌旧的人之常情呢？那也是一个理由。那么难道我们就不会对别人发生爱情,难道我们就没有逢场作戏的欲望,难道我们就不会喜新厌旧,跟男人们一样吗?所以让他们好好地对待我们吧;否则我们要让他们知道,我们所干的坏事都是出于他们的指教。

苔丝狄蒙娜　　晚安,晚安!愿上天监视我们的言行;我不愿以恶为师,我只愿鉴非自警!(各下。)

第五幕

第一场　塞浦路斯。街道

　　伊阿古及罗德利哥上。

伊阿古　来，站在这堵披屋后面；他就会来的。把你的宝剑拔出鞘来，看准要害刺过去。快，快；不要怕；我就在你旁边。成功失败，在此一举，你得下定决心。

罗德利哥　不要走开，也许我会失手。

伊阿古　我就在这儿，你的近旁。胆子放大些，站定了。（退后。）

罗德利哥　我对于这件事情不是顶热心；可是他讲的理由十分充足。反正不过去掉一个人。出来，我的剑；他必须死！

伊阿古　我已经激动这小脓包的心，他居然动起怒来了。不管是他杀死凯西奥，还是凯西奥杀死他，或者两败俱伤，对于我都是有好处的。要是罗德利哥活在世上，他总有一天要问我讨还那许多我从他手里干没下来、说是送给苔丝狄蒙娜的金银珠宝；这可断断不能。要是凯西奥活在世上，他那种翩翩风度，叫我每天都要在他的旁边相形见绌；而且那摩尔人万一向他当面质问起来，我的阴谋就会暴露，那时候我的地位就非常危险了。不,他非死不可。就这样吧。我听见他来了。

    凯西奥上。

罗德利哥　我认识他的走路的姿势;正是他。——恶人,你给我死吧!(挺剑刺凯西奥。)

凯西奥　幸亏我穿着一身好甲,否则那一剑一定会致我的死命。让我也来试一试你的甲牢不牢吧。(拔剑刺伤罗德利哥。)

罗德利哥　啊,我死了!(伊阿古自后刺伤凯西奥腿,下。)

凯西奥　我从此终生残废了!救命啊!杀了人啦!杀了人啦!(倒地。)

    奥瑟罗自远处上。

奥瑟罗　凯西奥的声音。伊阿古果然没有失信。

罗德利哥　啊,我真是个恶人!

奥瑟罗　一点不错。

凯西奥　啊,救命哪!拿火来!找一个医生!

奥瑟罗　正是他。勇敢正直的伊阿古呀,你这样奋不顾身,为你的朋友复仇雪耻,真是难得!你给我一个教训了。贱人,你心爱的人已经死在这儿,你的末日就在眼前;娼妇,我来了!从我的心头抹去你的媚眼的魔力;让淫邪的血溅洒你那被淫邪玷污了的枕席。(下。)

    罗多维科及葛莱西安诺自远处上。

凯西奥　喂!怎么!没有巡夜的逻卒?没有过路的行人?杀了人啦!杀了人啦!

葛莱西安诺　出了什么乱子啦?这叫声很是凄惨。

凯西奥　救命啊!

罗多维科　听!

罗德利哥　啊,该死的恶人!

罗多维科　两三个人在那儿呻吟。这是一个很阴沉的黑夜;也许他们是故意假装出来的,我们人手孤单,冒冒失失过去,恐怕不大安全。

罗德利哥　没有人来吗?那么我要流血而死了!

罗多维科　听!

　　　　　伊阿古持火炬重上。

葛莱西安诺　有一个人穿着衬衫、一手拿火、一手举着武器来了。

伊阿古　那边是谁?什么人在那儿喊杀人?

罗多维科　我们不知道。

伊阿古　你们听见一个呼声吗?

凯西奥　这儿,这儿!看在上天的面上,救救我!

伊阿古　怎么一回事?

葛莱西安诺　这个人好像是奥瑟罗麾下的旗官。

罗多维科　正是;一个很勇敢的汉子。

伊阿古　你是什么人,在这儿叫喊得这样凄惨?

凯西奥　伊阿古吗?啊,我被恶人算计,害得我不能做人啦!救救我!

伊阿古　哎哟,副将!这是什么恶人干的事?

凯西奥　我想有一个暴徒还在这儿;他逃不了。

伊阿古　啊,可恶的奸贼!(向罗多维科、葛莱西安诺)你们是什么人?过来帮帮忙。

罗德利哥　啊,救救我!我在这儿。

凯西奥　他就是恶党中的一人。

伊阿古　好一个杀人的凶徒!啊,恶人!(刺罗德利哥。)

罗德利哥　啊,万恶的伊阿古!没有人心的狗!

伊阿古　在暗地里杀人!这些凶恶的贼党都在哪儿?这地方多么寂静!喂!杀了人啦!杀了人啦!你们是什么人?是好人还是坏人?

罗多维科　请你自己判断我们吧。

伊阿古　罗多维科大人吗?

罗多维科　正是,老总。

伊阿古　恕我失礼了。这儿是凯西奥,被恶人们刺伤,倒在地上。

葛莱西安诺　凯西奥!

伊阿古　怎么样,兄弟?

凯西奥　我的腿断了。

伊阿古　哎哟,罪过罪过!两位先生,请替我照着亮儿;我要用我的衫子把它包扎起来。

　　　　比恩卡上。

比恩卡　喂,什么事?谁在这儿叫喊?

伊阿古　谁在这儿叫喊!

比恩卡　哎哟,我的亲爱的凯西奥!我的温柔的凯西奥!啊,凯西奥!凯西奥!凯西奥!

伊阿古　哼,你这声名狼藉的娼妇!凯西奥,照你猜想起来,向你下这样毒手的大概是些什么人?

凯西奥　我不知道。

葛莱西安诺　我正要来找你,谁料你会遭逢这样的祸事,真是恼人!

伊阿古　借给我一条吊袜带。好。啊,要是有一张椅子,让他舒舒服服躺在上面,把他抬去才好!

比恩卡　哎哟,他晕过去了!啊;凯西奥!凯西奥!凯西奥!

伊阿古　两位先生,我很疑心这个贱人也是那些凶徒的同党。——忍耐点儿,好凯西奥。——来,来,借我一个火。我们认不认识这一张面孔?哎哟!是我的同国好友罗德利哥吗?不。唉,果然是他!天哪!罗德利哥!

葛莱西安诺　什么!威尼斯的罗德利哥吗?

伊阿古　正是他,先生。你认识他吗?

葛莱西安诺　认识他!我怎么不认识他?

伊阿古　葛莱西安诺先生吗？请您原谅，这些流血的惨剧，使我礼貌不周，失敬得很。

葛莱西安诺　哪儿的话；我很高兴看见您。

伊阿古　你怎么啦，凯西奥？啊，来一张椅子！来一张椅子！

葛莱西安诺　罗德利哥！

伊阿古　他，他，正是他。（众人携椅上）啊！很好；椅子。几个人把他小心抬走；我就去找军医官来。（向比恩卡）你，奶奶，你也不用装腔作势啦。——凯西奥，死在这儿的这个人是我的好朋友。你们两人有什么仇恨？

凯西奥　一点没有；我根本不认识这个人。

伊阿古　（向比恩卡）什么！你脸色变白了吗？——啊！把他抬进屋子里去。（众人舁凯西奥、罗德利哥二人下）等一等，两位先生。奶奶，你脸色变白了吗？你们看见她眼睛里这一股惊慌的神气吗？哼，要是你这样睁大了眼睛，我们还要等着听一些新鲜的话哩。留心瞧着她；你们瞧；你们看见了吗，两位先生？哼，犯了罪的人，即使舌头僵住了，也会不打自招的。

　　　　爱米利娅上。

爱米利娅　唉！出了什么事啦？出了什么事啦，丈夫？

伊阿古　凯西奥在这儿黑暗之中，被罗德利哥和几个在逃的同党袭击；他几乎送了性命，罗德利哥已经死了。

爱米利娅　哎哟，好一位绅士！哎哟，好凯西奥！

伊阿古　这是他爱嫖的结果。爱米利娅，你去问问凯西奥，他今天晚上在什么地方吃饭的。——什么！你听了这句话就发抖吗？

比恩卡　他在我家里吃饭；可我并不是因为这个而发抖。

伊阿古　噢，他在你家里吃饭？你跟我走！

爱米利娅　呸，呸，你这不要脸的娼妇！

比恩卡　我不是娼妇；我跟你一样清白。

爱米利娅　跟我一样清白！呸！不要脸！

伊阿古　两位好先生，让我们去帮助帮助可怜的凯西奥，替他把伤口扎好。来，奶奶，你必须对我们讲老实话。爱米利娅，你快奔到城堡里去，告诉将军和夫人这儿发生了什么事。你们先请吧。（旁白）今夜是我的命运所寄，倘不能青云直上，就要一败涂地。（同下。）

第二场　城堡中的卧室

苔丝狄蒙娜睡床上，一灯照耀室内；奥瑟罗上。

奥瑟罗　只是为了这一个原因，只是为了这一个原因，我的灵魂！纯洁的星星啊，不要让我向你们说出它的名字！只是为了这一个原因……可是我不愿溅她的血，也不愿毁伤她那比白雪更皎洁、比石膏更腻滑的肌肤。可是她不能不死，否则她将要陷害更多的男子。让我熄灭了这一盏灯，然后我就熄灭你的生命的火焰。融融的灯光啊，我把你吹熄以后，要是我心生后悔，仍旧可以把你重新点亮；可是你，造化最精美的形象啊，你的火焰一旦熄灭，我不知道什么地方有那天上的神火，能够燃起你的原来的光彩！我摘下了蔷薇，就不能再给它已失的生机，只好让它枯萎凋谢；当它还在枝头的时候，我要嗅一嗅它的芳香。（吻苔丝狄蒙娜）啊，甘美的气息！你几乎诱动公道的心，使她折断她的利剑了！再一个吻，再一个吻。愿你到死都是这样；我要杀死你，然后再爱你。再一个吻，这是最后的一吻了；这样销魂，却又是这样无比的惨痛！我必须哭泣，然而这些是无情的眼泪。这一阵阵悲伤是神圣的，因为它要惩罚的正是它最疼爱的。她醒来了。

苔丝狄蒙娜　谁？奥瑟罗吗？

奥瑟罗　嗯，苔丝狄蒙娜。

苔丝狄蒙娜　您要睡了吗，我的主？

奥瑟罗　你今晚有没有祈祷过，苔丝狄蒙娜？

苔丝狄蒙娜　祈祷过了，我的主。

奥瑟罗　要是你想到在你的一生之中，还有什么罪恶不曾为上帝所宽宥，赶快恳求他的恩赦吧。

苔丝狄蒙娜　哎哟！我的主，您这句话是什么意思？

奥瑟罗　嘿，祈祷吧，干脆点儿；我就在一旁等着你。我不愿杀害你的没有准备的灵魂；不，上天禁止这种罪行！我不愿杀害你的灵魂。

苔丝狄蒙娜　您在说杀人的话吗？

奥瑟罗　嗯，是的。

苔丝狄蒙娜　那么愿上天垂怜于我！

奥瑟罗　阿门，但愿如此！

苔丝狄蒙娜　要是您这样说，我希望您不至于把我杀死。

奥瑟罗　哼！

苔丝狄蒙娜　可是我怕您；因为您的眼珠这样滚转的时候，您已经动了杀机。我不知道我为什么害怕，因为我不知道我有什么罪；可是我觉得害怕。

奥瑟罗　想想你的罪恶吧。

苔丝狄蒙娜　除非我对您的爱是罪恶，我不知道我有什么罪恶。

奥瑟罗　好，你必须因此而死。

苔丝狄蒙娜　为了爱而被杀，那样的死是违反人情的。唉！您为什么这样咬着您的下唇呢？一种饮血的欲念震撼您的全身，这便是它的征兆；可是我希望，我希望您的怒气不是对我而发。

奥瑟罗　闭嘴，不要作声！

苔丝狄蒙娜　是；可是请您告诉我究竟为了什么事？

奥瑟罗　你把我给你的那条我的心爱的手帕送给凯西奥。

苔丝狄蒙娜　不，凭着我的生命和灵魂起誓！您叫他来问好了。

奥瑟罗　好人儿，留心不要发伪誓；你的死已在眼前了。

苔丝狄蒙娜　不，我现在还不能死。

奥瑟罗　你必须立刻死，所以赶快坦白招认你的罪恶吧；即使你发誓否认每一件事实，也不能除去那使我痛心的坚强的确信。你必须死。

苔丝狄蒙娜　那么愿上帝垂怜于我！

奥瑟罗　阿门。

苔丝狄蒙娜　愿您也大发慈悲！我生平从不曾得罪过您，也从不曾用上天所不容的非分的爱情滥施在凯西奥的身上；我没有给过他什么东西。

奥瑟罗　苍天在上，我亲眼看见我的手帕在他的手里。欺罔神明的妇人！你使我的心变成坚硬；我本来想把你作为献祭的牺牲，现在却被你激起我的屠夫的恶念来了。我明明看见那手帕的。

苔丝狄蒙娜　那么是他在什么地方拾到的；我没有给他。叫他到这儿来，让他供认事实的真相。

奥瑟罗　他已经承认了。

苔丝狄蒙娜　承认什么，我的主？

奥瑟罗　承认他已经和你发生关系。

苔丝狄蒙娜　怎么？非法的关系吗？

奥瑟罗　嗯。

苔丝狄蒙娜　他不会这样说的。

奥瑟罗　是的，他的嘴已经闭住，正直的伊阿古已经把他解决了。

苔丝狄蒙娜　啊，我的恐惧叫我明白过来了！什么！他死了吗？

奥瑟罗　即使他每一根头发里都有生命，我的复仇的怒火也会把它们一起吞下。

苔丝狄蒙娜　唉！他被人陷害，我的一生也从此断送了！

奥瑟罗　不要脸的娼妇！你当着我的面为他哭泣吗？

苔丝狄蒙娜　啊，我的主，把我放逐，可是不要杀我！

奥瑟罗　倒下，娼妇！

苔丝狄蒙娜　明天杀我，让我活过今天！

奥瑟罗　不，要是你想挣扎——

苔丝狄蒙娜　给我半点钟的时间！

奥瑟罗　已经决定了，没有挽回的余地。

苔丝狄蒙娜　可是让我作一次祷告吧！

奥瑟罗　太迟了。（扼苔丝狄蒙娜咽喉。）

爱米利娅　（在内）将军，将军！喂！将军，将军！

奥瑟罗　这是什么声音？没有死吗？还没有完全死去吗？我虽然狠心，却还有几分慈悲；我不愿你多挨受一刻痛苦。好，好。

（刺苔丝狄蒙娜。）

爱米利娅　（在内）喂！将军，将军！

奥瑟罗　哪一个？

爱米利娅　（在内）啊，将军！我要跟您说句话儿。

奥瑟罗　是的，这是爱米利娅。——等一等。——她死了。她多半要来说起凯西奥的死。外边已经听得见嘈杂的声音。嘿！一动也不动了吗？像坟墓一样沉寂。要不要让她进来？妥当不妥当？我想她又在动了，不，怎么办呢？要是她进来，她一定要跟我的妻子说话。我的妻子！我的妻子！什么妻子？我没有妻子。啊，难堪！啊，不幸的时辰！我想现在日月应该晦暗不明，受惊的地球看见这种非常的灾变，也要吓得目瞪口呆。

爱米利娅　（在内）啊，好将军！请您让我进来对您说句话儿。

奥瑟罗　我忘记了。啊，进来，爱米利娅。慢点儿，等一等。让我把帐幕拉下来。你在哪儿？（启锁开门。）

爱米利娅上。

奥瑟罗　什么事？

爱米利娅　啊，好将军！那边出了杀人命案啦！

奥瑟罗　什么！现在？

爱米利娅　就是刚才，将军。

奥瑟罗　那都是因为月亮走错了轨道，比平常更近地球，所以人们都发起疯来了。

爱米利娅　将军，凯西奥杀死了一个名叫罗德利哥的威尼斯青年。

奥瑟罗　罗德利哥被杀了！凯西奥也被杀了吗？

爱米利娅　不，凯西奥没有死。

奥瑟罗　凯西奥没有死！那么杀人认错了对象，痛快的复仇又有了变卦啦。

苔丝狄蒙娜　啊，死得好冤枉呀！

爱米利娅　哎哟！那是什么呼声？

奥瑟罗　那！什么？

爱米利娅　哎哟！那是夫人的声音。救命！救命啊！救命！啊，夫人，再说一声话儿！亲爱的苔丝狄蒙娜！啊，亲爱的夫人，说呀！

苔丝狄蒙娜　我是无罪而死的。

爱米利娅　啊！这是谁干的事？

苔丝狄蒙娜　谁也没有干；是我自己。再会吧；替我向我的仁慈的夫君致意。啊，再会吧！（死。）

奥瑟罗　啊！她怎么会被人杀死的？

爱米利娅　唉！谁知道？

奥瑟罗　你听见她说是她自己，我没有杀死她。

爱米利娅　她是这样说；我只好按照事实去报告。

奥瑟罗　她到地狱的火焰里去，还不愿说一句真话。杀死她的是我。

爱米利娅　啊，那么她尤其是一个天使，你尤其是一个黑心的魔鬼了！

奥瑟罗　她干了无耻的事，她是个淫妇。

爱米利娅　你冤枉她，你是个魔鬼。

奥瑟罗　她像水一样轻浮。

爱米利娅　你说她轻浮，你自己才像火一样粗暴。啊，她是圣洁而忠贞的！

奥瑟罗　凯西奥和她通奸，不信你去问你的丈夫吧。啊，要是我采取这种极端的手段，并没有正当的理由，死后就要永远堕入地狱的底层！你的丈夫一切全都知道。

爱米利娅　我的丈夫！

奥瑟罗　你的丈夫。

爱米利娅　他知道她不守贞节吗？

奥瑟罗　嗯，他知道她跟凯西奥有暧昧。嘿，要是她是个贞洁的妇人，即使上帝为我用一颗完整的宝石另外造一个世界，我也不愿用她去交换。

爱米利娅　我的丈夫！

奥瑟罗　嗯，他最初告诉我这件事。他是个正人君子，他痛恨卑鄙龌龊的行为。

爱米利娅　我的丈夫！

奥瑟罗　妇人，为什么把这句话说了又说呢？我是说你的丈夫。

爱米利娅　啊，夫人！你因为多情，受了奸人的愚弄了！我的丈夫说她不贞！

奥瑟罗　正是他，妇人；我说你的丈夫；你懂得这句话吗？我的朋友，你的丈夫，正直的、正直的伊阿古。

爱米利娅　要是他果然说了这样的话，愿他恶毒的灵魂每天一分一寸地糜烂！他全然胡说；她对于她的最卑鄙的男人是太痴心了。

奥瑟罗　嘿！

爱米利娅　随你把我怎么样吧。你配不上这样的好妻子，你这种行为是上天所不容的。

奥瑟罗　还不闭嘴！

爱米利娅　你没有半分力量可以伤害我；我的心碎了，还怕你什么！啊，笨伯！傻瓜！泥土一样蠢的家伙！你已经做了一件大大不该的事——我不怕你的剑；我要宣布你的罪恶，即使我将要因此而丧失二十条生命。救命！救命啊！救命！摩尔人杀死了夫人啦！杀了人啦！杀了人啦！

　　　　蒙太诺、葛莱西安诺、伊阿古及余人等上。

蒙太诺　什么事？怎么，将军！

爱米利娅　啊！你来了吗，伊阿古？你做得好事，人家都把杀人的罪名架在你头上啦！

葛莱西安诺　什么事？

爱米利娅　你倘是个汉子，赶快否认这恶人所说的话吧；他说你告诉他他的妻子不贞。我知道你不会说这种话，你还不会是这样一个恶人。说吧，我的心都要胀破了。

伊阿古　我不过把我自己的意思告诉他；我对他所说的话，已经由他自己证实了。

爱米利娅　可是你有没有对他说她是不贞的？

伊阿古　我对他说过。

爱米利娅　你说谎，一个可憎的、万恶不赦的谎！凭着我的灵魂起誓，一个谎，一个罪恶的谎！她跟凯西奥私通！你说她跟凯西奥私通吗？

伊阿古　跟凯西奥私通，太太。好了好了，收住你的舌头吧。

爱米利娅　我不愿收住我的舌头；我必须说话。夫人在这儿床上给人谋杀了。

众人　啊，哪会有这样的事！

爱米利娅　都是你造的谣言，引起这场血案。

奥瑟罗　各位不必惊慌；这事情是真的。

葛莱西安诺　真有这样的事，那可奇了！

蒙太诺　啊，骇人的行为！

爱米利娅　诡计！诡计！诡计！我现在想起来了；啊，诡计！那时候我就有些怀疑；我要伤心死了！啊，诡计！诡计！

伊阿古　什么！你疯了吗？快给我回家去！

爱米利娅　各位先生，让我有一个说话的机会。照理我应该服从他，可是现在却不能服从他。也许，伊阿古，我永远不再回家了。

奥瑟罗　啊！啊！啊！（扑卧床上。）

爱米利娅　哼，你躺下来哭叫吧；因为你已经杀死一个世间最温柔纯洁的人。

奥瑟罗　啊，她是淫污的！我简直不认识您啦，叔父。那边躺着您的侄女，她的呼吸刚才被我这双手扼断；我知道这件行为在世人眼中看起来是惊人而残酷的。

葛莱西安诺　可怜的苔丝狄蒙娜！幸亏你父亲已经死了；你的婚事是他的致死的原因，悲伤摧折了他的衰老的生命。要是他现在还活着，看见这种惨状，一定会干出一些疯狂的事情来的；他会咒天骂地，赶走了身边的守护神，毁灭了自己的灵魂。

奥瑟罗　这诚然是一件伤心的事；可是伊阿古知道她曾经跟凯西奥干过许多回无耻的勾当，凯西奥自己也承认了。她还把我的定情礼物送给凯西奥，作为他殷勤献媚的酬劳。我看见它在他的手里；那是一方手帕，我的父亲给我母亲的一件古老的纪念品。

爱米利娅　天哪！天上的神明啊！

伊阿古　算了，闭住你的嘴！

爱米利娅　事情总会暴露的，事情总会暴露的。闭住我的嘴？不，不，我要像北风一样自由地说话；让天神、世人和魔鬼全都把我嘲骂羞辱，我也要说我的话。

伊阿古　放明白一些，回家去吧。

爱米利娅　我不愿回家。（伊阿古拔剑欲刺爱米利娅。）

葛莱西安诺　呸！你向一个妇人动武吗？

爱米利娅　你这愚笨的摩尔人啊！你所说起的那方手帕，是我偶然拾到，把它给了我的丈夫的；虽然那只是一件小小的东西，他却几次三番恳求我替他偷出来。

伊阿古　长舌的淫妇！

爱米利娅　她送给凯西奥！唉！不，是我拾到了，把它交给我的丈夫的。

伊阿古　贱人，你说谎！

爱米利娅　苍天在上，我没有说谎；我没有说谎，各位先生。杀人的傻瓜啊！像你这样一个蠢材，怎么配得上这样好的一位妻子呢？

奥瑟罗　天上没有石块，可以像雷霆一样打下来吗？好一个奸贼！

（向伊阿古扑奔；伊阿古刺爱米利娅逃下。）

葛莱西安诺　这妇人倒下来了；他把他的妻子杀死了。

爱米利娅　是，是；啊！把我放在夫人的身旁吧！

葛莱西安诺　他走了，他的妻子给他杀了。

蒙太诺　这是一个罪大恶极的凶徒。你拿着我从这摩尔人手里夺下来的剑。来，在门外看守好了，别让他出去；他要是想逃走，尽管把他杀死。我要去追那恶人，那是一个不可宽恕的家伙。

（蒙太诺、葛莱西安诺下。）

奥瑟罗　我的勇气也离我而去了，每一个孱弱的懦夫都可以夺下我的剑来。可是奸恶既然战胜了正直，哪里还会有荣誉存在呢？让一切都归于幻灭吧！

爱米利娅　你的歌儿是一个谶兆吗，夫人？听，你听没听见我的声音？我要像天鹅一般在歌声中死去①。（唱）

　　　杨柳，杨柳，杨柳……

摩尔人，她是贞洁的；她爱你，狠心的摩尔人。我说的是真话，愿我的灵魂享受天福；我的话是跟我的思想一致的。我死了，我死了。（死。）

奥瑟罗　我还有一柄剑在这屋子里，那是一柄用冰泉的水所浸炼的西班牙宝剑。啊，在这儿！叔父，我一定要出来。

葛莱西安诺　（在内）你要是敢试一试，就得付重大的代价；你没有武器，只好屈服。

奥瑟罗　那么进来瞧瞧我吧，我有话对你说；否则我虽然没有武器，也只好不顾一切跟你拼一下了。

　　　葛莱西安诺重上。

葛莱西安诺　什么事？

奥瑟罗　瞧！我有一柄剑；从来没有一个战士佩带过比这更好的剑；凭着这一条小小的胳臂和这一柄利剑，我曾经冲破二十倍于你们这样人数的包围；可是，无聊的夸口啊！谁能主宰他自己的命运呢？现在我已经没有那样的本领了。虽然你看我拿着武器，可是不用害怕，这儿是我的旅途的终点，我的航程的最后的目标。你吓得退走了吗？这是不必要的惊恐；谁只要拿一根灯草向奥瑟罗的胸前刺去，他也会向后退缩的。奥瑟罗应该到什么地方去呢？——啊，让我再看看你的脸吧，薄命的女郎！像你的衬衣一样惨白！我们在天庭对簿的时候，你这一副脸色就可以把我的灵魂赶下天堂，让魔鬼把它抓去。你的全身冰冷，我的恋人！正像你的贞洁一样凛若寒霜。啊，该死的、该死的奴

---

① 据说天鹅在临终时为自己唱起挽歌。

才！魔鬼啊，把我从这天仙一样美人的面前鞭逐出去吧！让狂风把我吹卷、硫黄把我熏烤、沸汤的深渊把我沉浸吧！啊，苔丝狄蒙娜！苔丝狄蒙娜！死了！啊！啊！啊！

　　　　罗多维科、蒙太诺、二侍从以卧椅抬凯西奥及吏役等押伊阿古同上。

罗多维科　这鲁莽而不幸的人在哪儿？

奥瑟罗　那就是从前的奥瑟罗；我在这儿。

罗多维科　那条毒蛇呢？把这恶人带上来。

奥瑟罗　据说魔鬼的脚是分趾的，让我看看他的脚是不是这样。要是你真的是一个魔鬼，我也不能杀死你。（刺伤伊阿古。）

罗多维科　把他手里的剑夺下来。

伊阿古　我不过流了点儿血，还没有给他杀死。

奥瑟罗　那也好，我要你留着活命；因为在我看来，死倒是一桩幸福。

罗多维科　啊，奥瑟罗！你本来是一个很好的汉子，却会中一个万恶的奸人的诡计，我们该说你什么呢？

奥瑟罗　随便你们怎么说吧；要是你们愿意，不妨说我是一个正直的凶手，因为我所干的事，都是出于荣誉的观念，不是出于猜嫌的私恨。

罗多维科　这恶人已经承认了一部分他的奸谋；杀死凯西奥是你跟他同谋的吗？

奥瑟罗　是的。

凯西奥　主帅，我从来不曾得罪过您。

奥瑟罗　我相信你的话；愿你原谅我吧。你们问一问那个顶着人头的恶魔，为什么他要这样陷害我的灵魂和肉体？

伊阿古　什么也不要问我；你们所知道的，你们已经知道了；从这一刻起，我不再说一句话。

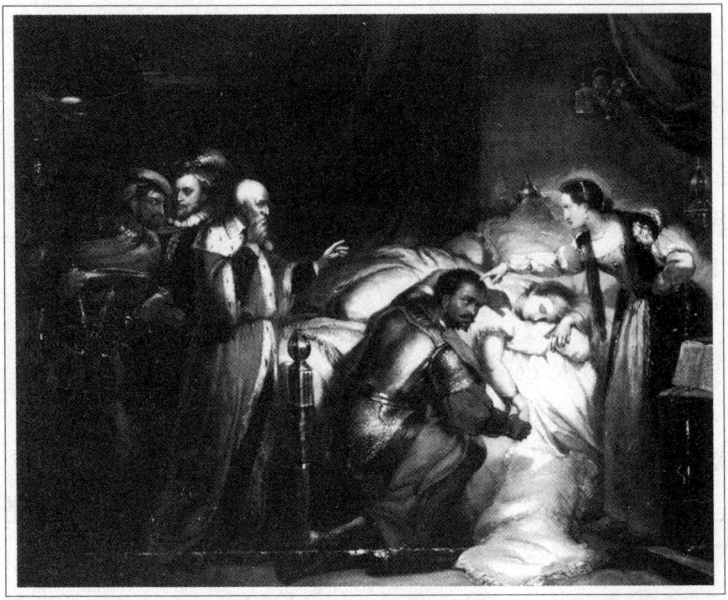

罗多维科　什么！你也不要祈祷吗？

葛莱西安诺　酷刑可以逼你开口。

奥瑟罗　嘿，你这是最好的办法。

罗多维科　将军，一切经过，你将会明白的，我相信你现在还一点也不知道。这是从已死的罗德利哥衣袋里搜到的一封信；这儿还有一封；其中一封信里说到杀死凯西奥的事情由罗德利哥动手执行。

奥瑟罗　啊，奸贼！

凯西奥　野蛮残忍的阴谋！

罗多维科　这儿还有从他的衣袋里找到的一封充满怨言的信，看来好像是罗德利哥预备寄给这个万恶的奸人的；可是信还没有寄出，伊阿古就给了他回答了。

奥瑟罗　啊，恶毒的奸贼！凯西奥，我的妻子的手帕怎么会到你手里？

凯西奥　我在我的房间里找到它；他刚才已经亲口承认是他有意把它丢在那里的，借此可以达到他自己的图谋。

奥瑟罗　啊，傻瓜！傻瓜！傻瓜！

凯西奥　在罗德利哥的信里，他又埋怨伊阿古不该撺掇他在我值夜的时候向我寻事；我就是为了那一回事情而去职的。就在刚才，他从长时间的昏迷中醒了过来，还说起他一切都受伊阿古的指使，结果却是伊阿古伤了他的生命。

罗多维科　你必须离开这所屋子，跟我们去；你的军队和兵权必须全部交卸，让凯西奥主持塞浦路斯的军政重务。对于这一个家伙，我们将要用一切巧妙的酷刑加在他的身上，使他遍受种种的痛苦，而不至于立刻死去。我们还要把你严密监禁，等候威尼斯政府判决你的罪状。来，把他带下去。

奥瑟罗　且慢，在你们未走以前，再听我说一两句话。我对于国家曾经立过相当的功劳,这是执政诸公所知道的;那些话现在也不用说了。当你们把这种不幸的事实报告他们的时候,请你们在公文上老老实实照我本来的样子叙述,不要徇情回护,也不要恶意构陷;你们应当说我是一个在恋爱上不智而过于深情的人;一个不容易发生嫉妒的人,可是一旦被人煽动以后,就会糊涂到极点;一个像印度人一样糊涂的人,会把一颗比他整个部落所有的财产更贵重的珍珠随手抛弃;一个不惯于流妇人之泪的人,可是当他被感情征服的时候,也会像涌流着胶液的阿拉伯胶树一般两眼泛滥。请你们把这些话记下,再补充一句说:在阿勒坡地方,曾经有一个裹着头巾的敌意的土耳其人殴打一个威尼斯人,诽谤我们的国家,那时候我就一把抓住这受割礼的狗子的咽喉,就这样把他杀了。(以剑自刎。)

罗多维科　啊,残酷的结局!

葛莱西安诺　一切说过的话,现在又要颠倒过来了。

奥瑟罗　我在杀死你以前,曾经用一吻和你诀别;现在我自己的生命也在一吻里终结。(倒扑在苔丝狄蒙娜身上,死。)

凯西奥　我早就担心会有这样的事发生,可是我还以为他没有武器;他的心地是光明正大的。

罗多维科　(向伊阿古)你这比痛苦、饥饿和大海更凶暴的猛犬啊!瞧瞧这床上一双浴血的尸身吧;这是你干的好事。这样伤心惨目的景象,赶快把它遮盖起来吧。葛莱西安诺,请您接收这一座屋子;这摩尔人的全部家产,都应该归您继承。总督大人,怎样处置这一个恶魔般的奸徒,什么时候,什么地点,用怎样的刑法,都要请您全权办理,千万不要宽纵他!我现在就要上船回去禀明政府,用一颗悲哀的心报告这一段悲哀的事故。(同下。)

李尔王

剧中人物

李尔　不列颠国王

法兰西国王

勃艮第公爵

康华尔公爵

奥本尼公爵

肯特伯爵

葛罗斯特伯爵

爱德伽　葛罗斯特之子

爱德蒙　葛罗斯特之庶子

克伦　朝士

奥斯华德　高纳里尔的管家

老人　葛罗斯特的佃户

医生

弄人

爱德蒙属下一军官

考狄利娅一侍臣

传令官

康华尔的众仆

高纳里尔
里根　　｝李尔之女
考狄利娅

扈从李尔之骑士、军官、使者、兵士及侍从等

地　点

不列颠

第一幕

第一场　李尔王宫中大厅

　　　　肯特、葛罗斯特及爱德蒙上。

肯特　我想王上对于奥本尼公爵，比对于康华尔公爵更有好感。

葛罗斯特　我们一向都觉得是这样；可是这次划分国土的时候，却看不出来他对这两位公爵有什么偏心；因为他分配得那么平均，无论他们怎样斤斤较量，都不能说对方比自己占了便宜。

肯特　大人，这位是令郎吗？

葛罗斯特　他是在我手里长大的；我常常不好意思承认他，可是现在惯了，也就不以为意啦。

肯特　我不懂您的意思。

葛罗斯特　伯爵，这个小子的母亲可心里明白，因此，不瞒您说，她还没有嫁人就大了肚子生下儿子来。您想这应该不应该？

肯特　能够生下这样一个好儿子来，即使一时错误，也是可以原谅的。

葛罗斯特　我还有一个合法的儿子，年纪比他大一岁，然而我还是喜欢他。这畜生虽然不等我的召唤，就自己莽莽撞撞来到这世上，可是他的母亲是个迷人的东西，我们在制造他的时候，曾经有过一场销魂的游戏，这孽种我不能不承认他。爱德蒙，你认识这位贵人吗？

爱德蒙　不认识，父亲。

葛罗斯特　肯特伯爵；从此以后，你该记着他是我的尊贵的朋友。

爱德蒙　大人，我愿意为您效劳。

肯特　我一定喜欢你，希望我们以后能够常常见面。

爱德蒙　大人，我一定尽力报答您的垂爱。

葛罗斯特　他已经在国外九年，不久还是要出去的。王上来了。

　　　　喇叭奏花腔。李尔、康华尔、奥本尼、高纳里尔、里根、考狄利娅及侍从等上。

李尔　葛罗斯特，你去招待招待法兰西国王和勃艮第公爵。

葛罗斯特　是，陛下。（葛罗斯特、爱德蒙同下。）

李尔　现在我要向你们说明我的心事。把那地图给我。告诉你们吧，我已经把我的国土划成三部；我因为自己年纪老了，决心摆脱一切世务的牵萦，把责任交卸给年轻力壮之人，让自己松一松肩，好安安心心地等死。康华尔贤婿，还有同样是我心爱的奥本尼贤婿，为了预防他日的争执，我想还是趁现在把我的几个女儿的嫁奁当众分配清楚。法兰西和勃艮第两位君主正在竞争我的小女儿的爱情，他们为了求婚而住在我们宫廷里，也已经有好多时候了，现在他们就可以得到答复。孩子们，在我还没有把我的政权、领土和国事的重任全部放弃以前，告诉我，你们中间哪一个人最爱我？我要看看谁最有孝心，最有贤德，我就给她最大的恩惠。高纳里尔，我的大女儿，你先说。

高纳里尔　父亲，我对您的爱，不是言语所能表达的；我爱您胜过自己的眼睛、整个的空间和广大的自由；超越一切可以估价的贵重稀有的事物；不亚于赋有淑德、健康、美貌和荣誉的生命；不曾有一个儿女这样爱过他的父亲，也不曾有一个父亲这样被他的儿女所爱；这一种爱可以使唇舌无能为力，辩才失去效用；我爱您是不可以数量计算的。

考狄利娅　（旁白）考狄利娅应该怎么好呢？默默地爱着吧。

李尔　在这些疆界以内，从这一条界线起，直到这一条界线为止，所有一切浓密的森林、膏腴的平原、富庶的河流、广大的牧场，都要奉你为它们的女主人；这一块土地永远为你和奥本尼的子孙所保有。我的二女儿，最亲爱的里根，康华尔的夫人，你怎么说？

里根　我跟姊姊具有同样的品质，您凭着她就可以判断我。在我的真心之中，我觉得她刚才所说的话，正是我爱您的实际的情形，可是她还不能充分说明我的心理：我厌弃一切凡是敏锐的知觉所能感受到的快乐，只有爱您才是我的无上的幸福。

考狄利娅　（旁白）那么，考狄利娅，你只好自安于贫穷了！可是我并不贫穷，因为我深信我的爱心比我的口才更富有。

李尔　这一块从我们这美好的王国中划分出来的三分之一的沃壤，是你和你的子孙永远世袭的产业，和高纳里尔所得到的一份同样广大、同样富庶，也同样佳美。现在，我的宝贝，虽然是最后的一个，却并非最不在我的心头；法兰西的葡萄和勃艮第的乳酪都在竞争你的青春之爱；你有些什么话，可以换到一份比你的两个姊姊更富庶的土地？说吧。

考狄利娅　父亲，我没有话说。

李尔　没有？

考狄利娅　没有。

李尔　没有只能换到没有；重新说过。

考狄利娅　我是个笨拙的人，不会把我的心涌上我的嘴里；我爱您只是按照我的名分，一分不多，一分不少。

李尔　怎么，考狄利娅！把你的话修正修正，否则你要毁坏你自己的命运了。

考狄利娅　父亲，您生下我来，把我教养成人，爱惜我、厚待我；我受到您这样的恩德，只有恪尽我的责任，服从您、爱您、敬重您。我的姊姊们要是用她们整个的心来爱您，那么她们为什么要嫁人呢？要是我有一天出嫁了，那接受我的忠诚的誓约的丈夫，将要得到我的一半的爱、我的一半的关心和责任；假如我只爱我的父亲，我一定不会像我的两个姊姊一样再去嫁人的。

李尔　你这些话果然是从心里说出来的吗？

考狄利娅　是的，父亲。

李尔　年纪这样小，却这样没有良心吗？

考狄利娅　父亲，我年纪虽小，我的心却是忠实的。

李尔　好，那么让你的忠实做你的嫁奁吧。凭着太阳神圣的光辉，凭着黑夜的神秘，凭着主宰人类生死的星球的运行，我发誓从现在起，永远和你断绝一切父女之情和血缘亲属的关系，把你当作一个路人看待。啖食自己儿女的生番，比起你，我的旧日的女儿来，也不会更令我憎恨。

肯特　陛下——

李尔　闭嘴，肯特！不要来批怒龙的逆鳞。她是我最爱的一个，我本来想要在她的殷勤看护之下，终养我的天年。去，不要让我看见你的脸！让坟墓做我安息的眠床吧，我从此割断对她的天伦的慈爱了！叫法兰西王来！都是死人吗？叫勃艮第来！康华尔，奥本尼，你们已经分到我的两个女儿的嫁奁，现在把我第三个女儿的那一份也拿去分了吧；让骄傲——她自己所称为坦白的——替她找一个丈夫。我把我的威力、特权和一切君主的尊荣一起给了你们。我自己只保留一百名骑士，在你们两人的地方按月轮流居住，由你们负责供养。除了国王的名义和尊号以外，所有行政的大权、国库的收入和大小事务的处理，完全交在你们手里；为了证实我的话，两位贤婿，我赐给你们这一顶宝冠，归你们两人共同保有。

肯特　尊严的李尔，我一向敬重您像敬重我的君王，爱您像爱我的父亲，跟随您像跟随我的主人，在我的祈祷之中，我总把您当作我的伟大的恩主——

李尔　弓已经弯好拉满，你留心躲开箭锋吧。

肯特　让它落下来吧，即使箭镞会刺进我的心里。李尔发了疯，肯特也只好不顾礼貌了。你究竟要怎样，老头儿？你以为有权有位的人向谄媚者低头，尽忠守职的臣僚就不敢说话了吗？君主不顾自己的尊严，干下了愚蠢的事情，在朝的端人正士只好直言极谏。保留你的权力，仔细考虑一下你的举措，收回这种鲁莽灭裂的成命。你的小女儿并不是最不孝顺你；有人不会口若悬河，说得天花乱坠，可并不就是无情无义。我的判断要是有错，你尽管取我的命。

李尔　肯特，你要是想活命，赶快闭住你的嘴。

肯特　我的生命本来是预备向你的仇敌抛掷的；为了你的安全，我也不怕把它失去。

李尔　走开，不要让我看见你！

肯特　瞧明白一些，李尔；还是让我像箭垛上的红心一般永远站在你的眼前吧。

李尔　凭着阿波罗起誓——

肯特　凭着阿波罗，老王，你向神明发誓也是没用的。

李尔　啊，可恶的奴才！（以手按剑。）

奥本尼＆康华尔　陛下请息怒。

肯特　好，杀了你的医生，把你的恶病养得一天比一天厉害吧。赶快撤销你的分土授国的原议；否则只要我的喉舌尚在，我就要大声疾呼，告诉你你做了错事啦。

李尔　听着，逆贼！你给我按照做臣子的道理，好生听着！你想要煽动我毁弃我的不容更改的誓言，凭着你的不法的跋扈，对我的命令和权力妄加阻挠，这一种目无君上的态度，使我忍无可忍；为了维持王命的尊严，不能不给你应得的处分。我现在宽容你五天的时间，让你预备些应用的衣服食物，免得受饥寒的痛苦；在第六天上，你那可憎的身体必须离开我的国境；要是在此后十天之内，我们的领土上再发现了你的踪迹，那时候就要把你当场处死。去！凭着朱庇特发誓，这一个判决是无可改移的。

肯特　再会，国王；你既不知悔改，

囚笼里也没有自由存在。（向考狄利娅）

姑娘，自有神明为你照应：

你心地纯洁，说话真诚！（向里根、高纳里尔）

愿你们的夸口变成实事，

假树上会结下真的果子。

各位王子，肯特从此远去；

到新的国土走他的旧路。（下。）

　　　　　　喇叭奏花腔。葛罗斯特偕法兰西王、勃艮第及侍从等重上。

葛罗斯特　陛下，法兰西国王和勃艮第公爵来了。

李尔　勃艮第公爵，您跟这位国王都是来向我的女儿求婚的，现在我先问您：您希望她至少要有多少陪嫁的奁资，否则宁愿放弃对她的追求？

勃艮第　陛下，照着您所已经答应的数目，我就很满足了；想来您也不会再吝惜的。

李尔　尊贵的勃艮第，当她为我所宠爱的时候，我是把她看得非常珍重的，可是现在她的价格已经跌落了，公爵，您瞧她站在那儿，一个小小的东西，要是除了我的憎恨以外，我什么都不给她，而您仍然觉得她有使您喜欢的地方，或者您觉得她整个儿都能使您满意，那么她就在那儿，您把她带去好了。

勃艮第　我不知道怎样回答。

李尔　像她这样一个一无可取的女孩子，没有亲友的照顾，新近遭到我的憎恨，咒诅是她的嫁奁，我已经立誓和她断绝关系了，您还是愿意娶她呢，还是愿意把她放弃？

勃艮第　恕我，陛下；在这种条件之下，决定取舍是一件很为难的事。

李尔　那么放弃她吧，公爵；凭着赋予我生命的神明起誓，我已经告诉您她的全部价值了。(向法兰西王)至于您，伟大的国王，为了重视你、我的友谊，我断不愿把一个我所憎恶的人匹配给您；所以请您还是丢开了这一个为天地所不容的贱人，另外去找寻佳偶吧。

法兰西王　这太奇怪了，她刚才还是您的眼中的珍宝、您的赞美的题目、您的老年的安慰、您的最好、最心爱的人儿，怎么一转瞬间，就会干下这么一件罪大恶极的行为，丧失了您的深恩厚爱！她的罪恶倘不是超乎寻常，您的爱心决不会变得这样厉害；可是除非那是一桩奇迹，我无论如何不相信她会干那样的事。

考狄利娅　陛下，我只是因为缺少娓娓动人的口才，不会讲一些违心的言语，凡是我心里想到的事情，我总不愿在没有把它实行以前就放在嘴里宣扬；要是您因此而恼我，我必须请求您让世人知道，我所以失去您的欢心的原因，并不是什么丑恶的污点、淫邪的行动，或是不名誉的举止；只是因为我缺

243

少像人家那样的一双献媚求恩的眼睛，一条我所认为可耻的善于逢迎的舌头，虽然没有了这些使我不能再受您的宠爱，可是唯其如此，却使我格外尊重我自己的人格。

李尔　　像你这样不能在我面前曲意承欢，还不如当初没有生下你来得好。

法兰西王　　只是为了这一个原因吗？为了生性不肯有话便说，不肯把心里想做到的出之于口？勃艮第公爵，您对于这位公主意下如何？爱情里面要是掺杂了和它本身无关的算计，那就不是真的爱情。您愿不愿意娶她？她自己就是一注无价的嫁奁。

勃艮第　　尊严的李尔，只要把您原来已经允许过的那一份嫁奁给我，我现在就可以使考狄利娅成为勃艮第公爵的夫人。

李尔　　我什么都不给；我已经发过誓，再也不能挽回了。

勃艮第　　那么抱歉得很，您已经失去一个父亲，现在必须再失去一个丈夫了。

考狄利娅　　愿勃艮第平安！他所爱的既然只是财产，我也不愿做他的妻子。

法兰西王　　最美丽的考狄利娅！你因为贫穷，所以是最富有的；你因为被遗弃，所以是最可宝贵的；你因为遭人轻视，所以最蒙我的怜爱。我现在把你和你的美德一起攫在我的手里；人弃我取是法理上所许可的。天哪天！想不到他们的冷酷的蔑视，却会激起我热烈的敬爱。陛下，您的没有嫁奁的女儿被抛在一边，正好成全我的良缘；她现在是我的分享荣华的王后，法兰西全国的女主人了；沼泽之邦的勃艮第所有的公爵，都不能从我手里买去这一个无价之宝的女郎。考狄利娅，向他们告别吧，虽然他们是这样冷酷无情；你抛弃了故国，将要得到一个更好的家乡。

李尔　你带了她去吧，法兰西王；她是你的，我没有这样的女儿，也再不要看见她的脸，去吧，你们不要想得到我的恩宠和祝福。来，尊贵的勃艮第公爵。（喇叭奏花腔。李尔、勃艮第、康华尔、奥本尼、葛罗斯特及侍从等同下。）

法兰西王　向你的两位姊姊告别吧。

考狄利娅　父亲眼中的两颗宝玉，考狄利娅用泪洗过的眼睛向你们告别。我知道你们是怎样的人；因为碍着姊妹的情分，我不愿直言指斥你们的错处。好好对待父亲；你们自己说是孝敬他的，我把他托付给你们了。可是，唉！要是我没有失去他的欢心，我一定不让他依赖你们的照顾。再会了，两位姊姊。

里根　我们用不着你教训。

高纳里尔　你还是去小心侍候你的丈夫吧，命运的慈悲把你交在他的手里；你自己忤逆不孝，今天空手跟了汉子去也是活该。

考狄利娅　总有一天，深藏的奸诈会渐渐显出它的原形；罪恶虽然可以掩饰一时，免不了最后出乖露丑。愿你们幸福！

法兰西王　来，我美丽的考狄利娅。（法兰西王、考狄利娅同下。）

高纳里尔　妹妹，我有许多对我们两人有切身关系的话必须跟你谈谈。我想我们的父亲今晚就要离开此地。

里根　那是十分确定的事，他要住到你们那儿去；下个月他就要跟我们住在一起了。

高纳里尔　你瞧他现在年纪老了，他的脾气多么变化不定；我们已经屡次注意到他的行为的乖僻了。他一向都是最爱我们妹妹的，现在他凭着一时的气恼就把她撵走，这就可以见得他是多么糊涂。

里根　这是他老年的昏悖；可是他向来就是这样喜怒无常的。

高纳里尔　他年轻的时候性子就很暴躁，现在他任性惯了，再加上老年人刚愎自用的怪脾气，看来我们只好准备受他的气了。

里根　他把肯特也放逐了；谁知道他心里一不高兴起来，不会用同样的手段对付我们？

高纳里尔　法兰西王辞行回国，跟他还有一番礼仪上的应酬。让我们同心合力，决定一个方策；要是我们的父亲顺着他这种脾气滥施威权起来，这一次的让国对于我们未必有什么好处。

里根　我们还要仔细考虑一下。

高纳里尔　我们必须趁早想个办法。（同下。）

第二场　葛罗斯特伯爵城堡中的厅堂

爱德蒙持信上。

爱德蒙　大自然，你是我的女神，我愿意在你的法律之前俯首听命。为什么我要受世俗的排挤，让世人的歧视剥夺我的应享的权利，只因为我比一个哥哥迟生了一年或是十四个月？为什么他们要叫我私生子？为什么我比人家卑贱？我的壮健的体格、我的慷慨的精神、我的端正的容貌，哪一点比不上正经女人生下的儿子？为什么他们要给我加上庶出、贱种、私生子的恶名？贱种，贱种；贱种？难道在热烈兴奋的奸情里，得天地精华、父母元气而生下的孩子，倒不及拥着一个毫无欢趣的老婆，在半睡半醒之间制造出来的那一批蠢货？好，合法的爱德伽，我一定要得到你的土地；我们的父亲喜欢他的私生子爱德蒙，正像他喜欢他的合法的嫡子一样。好听的名词，"合法"！好，我的合法的哥哥，要是这封信发生效力，我的计策能够成功，瞧着吧，庶出的爱德蒙将要把合法的嫡子压在他的下面——那时候我可要扬眉吐气啦。神啊，帮助帮助私生子吧！

葛罗斯特上。

葛罗斯特　肯特就这样放逐了！法兰西王盛怒而去；王上昨晚又走了！他的权力全部交出，依靠他的女儿过活！这些事情都在匆促中决定，不曾经过丝毫的考虑！爱德蒙，怎么！有什么消息？

爱德蒙　禀父亲，没有什么消息。（藏信。）

葛罗斯特　你为什么急急忙忙地把那封信藏起来？

爱德蒙　我不知道有什么消息，父亲。

葛罗斯特　你读的是什么信？

爱德蒙　没有什么，父亲。

葛罗斯特　没有什么？那么你为什么慌慌张张地把它塞进你的衣袋里去？既然没有什么，何必藏起来？来，给我看；要是那上面没有什么话，我也可以不用戴眼镜。

爱德蒙　父亲，请您原谅我；这是我哥哥写给我的一封信，我还没有把它读完，照我所已经读到的一部分看起来，我想还是不要让您看见的好。

葛罗斯特　把信给我。

爱德蒙　不给您看您要恼我，给您看了您又要动怒。哥哥真不应该写出这种话来。

葛罗斯特　给我看，给我看。

爱德蒙　我希望哥哥写这封信是有他的理由的，他不过要试试我的德性。

葛罗斯特　（读信）"这一种尊敬老年人的政策，使我们在年轻时候不能享受生命的欢乐；我们的财产不能由我们自己处分，等到年纪老了，这些财产对我们也失去了用处。我开始觉得老年人的专制，实在是一种荒谬愚蠢的束缚；他们没有权力压迫我们，是我们自己容忍他们的压迫。来跟我讨论讨论这一个问题吧。要是我们的父亲在我把他惊醒之前，一直好好睡着，你就可以永远享受他的一半的收入，并且将要为你的哥哥所喜爱。爱德伽。"——哼！阴谋！"要是我们的父亲在我把他惊醒之前，一直好好睡着，你就可以永远享受他的一半的收入。"我的儿子爱德伽！他会有这样的心思？他能写得出这样一封信吗？这封信是什么时候到你手里的？谁把它送给你的？

爱德蒙　它不是什么人送给我的，父亲；这正是他狡猾的地方；我看见它塞在我的房间的窗眼里。

葛罗斯特　你认识这笔迹是你哥哥的吗？

爱德蒙　父亲，要是这信里所写的都是很好的话，我敢发誓这是他的笔迹；可是那上面写的既然是这种话，我但愿不是他写的。

葛罗斯特　这是他的笔迹。

爱德蒙　笔迹确是他的，父亲；可是我希望这种话不是出于他的真心。

葛罗斯特　他以前有没有用这一类话试探过你？

爱德蒙　没有，父亲；可是我常常听见他说，儿子成年以后，父亲要是已经衰老，他应该受儿子的监护，把他的财产交给他的儿子掌管。

葛罗斯特　啊，混蛋！混蛋！正是他在这信里所表示的意思！可恶的混蛋！不孝的、没有心肝的畜生！禽兽不如的东西！去，把他找来；我要依法惩办他。可恶的混蛋！他在哪儿？

爱德蒙　我不大知道，父亲。照我的意思，您在没有得到可靠的证据，证明哥哥确有这种意思以前，最好暂时耐一耐您的怒气；因为要是您立刻就对他采取激烈的手段，万一事情出于误会，那不但大大妨害了您的尊严，而且他对于您的孝心，也要从此动摇了！我敢拿我的生命为他作保，他写这封信的用意，不过是试探试探我对您的孝心，并没有其他危险的目的。

葛罗斯特　你以为是这样的吗？

爱德蒙　您要是认为可以的话，让我把您安置在一个隐僻的地方，从那个地方您可以听到我们两人谈论这件事情，用您自己的耳朵得到一个真凭实据；事不宜迟，今天晚上就可以一试。

葛罗斯特　他不会是这样一个大逆不道的禽兽——

爱德蒙　他断不会是这样的人。

葛罗斯特　天地良心！我做父亲的从来没有亏待过他，他却这样对待我。爱德蒙，找他出来；探探他究竟居心何在；你尽管照你自己的意思随机应付。我愿意放弃我的地位和财产，把这一件事情调查明白。

爱德蒙　父亲，我立刻就去找他，用最适当的方法探明这回事情，然后再来告诉您知道。

葛罗斯特　最近这一些日蚀月蚀果然不是好兆；虽然人们凭着天赋的智慧，可以对它们作种种合理的解释，可是接踵而来的天灾人祸，却不能否认是上天对人们所施的惩罚。亲爱的人互相疏远，朋友变为陌路，兄弟化成仇雠；城市里有暴动，国家发生内乱，宫廷之内潜藏着逆谋；父不父，子不子，纲常伦纪完全破灭。我这畜生也是上应天数；有他这样逆亲犯上的儿子，也就有像我们王上一样不慈不爱的父亲。我们最好的日子已经过去；现在只有一些阴谋、欺诈、叛逆、纷乱，追随在我们的背后，把我们赶下坟墓里去。爱德蒙，去把这畜生侦查个明白；那对你不会有什么妨害的；你只要自己留心一点就是了。——忠心的肯特又放逐了！他的罪名是正直！怪事，怪事！（下。）

爱德蒙　人们最爱用这一种糊涂思想来欺骗自己；往往当我们因为自己行为不慎而遭逢不幸的时候，我们就会把我们的灾祸归怨于日月星辰，好像我们做恶人也是命运注定，做傻瓜也是出于上天的旨意，做无赖、做盗贼、做叛徒，都是受到天体运行的影响，酗酒、造谣、奸淫，都有一颗什么星在那儿主持操纵，我们无论干什么罪恶的行为，全都是因为有一种超自然的力量在冥冥之中驱策着我们。明明自己跟人家通奸，却把他的好色的天性归咎到一颗星的身上，真是绝妙的推诿！我的父亲跟我的母亲在巨龙星的尾巴底下交媾，我又是在大熊星底下出世，所以我就是个粗暴而好色的家伙。嘿！即使当我的父亲苟合成奸的时候，有一颗最贞洁的处女星在天空睒眼睛，我也绝不会换个样子的。爱德伽——

    爱德伽上。

爱德蒙　一说起他，他就来了，正像旧式喜剧里的大团圆一样；我现在必须装出一副忧愁煞人的样子，像疯子一般长吁短叹。唉！这些日蚀月蚀果然预兆着人世的纷争！法——索——拉——咪。

爱德伽　啊，爱德蒙兄弟！你在沉思些什么？

爱德蒙　哥哥，我正在想起前天读到的一篇预言，说是在这些日蚀月蚀之后，将要发生些什么事情。

爱德伽　你让这些东西烦扰你的精神吗？

爱德蒙　告诉你吧，他所预言的事情，果然不幸被他说中了；什么父子的乖离、死亡、饥荒、友谊的毁灭、国家的分裂、对于国王和贵族的恫吓和咒诅、无谓的猜疑、朋友的放逐、军队的瓦解、婚姻的破坏，还有许许多多我所不知道的事情。

爱德伽　你什么时候相信起星相之学来？

爱德蒙　来，来；你最近一次看见父亲在什么时候？

爱德伽　昨天晚上。

爱德蒙　你跟他说过话没有？

爱德伽　嗯，我们谈了两个钟头。

爱德蒙　你们分别的时候，没有闹什么意见吗？你在他的辞色之间，不觉得他对你有点恼怒吗？

爱德伽　一点没有。

爱德蒙　想想看你在什么地方得罪了他；听我的劝告，暂时避开一下，等他的怒气平息下来再说，现在他正在大发雷霆，恨不得一口咬下你的肉来呢。

爱德伽　一定有哪一个坏东西在搬弄是非。

爱德蒙　我也怕有什么人在暗中离间。请你千万忍耐忍耐，不要碰在他的火性上；现在你还是跟我到我的地方去，我可以想法让你躲起来听听他老人家怎么说。请你去吧；这是我的钥匙。你要是在外面走动的话，最好身边带些武器。

爱德伽　带些武器，弟弟！

爱德蒙　哥哥，我这样劝告你都是为了你的好处；带些武器在身边吧；要是没有人在暗算你，就算我不是个好人。我已经把我所看到、听到的事情都告诉你了；可还只是轻描淡写，实际的情形，却比我的话更要严重可怕得多哩。请你赶快去吧。

爱德伽　我不久就可以听到你的消息吗？

爱德蒙　我在这一件事情上总是竭力帮你的忙就是了。（*爱德伽*下）一个轻信的父亲，一个忠厚的哥哥，他自己从不会算计别人，所以也不疑心别人算计他；对付他们这样老实的傻瓜，我的奸计是绰绰有余的。该怎么下手，我已经想好了。既然凭我的身份，产业到不了我的手，那就只好用我的智谋；不管什么手段只要使得上，对我说来，就是正当。（下。）

251

第三场　奥本尼公爵府中一室

　　高纳里尔及其管家奥斯华德上。

高纳里尔　我的父亲因为我的侍卫骂了他的弄人,所以动手打他吗?

奥斯华德　是,夫人。

高纳里尔　他一天到晚欺侮我;每一点钟他都要借端寻事,把我们这儿吵得鸡犬不宁。我不能再忍受下去了。他的骑士们一天一天横行不法起来,他自己又在每一件小事上都要责骂我们。等他打猎回来的时候,我不高兴见他说话;你就对他说我病了。你也不必像从前那样殷勤侍候他;他要是见怪,都在我身上。

奥斯华德　他来了,夫人;我听见他的声音。(内号角声。)

高纳里尔　你跟你手下的人尽管对他装出一副不理不睬的态度;我要看看他有些什么话说。要是他恼了,那么让他到我妹妹那儿去吧,我知道我的妹妹的心思,她也跟我一样不能受人压制的。这老废物已经放弃了他的权力,还想管这个管那个!凭着我的生命发誓,年老的傻瓜正像小孩子一样,一味的姑息会纵容坏了他的脾气,不对他凶一点是不行的,记住我的话。

奥斯华德　是,夫人。

高纳里尔　让他的骑士们也受到你们的冷眼;无论发生什么事情,你们都不用管;你去这样通知你手下的人吧。我要造成一些借口,和他当面说个明白。我还要立刻写信给我的妹妹,叫她采取一致的行动。吩咐他们备饭。(各下。)

第四场　奥本尼公爵府中厅堂

　　　　肯特化装上。

肯特　我已经完全隐去我的本来面目，要是我能够把我的语音也完全改变过来，那么我的一片苦心，也许可以达到目的。被放逐的肯特啊，要是你顶着一身罪名，还依然能够尽你的忠心，那么总有一天，对你所爱戴的主人会大有用处的。

　　　　内号角声。李尔、众骑士及侍从等上。

李尔　我一刻也不能等待，快去叫他们拿出饭来。（一侍从下）啊！你是什么？

肯特　我是一个人，大爷。

李尔　你是干什么的？你来见我有什么事？

肯特　您瞧我像干什么的，我就是干什么的；谁要是信任我，我愿意尽忠服侍他；谁要是居心正直，我愿意爱他；谁要是聪明而不爱多说话，我愿意跟他来往；我害怕法官；逼不得已的时候，我也会跟人家打架；我不吃鱼①。

李尔　你究竟是什么人？

肯特　一个心肠非常正直的汉子，而且像国王一样穷。

李尔　要是你这做臣民的，也像那个做国王的一样穷，那么你也可以算得真穷了。你要什么？

肯特　我要讨一个差使。

李尔　你想替谁做事？

---

① 意即不是天主教徒。天主教徒逢星期五按例吃鱼。

肯特　替您。

李尔　你认识我吗？

肯特　不，大爷；可是在您的神气之间，有一种什么力量，使我愿意叫您做我的主人。

李尔　是什么力量？

肯特　一种天生的威严。

李尔　你会做些什么事？

肯特　我会保守秘密，我会骑马，我会跑路，我会把一个复杂的故事讲得索然无味，我会老老实实传一个简单的口信；凡是普通人能够做的事情，我都可以做，我的最大的好处是勤劳。

李尔　你年纪多大了？

肯特　大爷，说我年轻，我也不算年轻，我不会为了一个女人会唱几句歌而害相思；说我年老，我也不算年老，我不会糊里糊涂地溺爱一个女人；我已经活过四十八个年头了。

李尔　跟着我吧；你可以替我做事。要是我在吃过晚饭以后，还是这样欢喜你，那么我还不会就把你撵走。喂！饭呢？拿饭来！我的孩子呢？我的傻瓜呢？你去叫我的傻瓜来。（一侍从下。）

　　　　奥斯华德上。

李尔　喂，喂，我的女儿呢？

奥斯华德　对不起——（下。）

李尔　这家伙怎么说？叫那蠢东西回来。（一骑士下）喂，我的傻瓜呢？全都睡着了吗？怎么！那狗头呢？

　　　　骑士重上。

骑士　陛下，他说公主有病。

李尔　我叫他回来，那奴才为什么不回来？

骑士　陛下，他非常放肆，回答我说他不高兴回来。

李尔　他不高兴回来!

骑士　陛下,我也不知道为了什么缘故,可是照我看起来,他们对待您的礼貌,已经不像往日那样殷勤了;不但一般下人从仆,就是公爵和公主也对您冷淡得多了。

李尔　嘿!你这样说吗?

骑士　陛下,要是我说错了话,请您原谅我;可是当我觉得您受人欺侮的时候,责任所在,我不能闭口不言。

李尔　你不过向我提起一件我自己已经感觉到的事;我近来也觉得他们对我的态度有点儿冷淡,可是我总以为那是我自己多心,不愿断定是他们有意怠慢。我还要仔细观察观察他们的举止。可是我的傻瓜呢?我这两天没有看见他。

骑士　陛下,自从小公主到法国去了以后,这傻瓜老是郁郁不乐。

李尔　别再提那句话了;我也注意到他这种情形。——你去对我的女儿说,我要跟她说话。(一侍从下)你去叫我的傻瓜来。(另一侍从下。)

　　　奥斯华德重上。

李尔　啊!你,大爷,你过来,大爷。你不知道我是什么人吗,大爷?

奥斯华德　我们夫人的父亲。

李尔　"我们夫人的父亲"!我们大爷的奴才!好大胆的狗!你这奴才!你这狗东西!

奥斯华德　对不起,我不是狗。

李尔　你敢跟我当面顶嘴瞪眼吗,你这混蛋?(打奥斯华德。)

奥斯华德　您不能打我。

肯特　我也不能踢你吗,你这踢皮球的下贱东西[①]?(自后踢奥斯华德倒地。)

[①]　踢皮球在当时只是下层市民的娱乐。

李尔　谢谢你，好家伙；你帮了我，我喜欢你。

肯特　来，朋友，站起来，给我滚吧！我要教训教训你，让你知道尊卑上下的分别。去！去！你还想用你蠢笨的身体在地上打滚，丈量土地吗？滚！你难道不懂得厉害吗？去。（将奥斯华德推出。）

李尔　我的好小子，谢谢你；这是你替我做事的定钱。（以钱给肯特。）

　　　　弄人上。

弄人　让我也把他雇下来；这儿是我的鸡头帽。（脱帽授肯特。）

李尔　啊，我的乖乖！你好？

弄人　喂，你还是戴了我的鸡头帽吧。

肯特　傻瓜，为什么？

弄人　为什么？因为你帮了一个失势的人。要是你不会看准风向把你的笑脸迎上去，你就会吞下一口冷气的。来，把我的鸡头帽拿去。嘿，这家伙撵走了两个女儿，他的第三个女儿倒很受他的好处，虽然也不是出于他的本意；要是你跟了他，你必须戴上我的鸡头帽。啊，老伯伯！但愿我有两顶鸡头帽，再有两个女儿！

李尔　为什么，我的孩子？

弄人　要是我把我的家私一起给了她们，我自己还可以存下两顶鸡头帽。我这儿有一顶；再去向你的女儿们讨一顶戴戴吧。

李尔　嘿，你留心着鞭子。

弄人　真理是一条贱狗，它只好躲在狗洞里；当猎狗太太站在火边撒尿的时候，它必须一顿鞭子被人赶出去。

李尔　简直是揭我的疮疤！

弄人　（向肯特）喂，让我教你一段话。

李尔　你说吧。

弄人　听着，老伯伯；——

　　　　多积财，少摆阔；

　　　　耳多听，话少说；

　　　　少放款，多借债；

　　　　走路不如骑马快；

　　　　三言之中信一语，

　　　　多掷骰子少下注；

　　　　莫饮酒，莫嫖妓；

　　　　待在家中把门闭；

　　　　会打算的占便宜，

　　　　不会打算叹口气。

肯特　傻瓜，这些话一点意思也没有。

弄人　那么正像拿不到讼费的律师一样，我的话都白说了。老伯伯，你不能从没有意思的中间，探求出一点意思来吗？

李尔　啊，不，孩子；垃圾里是淘不出金子来的。

弄人　（向肯特）请你告诉他，他有那么多的土地，也就成为一堆垃圾了；他不肯相信一个傻瓜嘴里的话。

李尔　好尖酸的傻瓜！

弄人　我的孩子，你知道傻瓜是有酸有甜的吗？

李尔　不，孩子；告诉我。

弄人　听了他人话，

　　　　土地全丧失；

　　　　我傻你更傻，

　　　　两傻相并立：

　　　　一个傻瓜甜，

　　　　一个傻瓜酸；

　　　　一个穿花衣，

一个戴王冠。

李尔　你叫我傻瓜吗,孩子?

弄人　你把你所有的尊号都送了别人;只有这一个名字是你娘胎里带来的。

肯特　陛下,他倒不全然是个傻瓜哩。

弄人　不,那些老爷大人都不肯答应我的;要是我取得了傻瓜的专利权,他们一定要来夺我一份去,就是太太小姐们也不会放过我的;他们不肯让我一个人做傻瓜。老伯伯,给我一个蛋,我给你两顶冠。

李尔　两顶什么冠?

弄人　我把蛋从中间切开,吃完了蛋黄、蛋白,就用蛋壳给你做两顶冠。你想你自己好端端有了一顶王冠,却把它从中间剖成两半,把两半全都送给人家,这不是背了驴子过泥潭吗?你这光秃秃的头顶连里面也是光秃秃的没有一点脑子,所以才会把一顶金冠送了人。我说了我要说的话,谁说这种话是傻话,让他挨一顿鞭子。——

　　　这年头傻瓜供过于求,

　　　聪明人个个变了糊涂,

　　　顶着个没有思想的头,

　　　只会跟着人依样葫芦。

李尔　你几时学会了这许多歌儿?

弄人　老伯伯,自从你把你的女儿当作了你的母亲以后,我就常常唱起歌儿来了;因为当你把棒儿给了她们,拉下你自己的裤子的时候,——

　　　她们高兴得眼泪盈眶,

　　　我只好唱歌自遣哀愁,

可怜你堂堂一国之王,

却跟傻瓜们做伴嬉游。

老伯伯,你去请一位先生来,教教你的傻瓜怎样说谎吧;我很想学学说谎。

李尔　要是你说了谎,小子,我就用鞭子抽你。

弄人　我不知道你跟你的女儿们究竟是什么亲戚:她们因为我说了真话,要用鞭子抽我,你因为我说谎,又要用鞭子抽我;有时候我话也不说,你们也要用鞭子抽我。我宁可做一个无论什么东西,也不要做个傻瓜;可是我宁可做个傻瓜,也不愿意做你,老伯伯;你把你的聪明从两边削掉了,削得中间不剩一点东西。瞧,那削下的一块来了。

高纳里尔上。

李尔　啊,女儿!为什么你的脸上罩满了怒气?我看你近来老是皱着眉头。

弄人　从前你用不着看她的脸,随她皱不皱眉头都不与你相干,那时候你也算得了一个好汉子;可是现在你却变成一个孤零零的圆圈圈儿了。你还比不上我;我是个傻瓜,你简直不是个东西。(向高纳里尔)好,好,我闭嘴就是啦;虽然你没有说话,我从你的脸色知道你的意思。

闭嘴,闭嘴;

你不知道积谷防饥,

活该啃不到面包皮。

他是一个剥空了的豌豆荚。(指李尔。)

高纳里尔　父亲,您这一个肆无忌惮的傻瓜不用说了,还有您那些蛮横的卫士,也都在时时刻刻寻事骂人,种种不法的暴行,实在叫人忍无可忍。父亲,我本来还以为要是让您知道了这种情形,您一定会戒饬他们的行动;可是照您最近所说的话

259

和所做的事看来，我不能不疑心您有意纵容他们，他们才会这样有恃无恐。要是果然出于您的授意，为了维持法纪的尊严，我们也不能默尔而息，不采取断然的处置，虽然也许在您的脸上不大好看；本来，这是说不过去的，可是眼前这样的步骤，在事实上却是必要的。

弄人　你看，老伯伯——

　　　　那篱雀养大了杜鹃鸟，

　　　　自己的头也给它吃掉。

蜡烛熄了，我们眼前只有一片黑暗。

李尔　你是我的女儿吗？

高纳里尔　算了吧，老人家，您不是一个不懂道理的人，我希望您想明白一些；近来您动不动就动气，实在太有失一个做长辈的体统啦。

弄人　马儿颠倒过来给车子拖着走，就是一头蠢驴不也看得清楚吗？"呼，玖格！我爱你。"

李尔　这儿有谁认识我吗？这不是李尔。是李尔在走路吗？在说话吗？他的眼睛呢？他的知觉迷乱了吗？他的神志麻木了吗？嘿！他醒着吗？没有的事。谁能够告诉我我是什么人？

弄人　李尔的影子。

李尔　我要弄明白我是谁；因为我的君权、知识和理智都在哄我，要我相信我是个有女儿的人。

弄人　那些女儿是会叫你作一个孝顺的父亲的。

李尔　太太，请教您的芳名？

高纳里尔　父亲，您何必这样假痴假呆，近来您就爱开这么一类的玩笑。您是一个有年纪的老人家，应该懂事一些。请您明白我的意思；您在这儿养了一百个骑士，全是些胡闹放荡、胆大妄为的家伙，我们好好的宫廷给他们骚扰得像一个喧嚣

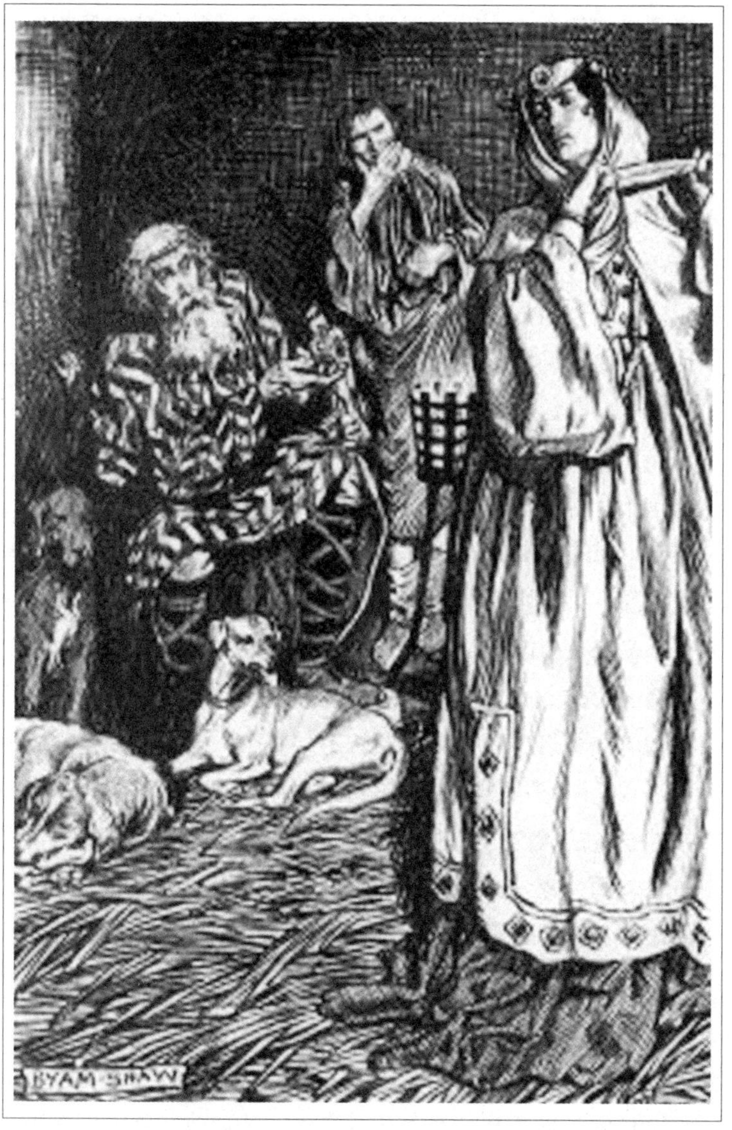
BYAM SHAW

的客店；他们成天吃、喝、玩女人，简直把这儿当作了酒馆妓院，哪里还是一座庄严的御邸。这一种可耻的现象，必须立刻设法纠正；所以请您依了我的要求，酌量减少您的扈从的人数，只留下一些适合于您的年龄、知道您的地位、也明白他们自己身份的人跟随您；要是您不答应，那么我没有法子，只好勉强执行了。

李尔　地狱里的魔鬼！备起我的马来；召集我的侍从。没有良心的贱人！我不要麻烦你；我还有一个女儿哩。

高纳里尔　你打我的用人，你那一班捣乱的流氓也不想想自己是什么东西，胆敢把他们上面的人像奴仆一样呼来叱去。

　　　　奥本尼上。

李尔　唉！现在懊悔也来不及了。（向奥本尼）啊！你也来了吗？这是不是你的意思？你说。——替我备马。丑恶的海怪也比不上忘恩的儿女那样可怕。

奥本尼　陛下，请您不要生气。

李尔　（向高纳里尔）枭獍不如的东西！你说谎！我的卫士都是最有品行的人，他们懂得一切的礼仪，他们的一举一动，都不愧骑士之名。啊！考狄利娅不过犯了一点小小的错误，怎么在我的眼睛里却会变得这样丑恶！它像一座酷虐的刑具，扭曲了我的天性，抽干了我心里的慈爱，把苦味的怨恨灌了进去。啊，李尔！李尔！李尔！对准这一扇装进你的愚蠢、放出你的智慧的门，着力痛打吧！（自击其头）去，去，我的人。

奥本尼　陛下，我没有得罪您，我也不知道您为什么生气。

李尔　也许不是你的错，公爵。——听着，造化的女神，听我的吁诉！要是你想使这畜生生男育女，请你改变你的意旨吧！取消她的生殖的能力，干涸她的产育的器官，让她的下贱的肉体里永远生不出一个子女来抬高她的身价!要是她必须生产,请你让她生下一个忤逆狂悖的孩子,使她终身受苦!让她年轻的额角上很早就刻了皱纹;眼泪流下她的面颊,磨成一道道的沟渠;她的鞠育的辛劳,只换到一声冷笑和一个白眼;让她也感觉到一个负心的孩子,比毒蛇的牙齿还要多么使人痛入骨髓!去,去!(下。)

奥本尼　凭着我们敬奉的神明,告诉我这是怎么一回事?

高纳里尔　你不用知道为了什么原因;他老糊涂了,让他去发他的火吧。

　　　　李尔重上。

李尔　什么!我在这儿不过住了半个月,就把我的卫士一下子裁撤了五十名吗?

奥本尼　什么事,陛下?

李尔　等一等告诉你。(向高纳里尔)吸血的魔鬼!我真惭愧,你有这本事叫我在你的面前失去了大丈夫的气概,让我的热泪为了一个下贱的婢子而滚滚流出。愿毒风吹着你,恶雾罩着你!愿一个父亲的咒诅刺透你的五官百窍,留下永远不能平复的疮痍!痴愚的老眼,要是你再为此而流泪,我要把你挖出来,丢在你所流的泪水里,和泥土拌在一起!哼!竟有这等事吗?好,我还有一个女儿,我相信她是孝顺我的;她听见你这样对待我,一定会用指爪抓破你的豺狼一样的脸。你以为我一辈子也不能恢复我的原来的威风了吗?好,你瞧着吧。(李尔、肯特及侍从等下。)

高纳里尔　你听见没有?

奥本尼　高纳里尔,虽然我十分爱你,可是我不能这样偏心——

高纳里尔　你不用管我。喂,奥斯华德!(向弄人)你这七分奸刁三分傻的东西,跟你的主人去吧。

弄人　李尔老伯伯，李尔老伯伯！等一等，带傻瓜一块儿去。

　　　　捉狐狸，杀狐狸，

　　　　谁家女儿是狐狸？

　　　　可惜我这顶帽子，

　　　　换不到一条绳子；

　　　　追上去，你这傻子。（下。）

高纳里尔　不知道是什么人替他出的好主意。一百个骑士！让他随身带着一百个全副武装的卫士，真是万全之计；只要他做了一个梦，听了一句谣言，转了一个念头，或者心里有什么不高兴不舒服，就可以任着性子，用他们的力量危害我们的生命。喂，奥斯华德！

奥本尼　也许你太过虑了。

高纳里尔　过虑总比大意好些。与其时时刻刻提心吊胆，害怕人家的暗算，宁可爽爽快快除去一切可能的威胁。我知道他的心理。他所说的话，我已经写信去告诉我的妹妹了；她要是不听我的劝告，仍旧容留他带着他的一百个骑士——

　　　　奥斯华德重上。

高纳里尔　啊，奥斯华德！什么！我叫你写给我妹妹的信，你写好了没有？

奥斯华德　写好了，夫人。

高纳里尔　带几个人跟着你，赶快上马出发；把我所担心的情形明白告诉她，再加上一些你所想到的理由，让它格外动听一些。去吧，早点回来。（奥斯华德下）不，不，我的爷，你做人太仁善厚道了，虽然我不怪你，可是恕我说一句话，只有人批评你糊涂，却没有什么人称赞你一声好。

奥本尼　我不知道你的眼光能够看到多远；可是过分操切也会误事的。

高纳里尔　咦，那么——

奥本尼　好，好，但看结果如何。（同下。）

第五场　奥本尼公爵府外院

　　李尔、肯特及弄人上。

李尔　你带着这封信，先到葛罗斯特去。我的女儿看了我的信，倘然有什么话问你，你就照你所知道的回答她，此外可不要多说什么。要是你在路上偷懒耽搁时间，也许我会比你先到的。

肯特　陛下，我在没有把您的信送到以前，决不打一次盹。（下。）

弄人　要是一个人的脑筋生在脚跟上，它会不会长起脓包来呢？

李尔　嗯，不会的，孩子。

弄人　那么你放心吧；反正你的脑筋不用穿了拖鞋走路。

李尔　哈哈哈！

弄人　你到了你那另外一个女儿的地方，就可以知道她会待你多么好；因为虽然她跟这一个就像野苹果跟家苹果一样相像，可是我可以告诉你我所知道的事情。

李尔　你可以告诉我什么，孩子？

弄人　你一尝到她的滋味，就会知道她跟这一个完全相同，正像两只野苹果一般没有分别。你能够告诉我为什么一个人的鼻子生在脸中间吗？

李尔　不能。

弄人　因为中间放了鼻子，两旁就可以安放眼睛；鼻子嗅不出来的，眼睛可以看个仔细。

李尔　我对不起她——

弄人　你知道牡蛎怎样造它的壳吗？

李尔　不知道。

弄人　我也不知道；可是我知道蜗牛为什么背着一个屋子。

李尔　为什么？

弄人　因为可以把它的头放在里面；它不会把它的屋子送给它的女儿，害得它的角也没有地方安顿。

李尔　我也顾不得什么天性之情了。我这做父亲的有什么地方亏待了她！我的马儿都已经预备好了吗？

弄人　你的驴子们正在那儿给你预备呢。北斗七星为什么只有七颗星，其中有一个绝妙的理由。

李尔　因为它们没有第八颗吗？

弄人　正是，一点不错；你可以做一个很好的傻瓜。

李尔　用武力夺回来！忘恩负义的畜生！

弄人　假如你是我的傻瓜，老伯伯，我就要打你，因为你不到时候就老了。

李尔　那是什么意思？

弄人　你应该懂得些世故再老呀。

李尔　啊！不要让我发疯！天哪，抑制住我的怒气，不要让我发疯！我不想发疯！

　　　　侍臣上。

李尔　怎么！马预备好了吗？

侍臣　预备好了，陛下。

李尔　来，孩子。

弄人　哪一个姑娘笑我走这一遭，
　　　她的贞操眼看就要保不牢。（同下。）

第二幕

第一场　葛罗斯特伯爵城堡庭院

爱德蒙及克伦自相对方向上。

爱德蒙　您好，克伦？

克伦　您好，公子。我刚才见过令尊，通知他康华尔公爵跟他的夫人里根公主今天晚上要到这儿来拜访他。

爱德蒙　他们怎么要到这儿来？

克伦　我也不知道。您有没有听见外边的消息？我的意思是说，人们交头接耳，在暗中互相传说的那些消息。

爱德蒙　我没有听见；请教是些什么消息？

克伦　您没有听见说起康华尔公爵也许会跟奥本尼公爵开战吗？

爱德蒙　一点没有听见。

克伦　那么您也许慢慢会听到的。再会，公子。（下。）

爱德蒙　公爵今天晚上到这儿来！那也好！再好没有了！我正好利用这个机会。我的父亲已经叫人四处把守，要捉我的哥哥；我还有一件不大好办的事情，必须赶快动手做起来。这事情要做得敏捷迅速,但愿命运帮助我!——哥哥,跟你说一句话;下来,哥哥!

　　　　爱德伽上。

爱德蒙　父亲在那儿守着你。啊,哥哥!离开这个地方吧;有人已经告诉他你躲在什么所在;趁着现在天黑,你快逃吧。你有没有说过什么反对康华尔公爵的话?他也就要到这儿来了,在这样的夜里,急急忙忙的。里根也跟着他来;你有没有站在他这一边,说过奥本尼公爵什么话吗?想一想看。

爱德伽　我真的一句话也没有说过。

爱德蒙　我听见父亲来了;原谅我;我必须假装对你动武的样子;拔出剑来,就像你在防御你自己一般;好好地应付一下吧。(高声)放下你的剑;见我的父亲去!喂,拿火来!这儿!——逃吧,哥哥。(高声)火把!火把!——再会。(爱德伽下)身上沾几点血,可以使他相信我真的作过一番凶猛的争斗。(以剑刺伤手臂)我曾经看见有些醉汉为了开玩笑的缘故,往往不顾死活地割破他自己的皮肉。(高声)父亲!父亲!住手!住手!没有人来帮我吗?

　　　　葛罗斯特率众仆持火炬上。

葛罗斯特　爱德蒙,那畜生呢?

爱德蒙　他站在这儿黑暗之中,拔出他的锋利的剑,嘴里念念有词,见神见鬼地请月亮帮他的忙。

葛罗斯特　可是他在什么地方?

爱德蒙　瞧,父亲,我流着血呢。

葛罗斯特　爱德蒙,那畜生呢?

爱德蒙　往这边逃去了,父亲。他看见他没有法子——

葛罗斯特　喂,你们追上去!(若干仆人下)"没有法子"什么?

爱德蒙　没有法子劝我跟他同谋把您杀死;我对他说,疾恶如仇的神明看见弑父的逆子，是要用天雷把他殛死的；我告诉他儿子对于父亲的关系是多么深切而不可摧毁；总而言之一句话，他看见我这样憎恶他的荒谬的图谋，他就恼羞成怒，拔出他早就预备好的剑，气势汹汹地向我毫无防卫的身上挺了过来，把我的手臂刺破了；那时候我也发起怒来，自恃理直气壮，跟他奋力对抗，他倒胆怯起来，也许因为听见我喊叫的声音，就飞也似的逃走了。

葛罗斯特　让他逃得远远的吧；除非逃到国外去，我们总有捉到他的一天；看他给我们捉住了还活得成活不成。公爵殿下，我的高贵的恩主，今晚要到这儿来啦，我要请他发出一道命令，谁要是能够把这杀人的懦夫捉住，交给我们绑在木桩上烧死，我们将要重重酬谢他；谁要是把他藏匿起来，一经发觉，就要把他处死。

爱德蒙　当他不听我的劝告，决意实行他的企图的时候，我就严词恫吓他，对他说我要宣布他的秘密；可是他却回答我说，"你这个没份儿继承遗产的私生子！你以为要是我们两人立在敌对的地位，人家会相信你的道德品质，因而相信你所说的话吗？哼！我可以绝口否认——我自然要否认，即使你拿出我亲手写下的笔迹，我还可以反咬你一口，说这全是你的阴谋恶计；人们不是傻瓜，他们当然会相信你因为觊觎我死后的利益，所以才会起这样的毒心，想要害我的命。"

葛罗斯特　好狠心的畜生！他赖得掉他的信吗？他不是我生出来的。（内喇叭奏花腔）听！公爵的喇叭。我不知道他来有什么事。我要把所有的城门关起来，看这畜生逃到哪儿去；公爵必须答应我这一个要求；而且我还要把他的小像各处传送，让全国的人都可以注意他。我的孝顺的孩子，你不学你哥哥的坏样，我一定想法子使你能够承继我的土地。

康华尔、里根及侍从等上。

康华尔　您好,我的尊贵的朋友!我还不过刚到这儿,就已经听见了奇怪的消息。

里根　要是真有那样的事,那罪人真是万死不足蔽辜了。是怎么一回事,伯爵?

葛罗斯特　啊!夫人,我这颗老心已经碎了,已经碎了!

里根　什么!我父亲的义子要谋害您的性命吗?就是我父亲替他取名字的,您的爱德伽吗?

葛罗斯特　啊!夫人,夫人,发生了这种事情,真是说来叫人丢脸。

里根　他不是常常跟我父亲身边的那些横行不法的骑士在一起吗?

葛罗斯特　我不知道,夫人。太可恶了!太可恶了!

爱德蒙　是的,夫人,他正是常跟这些人在一起的。

里根　无怪他会变得这样坏;一定是他们撺掇他谋害了老头子,好把他的财产拿出来给大家挥霍。今天傍晚的时候,我接到我姊姊的一封信,她告诉我他们种种不法的情形,并且警告我要是他们想要住到我的家里来,我千万不要招待他们。

康华尔　相信我,里根,我也绝不会去招待他们。爱德蒙,我听说你对你的父亲很尽孝道。

爱德蒙　那是做儿子的本分,殿下。

葛罗斯特　他揭发了他哥哥的阴谋;您看他身上的这一处伤就是因为他奋不顾身,想要捉住那畜生而受到的。

康华尔　那凶徒逃走了,有没有人追上去?

葛罗斯特　有的,殿下。

康华尔　要是他给我们捉住了,我们一定不让他再为非作恶;你只要决定一个办法,在我的权力范围以内,我都可以替你办到。爱德蒙,你这一回所表现的深明大义的孝心,使我们十分赞美;像你这样不负付托的人,正是我们所需要的,我们将要大大地重用你。

爱德蒙　殿下，我愿意为您尽忠效命。

葛罗斯特　殿下这样看得起他，使我感激万分。

康华尔　你还不知道我们现在所以要来看你的原因——

里根　尊贵的葛罗斯特，我们这样在黑暗的夜色之中，一路摸索前来，实在是因为有一些相当重要的事情，必须请教请教您的高见。我们的父亲和姊姊都有信来，说他们两人之间发生了一些冲突；我想最好不要在我们自己的家里答复他们；两方面的使者都在这儿等候我打发。我们的善良的老朋友，您不要气恼，替我们赶快出个主意吧。

葛罗斯特　夫人但有所命，我总是愿意贡献我的一得之愚。殿下和夫人光临蓬荜，欢迎得很！（同下。）

第二场　葛罗斯特城堡之前

肯特及奥斯华德各上。

奥斯华德　早安，朋友；你是这屋子里的人吗？

肯特　嗯。

奥斯华德　什么地方可以让我们拴马？

肯特　烂泥地里。

奥斯华德　对不起，大家是好朋友，告诉我吧。

肯特　谁是你的好朋友？

奥斯华德　好，那么我也不理你。

肯特　要是我把你一口咬住，看你理不理我。

奥斯华德　你为什么对我这样？我又不认识你。

肯特　家伙，我认识你。

奥斯华德　你认识我是谁?

肯特　一个无赖;一个恶棍;一个吃剩饭的家伙;一个下贱的、骄傲的、浅薄的、叫花子一样的、只有三身衣服、全部家私算起来不过一百镑的、卑鄙龌龊的、穿毛绒袜子的奴才;一个没有胆量的、靠着官府势力压人的奴才;一个婊子生的、顾影自怜的、奴颜婢膝的、涂脂抹粉的混账东西;全部家私都在一只箱子里的下流胚,一个天生的王八胚子;又是奴才,又是叫花子,又是懦夫,又是王八,又是一条杂种老母狗的儿子;要是你不承认你这些头衔,我要把你打得放声大哭。

奥斯华德　咦,奇怪,你是个什么东西,你也不认识我,我也不认识你,怎么开口骂人?

肯特　你还说不认识我,你这厚脸皮的奴才!两天以前,我不是把你踢倒在地上,还在王上的面前打过你吗?拔出剑来,你这混蛋;虽然是夜里,月亮照着呢;我要在月光底下把你剁得稀烂。(拔剑)拔出剑来,你这婊子生的、臭打扮的下流东西,拔出剑来!

奥斯华德　去!我不跟你胡闹。

肯特　拔出剑来,你这恶棍!谁叫你做人家的傀儡,替一个女儿寄信攻击她的父王,还自鸣得意呢?拔出剑来,你这混蛋,否则我要砍下你的胫骨。拔出剑来,恶棍;来来来!

奥斯华德　喂!救命哪!要杀人啦!救命哪!

肯特　来,你这奴才;站住,混蛋,别跑;你这漂亮的奴才,你不会还手吗?(打奥斯华德。)

奥斯华德　救命啊!要杀人啦!要杀人啦!

　　　　爱德蒙拔剑上。

爱德蒙　怎么!什么事?(分开二人。)

肯特　好小子,你也要寻事吗?来,我们试一下吧;来,小哥儿。

　　　　康华尔、里根、葛罗斯特及众仆上。

葛罗斯特　动刀动剑的，什么事呀？

康华尔　大家不要闹；谁再动手，就叫他死。怎么一回事？

里根　一个是我姊姊的使者，一个是国王的使者。

康华尔　你们为什么争吵？说。

奥斯华德　殿下，我给他缠得气都喘不过来啦。

肯特　怪不得你，你把全身勇气都提起来了。你这懦怯的恶棍，造化不承认他曾经造下你这个人；你是一个裁缝手里做出来的。

康华尔　你是一个奇怪的家伙；一个裁缝会做出一个人来吗？

肯特　嗯，一个裁缝；石匠或者油漆匠都不会把他做得这样坏，即使他们学会这行手艺才不过两个钟头。

康华尔　说，你们怎么会吵起来的？

奥斯华德　这个老不讲理的家伙，殿下，倘不是我看在他的花白胡子分上，早就要他的命了——

肯特　你这婊子养的、不中用的废物！殿下，要是您允许我的话，我要把这不成东西的流氓踏成一堆替人家涂刷茅厕的泥浆。看在我的花白胡子分上？你这摇尾乞怜的狗！

康华尔　住口！畜生，你规矩也不懂吗？

肯特　是，殿下；可是我实在气愤不过，也就顾不得了。

康华尔　你为什么气愤？

肯特　我气愤的是像这样一个奸诈的奴才，居然也让他佩起剑来。都是这种笑脸的小人，像老鼠一样咬破了神圣的伦常纲纪；他们的主上起了一个恶念，他们便竭力逢迎，不是火上浇油，就是雪上添霜；他们最擅长的是随风转舵，他们的主人说一声是，他们也跟着说是，说一声不，他们也跟着说不，就像狗一样什么都不知道，只知道跟着主人跑。恶疮烂掉了你的抽搐的面孔！你笑我所说的话，你以为我是个傻瓜吗？呆鹅，要是我在旷野里碰见了你,看我不把你打得嘎嘎乱叫,一路赶回你的老家去!

康华尔　什么!你疯了吗,老头儿?

葛罗斯特　说,你们究竟是怎么吵起来的?

肯特　我跟这混蛋是势不两立的。

康华尔　你为什么叫他混蛋?他做错了什么事?

肯特　我不喜欢他的面孔。

康华尔　也许你也不喜欢我的面孔、他的面孔,还有她的面孔。

肯特　殿下,我是说惯老实话的:我曾经见过一些面孔,比现在站在我面前的这些面孔好得多啦。

康华尔　这个人正是那种因为有人称赞了他的言辞率直,就此装出一副粗鲁的、目中无人的样子,一味矫揉造作,仿佛他生来就是这样一个家伙。他不会谄媚,他有一颗正直坦白的心,他必须说老实话;要是人家愿意接受他的意见,很好;不然的话,他是个老实人。我知道这种家伙,他们用坦白的外表,包藏着极大的奸谋祸心,比二十个胁肩谄笑、小心翼翼的愚蠢的谄媚者更要不怀好意。

肯特　殿下,您的伟大的明鉴,就像福玻斯神光煜煜的额上的烨耀的火轮,请您照临我的善意的忠诚,恳切的虔心——

康华尔　这是什么意思?

肯特　因为您不喜欢我的话,所以我改变了一个样子。我知道我不是一个谄媚之徒;我也不愿做一个故意用率直的言语诱惑人家听信的奸诈小人;即使您请求我做这样的人,我也不怕得罪您,决不从命。

康华尔　(向奥斯华德)你在什么地方冒犯了他?

奥斯华德　我从来没有冒犯过他。最近王上因为对我有了点误会,把我殴打;他便助主为虐,闪在我的背后把我踢倒地上,侮辱谩骂，无所不至，装出一副非常勇敢的神气；他的王上看见他这样，把他称赞了两句，我又极力克制自己，他便得意忘形，以为我不是他的对手，所以一看见我，又拔剑跟我闹起来了。

肯特　和这些流氓和懦夫相比，埃阿斯只能当他们的傻子①。

康华尔　拿足枷来！你这口出狂言的倔强的老贼，我们要教训你一下。

肯特　殿下，我已经太老，不能受您的教训了；您不能用足枷枷我。我是王上的人，奉他的命令前来；您要是把他的使者枷起来，那未免对我的主上太失敬、太放肆无礼了。

康华尔　拿足枷来！凭着我的生命和荣誉起誓，他必须锁在足枷里直到中午为止。

里根　到中午为止！到晚上，殿下；把他整整枷上一夜再说。

肯特　啊，夫人，假如我是您父亲的狗，您也不该这样对待我。

里根　因为你是他的奴才，所以我要这样对待你。

康华尔　这正是我们的姊姊说起的那个家伙。来，拿足枷来。（从仆取出足枷。）

葛罗斯特　殿下，请您不要这样。他的过失诚然很大，王上知道了一定会责罚他的；您所决定的这一种羞辱的刑罚，只能惩戒那些犯偷窃之类普通小罪的下贱的囚徒；他是王上差来的人，要是您给他这样的处分，王上一定要认为您轻蔑了他的来使而心中不快。

康华尔　那我可以负责。

里根　我的姊姊要是知道她的使者因为奉行她的命令而被人这样侮辱殴打，她的心里还要不高兴哩。把他的腿放进去。（从

---

① 意即好出大言的埃阿斯也比不上他们善于吹牛。

仆将肯特套入足枷）来，殿下，我们走吧。（除葛罗斯特、肯特外均下。）

葛罗斯特　朋友，我很为你抱憾；这是公爵的意思，全世界都知道他的脾气非常固执，不肯接受人家的劝阻。我还要替你向他求情。

肯特　请您不必多此一举，大人。我走了许多路，还没有睡过觉；一部分的时间将在瞌睡中过去，醒着的时候我可以吹吹口哨。好人上足枷，因此就走好运也说不定呢。再会！

葛罗斯特　这是公爵的不是；王上一定会见怪的。（下。）

肯特　好王上，你正像俗语说的，抛下天堂的幸福，来受赤日的煎熬了。来吧，你这照耀下土的炬火，让我借着你的温柔的光辉，可以读一读这封信。只有倒霉的人才会遇见奇迹；我知道这是考狄利娅寄来的，我的改头换面的行踪，已经侥幸给她知道了；她一定会找到一个机会，纠正这种反常的情形。疲倦得很；闭上了吧，沉重的眼睛，免得看见你自己的耻辱。晚安，命运，求你转过你的轮子来，再向我们微笑吧。（睡。）

第三场　荒野的一部

爱德伽上。

爱德伽　听说他们已经发出告示捉我；幸亏我躲在一株空心的树干里，没有给他们找到。没有一处城门可以出入无阻；没有一个地方不是警卫森严，准备把我捉住！我总得设法逃过人家的耳目，保全自己的生命；我想还不如改扮作一个最卑贱穷苦、最为世人所轻视、和禽兽相去无几的家伙；我要用污泥涂在脸上，一块毡布裹住我的腰，把满头的头发打了许多乱结，赤身裸体，抵抗着风雨的侵凌。这地方本来有许多疯丐，他们高声叫喊，用针哪、木锥呀、钉子呀、迷迭香的树枝呀，刺在他们麻木而僵硬的手臂上；用这种可怕的形状，到那些穷苦的农场、乡村、羊棚和磨坊里去，有时候发出一些疯狂的咒诅，有时候向人哀求祈祷，乞讨一些布施。我现在学着他们的样子，一定不会引起人家的疑心。可怜的疯叫花！可怜的汤姆！倒有几分像；我现在不再是爱德伽了。（下。）

第四场　葛罗斯特城堡前

　　肯特系足枷中。李尔、弄人及侍臣上。

李尔　真奇怪，他们不在家里，又不打发我的使者回去。

侍臣　我听说他们在前一个晚上还不曾有走动的意思。

肯特　祝福您，尊贵的主人！

李尔　嘿！你把这样的羞辱作为消遣吗？

肯特　不，陛下。

弄人　哈哈！他吊着一副多么难受的袜带！缚马缚在头上，缚狗缚熊缚在脖子上，缚猴子缚在腰上，缚人缚在腿上；一个人的腿儿太会活动了，就要叫他穿木袜子。

李尔　谁认错了人，把你锁在这儿？

肯特　是那一对男女——您的女婿和女儿。

李尔　不。

肯特　是的。

李尔　我说不。

肯特　我说是的。

李尔　不，不，他们不会干这样的事。

肯特　他们干也干了。

李尔　凭着朱庇特起誓,没有这样的事。

肯特　凭着朱诺起誓,有这样的事。

李尔　他们不敢做这样的事;他们不能,也不会做这样的事;要是他们有意做出这种重大的暴行来,那简直比杀人更不可恕了。赶快告诉我,你究竟犯了什么罪,他们才会用这种刑罚来对待一个国王的使者。

肯特　陛下,我带了您的信到了他们家里,当我跪在地上把信交上去,还没有立起身来的时候,又有一个使者汗流满面,气喘吁吁,急急忙忙地奔了进来,代他的女主人高纳里尔向他们请安,随后把一封书信递上去,打断了我的公事;他们看见她也有信来,就来不及理睬我,先读她的信;读罢了信,他们立刻召集仆从,上马出发,叫我跟到这儿来,等候他们的答复;对待我十分冷淡。一到这儿,我又碰见了那个使者,他也就是最近对您非常无礼的那个家伙,我知道他们对我这样冷淡,都是因为他来了的缘故,一时激于气愤,不加考虑地向他动起武来;他看见我这样,就高声发出懦怯的叫喊,惊动了全宅子的人。您的女婿女儿认为我犯了这样的罪,应该把我羞辱一下,所以就把我枷起来了。

弄人　冬天还没有过去,要是野雁尽往那个方向飞。

　　　老父衣百结,
　　　儿女不相识;
　　　老父满囊金,
　　　儿女尽孝心。
　　　命运如娼妓,
　　　贫贱遭遗弃。

虽然这样说,你的女儿们还要孝敬你数不清的烦恼哩。

李尔　啊！我这一肚子的气都涌上我的心头来了！你这一股无名的气恼，快给我平下去吧！我这女儿呢？

肯特　在里边，陛下；跟伯爵在一起。

李尔　不要跟我；在这儿等着。（下。）

侍臣　除了你刚才所说的以外，你没有犯其他的过失吗？

肯特　没有。王上怎么不多带几个人来？

弄人　你会发出这么一个问题，活该给人用足枷枷起来。

肯特　为什么，傻瓜？

弄人　你应该拜蚂蚁做老师，让它教训你冬天是不能工作的。谁都长着眼睛，除非瞎子，每个人都看得清自己该朝哪一边走；就算眼睛瞎了，二十个鼻子里也没有一个鼻子嗅不出来他身上发霉的味道。一个大车轮滚下山坡的时候，你千万不要抓住它，免得跟它一起滚下去，跌断了你的头颈；可是你要是看见它上山去，那么让它拖着你一起上去吧。倘然有什么聪明人给你更好的教训，请你把这番话还我；一个傻瓜的教训，只配让一个混蛋去遵从。

　　他为了自己的利益，
　　向你屈节卑躬，
　　天色一变就要告别，
　　留下你在雨中。
　　聪明的人全都飞散，
　　只剩傻瓜一个；
　　傻瓜逃走变成混蛋，
　　那混蛋不是我。

肯特　傻瓜，你从什么地方学会这支歌儿？

弄人　不是在足枷里，傻瓜。

　　　李尔偕葛罗斯特重上。

李尔　拒绝跟我说话！他们有病！他们疲倦了，他们昨天晚上走路辛苦！都是些鬼话，明明是要背叛我的意思。给我再去向他们要一个好一点的答复来。

葛罗斯特　陛下，您知道公爵的火性，他决定了怎样就是怎样，再也没有更改的。

李尔　报应哪！疠疫！死亡！祸乱！火性！什么火性？嘿，葛罗斯特，葛罗斯特，我要跟康华尔公爵和他的妻子说话。

葛罗斯特　呃，陛下，我已经对他们说过了。

李尔　对他们说过了！你懂得我的意思吗？

葛罗斯特　是，陛下。

李尔　国王要跟康华尔说话；亲爱的父亲要跟他的女儿说话，叫她出来见我：你有没有这样告诉他们？我这口气，我这一腔血！哼，火性！火性子的公爵！对那性如烈火的公爵说——不，且慢，也许他真的不大舒服；一个人为了疾病往往疏忽了他原来健康时的责任，是应当加以原谅的；我们身体上有了病痛，精神上总是连带觉得烦躁郁闷，那时候就不由我们自己做主了。我且忍耐一下，不要太鲁莽了，对一个有病的人作过分求全的责备。该死！（视肯特）为什么把他枷在这儿？这一种举动使我相信公爵和她对我回避，完全是一种预定的计谋。把我的仆人放出来还我。去，对公爵和他的妻子说，我现在立刻就要跟他们说话；叫他们赶快出来见我，否则我要在他们的寝室门前擂起鼓来，搅得他们不能安睡。

葛罗斯特　我但愿你们大家和和好好的。（下。）

李尔　啊！我的心！我的怒气直冲的心！把怒气退下去吧！

弄人　你向它吆喝吧，老伯伯，就像厨娘把活鳗鱼放进面糊里的时候那样；她拿起手里的棍子，在它们的头上敲了几下，喊道："下去，坏东西，下去！"也就像她的兄弟，为了爱他的马儿，替它在草料上涂了牛油。

    康华尔、里根、葛罗斯特及众仆上。

李尔 你们两位早安！

康华尔 祝福陛下！（众人释肯特。）

里根 我很高兴看见陛下。

李尔 里根，我想你一定高兴看见我的；我知道我为什么要这样想；要是你不高兴看见我，我就要跟你已故的母亲离婚，把她的坟墓当作一座淫妇的丘垄。（向肯特）啊！你放出来了吗？等会儿再谈吧。亲爱的里根，你的姊姊太不孝啦。啊，里根！她的无情的凶恶像饿鹰的利喙一样猛啄我的心。（以手按于心口）我简直不能告诉你；你不会相信她忍心害理到什么地步——啊，里根！

里根 父亲，请您不要恼怒。我想她不会对您有失敬礼，恐怕还是您不能谅解她的苦心哩。

李尔 啊，这是什么意思？

里根 我想我的姊姊决不会有什么地方不尽孝道；要是，父亲，她约束了您那班随从的放荡的行为，那当然有充分的理由和正大的目的，绝对不能怪她的。

李尔 我的咒诅降在她的头上！

里根 啊，父亲！您年纪老了，已经快到了生命的尽头；应该让一个比您自己更明白您的地位的人管教管教您；所以我劝您还是回到姊姊的地方去，对她赔一个不是。

李尔 请求她的饶恕吗？你看这样像不像个样子："好女儿，我承认我年纪老，不中用啦，让我跪在地上，（跪下）请求您赏给我几件衣服穿，赏给我一张床睡，赏给我一些东西吃吧。"

里根 父亲，别这样子；这算个什么，简直是胡闹！回到我姊姊那儿去吧。

李尔　（起立）再也不回去了，里根。她裁撤了我一半的侍从；不给我好脸看；用她的毒蛇一样的舌头打击我的心。但愿上天蓄积的愤怒一起降在她的无情无义的头上！但愿恶风吹打她的腹中的胎儿，让它生下地来就是个瘸子！

康华尔　嘿！这是什么话！

李尔　迅疾的闪电啊，把你的炫目的火焰，射进她的傲慢的眼睛里去吧！在烈日的熏灼下蒸发起来的沼地的瘴气啊，损坏她的美貌，毁灭她的骄傲吧！

里根　天上的神明啊！您要是对我发起怒来，也会这样咒我的。

李尔　不，里根，你永远不会受我的咒诅；你的温柔的天性决不会使你干出冷酷残忍的行为来。她的眼睛里有一股凶光，可是你的眼睛却是温存而和蔼的。你决不会吝惜我的享受，裁撤我的侍从，用不逊之言向我顶嘴，削减我的费用，甚至于把我关在门外不让我进来；你是懂得天伦的义务、儿女的责任、孝敬的礼貌和受恩的感激的；你总还没有忘记我曾经赐给你一半的国土。

里根　父亲，不要把话说远了。

李尔　谁把我的人枷起来？（内喇叭奏花腔。）

康华尔　那是什么喇叭声音？

里根　我知道，是我的姊姊来了；她信上说就要到这儿来的。

　　　　奥斯华德上。

里根　夫人来了吗？

李尔　这是一个靠着主妇暂时的恩宠、狐假虎威、倚势凌人的奴才。滚开，贱奴，不要让我看见你！

康华尔　陛下，这是什么意思？

李尔　谁把我的仆人枷起来？里根，我希望你并不知道这件事。谁来啦？

高纳里尔上。

李尔　天哪,要是你爱老人,要是凭着你统治人间的仁爱,你认为子女应该孝顺他们的父母,要是你自己也是老人,那么不要漠然无动于衷,降下你的愤怒来,帮我申雪我的怨恨吧!(向高纳里尔)你看见我这一把胡须,不觉得惭愧吗?啊里根,你愿意跟她握手吗?

高纳里尔　为什么她不能跟我握手呢!我干了什么错事?难道凭着一张糊涂昏悖的嘴里的胡言乱语,就可以成立我的罪案吗?

李尔　啊,我的胸膛!你还没有胀破吗?我的人怎么给你们枷了起来?

康华尔　陛下,是我把他枷在那儿的;照他狂妄的行为,这样的惩戒还太轻呢。

李尔　你!是你干的事吗?

里根　父亲,您该明白您是一个衰弱的老人,一切只好将就点儿。要是您现在仍旧回去跟姊姊住在一起,裁撤了您的一半的侍从,那么等住满了一个月,再到我这儿来吧。我现在不在自己家里,要供养您也有许多不便。

李尔　回到她那儿去?裁撤五十名侍从!不,我宁愿什么屋子也不要住,过着风餐露宿的生活,和无情的大自然抗争,和豺狼鸱鸮做伴侣,忍受一切饥寒的痛苦!回去跟她住在一起?嘿,我宁愿到那娶了我的没有嫁奁的小女儿去的热情的法兰西国王的座前匍匐膝行,像一个臣仆一样向他讨一份微薄的恩俸,苟延残喘下去。回去跟她住在一起!你还是劝我在这可恶的仆人手下当奴才、当牛马吧。(指奥斯华德。)

高纳里尔　随你的便。

李尔　女儿,请你不要使我发疯;我也不愿再来打扰你了,我的孩子。再会吧;我们从此不再相见。可是你是我的肉、我的血、我的女儿；或者还不如说是我身体上的一个恶瘤，我不能不承认你是我的；你是我的腐败的血液里的一个疖子、一个瘀块、一个肿毒的疔疮。可是我不愿责骂你；让羞辱自己降临你的身上吧，我没有呼召它；我不要求天雷把你殛死，我也不把你的忤逆向垂察善恶的天神控诉，你回去仔细想一想，趁早痛改前非，还来得及。我可以忍耐；我可以带着我的一百个骑士，跟里根住在一起。

里根　那绝对不行；现在还轮不到我，我也没有预备好招待您的礼数。父亲，听我姊姊的话吧；人家冷眼看着您这种愤怒的神气，他们心里都要说您因为老了，所以——可是姊姊是知道她自己该怎样做的。

李尔　这是你的好意的劝告吗？

里根　是的，父亲，这是我的真诚的意见。什么！五十个卫士？这不是很好吗？再多一些有什么用处？就是这么许多人，数目也不少了，别说供养他们不起，而且让他们成群结党，也是一件危险的事。一间屋子里养了这许多人，受着两个主人支配，怎么不会发生争闹？简直不成话。

高纳里尔　父亲，您为什么不让我们的仆人侍候您呢？

里根　对了，父亲，那不是很好吗？要是他们怠慢了您，我们也可以训斥他们。您下回到我这儿来的时候，请您只带二十五个人来，因为现在我已经看到了一个危险；超过这个数目，我是恕不招待的。

李尔　我把一切都给了你们——

里根　您幸好及时给了我们。

李尔　叫你们做我的代理人、保管者，我的唯一的条件，只是让我保留这么多的侍从。什么！我只能带二十五个人，到你这儿来吗？里根，你是不是这样说？

里根　父亲，我可以再说一遍，我只允许您带这么几个人来。

李尔　恶人的脸相虽然狰狞可怖，要是与比他更恶的人相比，就会显得和蔼可亲；不是绝顶的凶恶，总还有几分可取。（向高纳里尔）我愿意跟你去；你的五十个人还比她的二十五个人多上一倍，你的孝心也比她大一倍。

高纳里尔　父亲，我们家里难道没有两倍这么多的仆人可以侍候您？依我说，不但用不着二十五个人，就是十个五个也是多余的。

里根　依我看来，一个也不需要。

李尔　啊！不要跟我说什么需要不需要；最卑贱的乞丐，也有他的不值钱的身外之物；人生除了天然的需要以外，要是没有其他的享受，那和畜类的生活有什么分别。你是一位夫人；你穿着这样华丽的衣服，如果你的目的只是为了保持温暖，那就根本不合你的需要，因为这种盛装艳饰并不能使你温暖。可是，讲到真的需要，那么天哪，给我忍耐吧，我需要忍耐！神啊，你们看见我在这儿，一个可怜的老头子，被忧伤和老迈折磨得好苦！假如是你们鼓动这两个女儿的心，使她们忤逆她们的父亲，那么请你们不要尽是愚弄我，叫我默然忍受吧；让我的心里激起了刚强的怒火，别让妇人所恃为武器的泪点玷污我的男子汉的面颊！不，你们这两个不孝的妖妇，我要向你们复仇，我要做出一些使全世界惊怖的事情来，虽然我现在还不知道我要怎么做。你们以为我将要哭泣；不，我不愿哭泣，我虽然有充分的哭泣的理由，可是我宁愿让这颗心碎成万片，也不愿流下一滴泪来。啊，傻瓜！我要发疯了！（李尔、葛罗斯特、肯特及弄人同下。）

康华尔　我们进去吧；一场暴风雨将要来了。（远处暴风雨声。）

里根　这座房屋太小了，这老头儿带着他那班人来是容纳不下的。

高纳里尔　是他自己不好，放着安逸的日子不过，一定要吃些苦，才知道自己的蠢。

里根　单是他一个人，我倒也很愿意收留他，可是他的那班跟随的人，我可一个也不能容纳。

高纳里尔　我也是这个意思。葛罗斯特伯爵呢？

康华尔　跟老头子出去了。他回来了。

　　　　葛罗斯特重上。

葛罗斯特　王上正在盛怒之中。

康华尔　他要到哪儿去？

葛罗斯特　他叫人备马；可是不让我知道他要到什么地方去。

康华尔　还是不要管他，随他自己的意思吧。

高纳里尔　伯爵，您千万不要留他。

葛罗斯特　唉！天色暗起来了，田野里都在刮着狂风，附近许多英里之内，简直连一株小小的树木都没有。

里根　啊！伯爵，对于刚愎自用的人，只好让他们自己招致的灾祸教训他们。关上您的门；他有一班亡命之徒跟随在身边，他自己又是这样容易受人愚弄，谁也不知道他们会煽动他干出些什么事来。我们还是小心点儿好。

康华尔　关上您的门，伯爵；这是一个狂暴的晚上。我的里根说得一点不错。暴风雨来了，我们进去吧。（同下。）

第三幕

第一场　荒野

　　暴风雨，雷电。肯特及一侍臣上，相遇。

肯特　除了恶劣的天气以外，还有谁在这儿？

侍臣　一个心绪像这天气一样不安静的人。

肯特　我认识你。王上呢？

侍臣　正在跟暴怒的大自然竞争；他叫狂风把大地吹下海里，叫泛滥的波涛吞没了陆地，使万物都变了样子或归于毁灭；拉下他的一根根的白发，让挟着盲目的愤怒的暴风把它们卷得不知去向；在他渺小的一身之内，正在进行着一场比暴风雨的冲突更剧烈的斗争。这样的晚上，被小熊吸干了乳汁的母熊，也躲着不敢出来，狮子和饿狼都不愿沾湿它们的毛皮。他却光秃着头在风雨中狂奔，把一切付托给不可知的力量。

肯特　可是谁和他在一起？

侍臣　只有那傻瓜一路跟着他，竭力用些笑话替他排解他的中心的伤痛。

肯特　我知道你是什么人，我敢凭着我的观察所及，告诉你一件重要的消息。在奥本尼和康华尔两人之间，虽然表面上彼此掩饰得毫无痕迹，可是暗中却已经发生了冲突；正像一般身居高位的人一样，在他们手下都有一些名为仆人、实际上却是向法国密报我们国内情形的探子，凡是这两个公爵的明争暗斗，他们两人对于善良的老王的冷酷的待遇，以及在这种种表象底下，其他更秘密的一切动静，全都传到了法国的耳中；现在已经有一支军队从法国开到我们这一个分裂的国土上来，乘着我们疏忽无备，在我们几处最好的港口秘密登陆，不久就要揭开他们鲜明的旗帜了。现在，你要是能够信任我的话，请你赶快到多佛去一趟，那边你可以碰见有人在欢迎你，你可以把被逼疯了的王上所受种种无理的屈辱向他作一个确实的报告，他一定会感激你的好意。我是一个有地位有身价的绅士，因为知道你的为人可靠，所以把这件差使交给你。

侍臣　我还要跟您谈谈。

肯特　不，不必。为了向你证明我并不是像我的外表那样的一个微贱之人，你可以打开这一个钱囊，把里面的东西拿去。你一到多佛，一定可以见到考狄利娅；只要把这戒指给她看了，她就可以告诉你，你现在所不认识的同伴是个什么人。好可恶的暴风雨！我要找王上去。

侍臣　把您的手给我。您没有别的话了吗？

肯特　还有一句话，可比什么都重要；就是：我们现在先去找王上；你往那边去，我往这边去，谁先找到他，就打一个招呼（各下。）

第二场　荒野的另一部分

　　　　暴风雨继续未止。李尔及弄人上。

李尔　吹吧，风啊！胀破了你的脸颊，猛烈地吹吧！你，瀑布一样的倾盆大雨，尽管倒泻下来，浸没了我们的尖塔，淹沉了屋顶上的风标吧！你，思想一样迅速的硫黄的电火，劈碎橡树的巨雷的先驱，烧焦了我的白发的头颅吧！你，震撼一切的霹雳啊，把这生殖繁密的、饱满的地球击平了吧！打碎造物的模型，不要让一颗忘恩负义的人类的种子遗留在世上！

弄人　啊，老伯伯，在一间干燥的屋子里说几句好话，不比在这没有遮蔽的旷野里淋雨好得多吗？老伯伯，回到那所房子里去，向你的女儿们请求祝福吧；这样的夜无论对于聪明人或是傻瓜，都是不发一点慈悲的。

李尔　尽管轰着吧！尽管吐你的火舌，尽管喷你的雨水吧！雨、风、雷、电，都不是我的女儿，我不责怪你们的无情；我不曾给你们国土，不曾称你们为我的孩子，你们没有顺从我的义务；所以，随你们的高兴，降下你们可怕的威力来吧，我站在这儿，只是你们的奴隶，一个可怜的、衰弱的、无力的、遭人贱视的老头子。可是我仍然要骂你们是卑劣的帮凶，因为你们滥用上天的威力，帮同两个万恶的女儿来跟我这个白发的老翁作对。啊！啊！这太卑劣了！

弄人　谁头上顶着个好头脑，就不愁没有屋顶来遮他的头。

　　　　脑袋还没找到屋子，
　　　　话儿倒先有安乐窝；

脑袋和他都生虱子，

　　　就这么叫花娶老婆。

　　　有人只爱他的脚尖，

　　　不把心儿放在心上；

　　　那鸡眼使他真可怜，

　　　在床上翻身又叫嚷。

　　从来没有一个美女不是对着镜子做她的鬼脸。

　　　　肯特上。

李尔　不，我要忍受众人所不能忍受的痛苦；我要闭口无言。

肯特　谁在那边？

弄人　一个是陛下，一个是弄人；这两人一个聪明一个傻。

肯特　唉！陛下，你在这儿吗？喜爱黑夜的东西，不会喜爱这样的黑夜；狂怒的天色吓怕了黑暗中的漫游者，使它们躲在洞里不敢出来。自从有生以来，我从没有看见过这样的闪电，听见过这样可怕的雷声，这样惊人的风雨的咆哮；人类的精神是禁受不起这样的折磨和恐怖的。

李尔　伟大的神灵在我们头顶掀起这场可怕的骚动。让他们现在找到他们的敌人吧。战栗吧，你尚未被人发觉、逍遥法外的罪人！躲起来吧，你杀人的凶手，你用伪誓欺人的骗子，你道貌岸然的逆伦禽兽！魂飞魄散吧，你用正直的外表遮掩杀人阴谋的大奸巨恶！撕下你们包藏祸心的伪装，显露你们罪恶的原形，向这些可怕的天吏哀号乞命吧！我是个并没有犯多大的罪、却受了很大的冤屈的人。

肯特　唉！您头上没有一点遮盖的东西！陛下，这儿附近有一间茅屋，可以替您挡挡风雨。我刚才曾经到那所冷酷的屋子里——那比它墙上的石块更冷酷无情的屋子——探问您的行

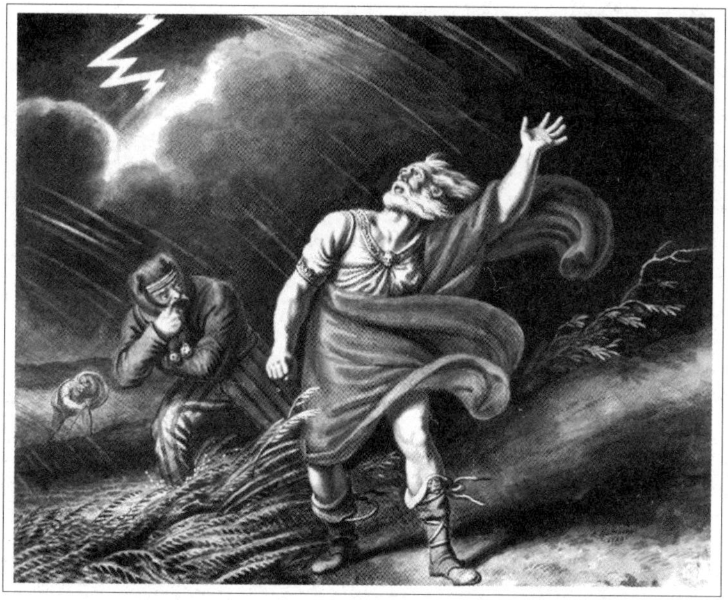

踪，可是他们关上了门不让我进去；现在您且暂时躲一躲雨，我还要回去，非要他们讲一点人情不可。

李尔　我的头脑开始昏乱起来了。来，我的孩子。你怎么啦，我的孩子？你冷吗？我自己也冷呢。我的朋友，这间茅屋在什么地方？一个人到了困穷无告的时候，微贱的东西竟也会变成无价之宝。来，带我到你那间茅屋里去。可怜的傻小子，我心里还留着一块地方为你悲伤哩。

弄人

只怪自己糊涂自己蠢，

嗨呵，一阵风来一阵雨，

背时倒运莫把天公恨，

管它朝朝雨雨又风风。

李尔　不错，我的好孩子。来，领我们到这茅屋里去。（李尔、肯特下。）

弄人　今天晚上可太凉快了，叫婊子都热不起劲儿来。待我在临走之前，讲几句预言吧：

传道的嘴上一味说得好；

酿酒的酒里掺水真不少；

有钱的大爷教裁缝做活；

不烧异教徒；嫖客害流火①；

若是件件官司都问得清；

跟班不欠钱，骑士债还清；

世上的是非不出自嘴里；

扒儿手看见人堆就躲避；

放债的肯让金银露了眼；

---

① 流火，指花柳病而言。

老鸨和婊子把教堂修建；

　　到那时候，英国这个国家，

　　准会乱得无法收拾一下；

　　那时活着的都可以看到：

　　那走路的把脚步抬得高。

其实这番预言该让梅林①在将来说，因为我出生在他之前。（下。）

第三场　葛罗斯特城堡中的一室

　　葛罗斯特及爱德蒙上。

葛罗斯特　唉，唉！爱德蒙，我不赞成这种不近人情的行为。当我请求他们允许我给他一点援助的时候，他们竟会剥夺我使用自己的房屋的权利，不许我提起他的名字，不许我替他说一句恳求的话，也不许我给他任何的救济，要是违背了他们的命令，我就要永远失去他们的欢心。

爱德蒙　太野蛮、太不近人情了！

葛罗斯特　算了，你不要多说什么。两个公爵现在已经有了意见，而且还有一件比这更严重的事情。今天晚上我接到一封信，里面的话说出来也是很危险的；我已经把这信锁在壁橱里了。王上受到这样的凌虐，总有人会来替他报复的；已经有一支军队在路上了；我们必须站在王上的一边。我就要找他去，暗地里救济救济他；你去陪公爵谈谈，免得被他觉察了我的行动。要是他问起我，你就回他说我身子不好，已经睡了。

---

①　梅林，是亚瑟王故事中的术士和预言家，时代后于传说中的李尔王许多年，这里是作者故意说的笑话。

大不了是一个死——他们的确拿死来威吓——王上是我的老主人，我不能坐视不救。出人意料之外的事情快要发生了，爱德蒙，你必须小心点儿。（下。）

爱德蒙　你违背了命令去献这种殷勤，我立刻就要去告诉公爵知道；还有那封信我也要告诉他。这是我献功邀赏的好机会，我的父亲将要因此而丧失他所有的一切，也许他的全部家产都要落到我的手里；老的一代没落了，年轻的一代才会兴起。（下。）

第四场　荒野。茅屋之前

　　　李尔、肯特及弄人上。

肯特　就是这地方，陛下，进去吧。在这样毫无掩庇的黑夜里，像这样的狂风暴雨，谁也受不了的。（暴风雨继续不止。）

李尔　不要缠着我。

肯特　陛下，进去吧。

李尔　你要碎裂我的心吗？

肯特　我宁愿碎裂我自己的心。陛下，进去吧。

李尔　你以为让这样的狂风暴雨侵袭我们的肌肤，是一件了不得的苦事；在你看来是这样的；可是一个人要是身染重病，他就不会感觉到小小的痛楚。你见了一头熊就要转身逃走；可是假如你的背后是汹涌的大海，你就只好硬着头皮向那头熊迎面走去了。当我们心绪宁静的时候，我们的肉体才是敏感的；我的心灵中的暴风雨已经取去我一切其他的感觉，只剩下心头的热血在那儿搏动。儿女的忘恩！这不就像这一只手把食物送进这一张嘴里，这一张嘴却把这一只手咬了下来吗？

可是我要重重惩罚她们。不，我不愿再哭泣了。在这样的夜里，把我关在门外！尽管倒下来吧，什么大雨我都可以忍受。在这样的一个夜里！啊，里根，高纳里尔！你们年老仁慈的父亲一片诚心，把一切都给了你们——啊！那样想下去是要发疯的；我不要想起那些；别再提起那些话了。

肯特 陛下，进去吧。

李尔 请你自己进去，找一个躲身的地方吧。这暴风雨不肯让我仔细思想种种的事情；那些事情我越想下去，越会增加我的痛苦。可是我要进去。（向弄人）进去，孩子，你先走。你们这些无家可归的人——你进去吧。我要祈祷，然后我要睡一会儿。（弄人入内）衣不蔽体的不幸的人们，无论你们在什么地方，都得忍受着这样无情的暴风雨的袭击，你们的头上没有片瓦遮身，你们的腹中饥肠雷动，你们的衣服千疮百孔，怎么抵挡得了这样的气候呢？啊！我一向太没有想到这种事情了。安享荣华的人们啊，睁开你们的眼睛来，到外面来体味一下穷人所忍受的苦，分一些你们享用不了的福泽给他们，让上天知道你们不是全无心肝的人吧！

爱德伽 （在内）九英尺深，九英尺深！可怜的汤姆！（弄人自屋内奔出。）

弄人 老伯伯，不要进去；里面有一个鬼。救命！救命！

肯特 让我搀着你，谁在里边？

弄人 一个鬼，一个鬼；他说他的名字叫作可怜的汤姆。

肯特 你是什么人，在这茅屋里大呼小叫的？出来。

爱德伽乔装疯人上。

爱德伽 走开！恶魔跟在我的背后！"风儿吹过山楂林。"哼！到你冷冰冰的床上暖一暖你的身体吧。

李尔 你把你所有的一切都给了你的两个女儿，所以才到今天这地步吗?

爱德伽　谁把什么东西给可怜的汤姆?恶魔带着他穿过大火,穿过烈焰,穿过水道和漩涡,穿过沼地和泥泞;把刀子放在他的枕头底下,把绳子放在他的凳子底下,把毒药放在他的粥里;使他心中骄傲,骑了一匹栗色的奔马,从四英寸阔的桥梁上过去,把他自己的影子当作了一个叛徒,紧紧追逐不舍。祝福你的五种才智!汤姆冷着呢。啊!哆啼哆啼哆啼。愿旋风不吹你,星星不把毒箭射你,瘟疫不到你身上!做做好事,救救那给恶魔害得好苦的可怜的汤姆吧!他现在就在那儿,在那儿,又到那儿去了,在那儿。

（暴风雨继续不止。）

李尔　什么!他的女儿害得他变成这个样子吗?你不能留下一些什么来吗?你一起都给了她们了吗?

弄人　不,他还留着一方毡毯,否则我们大家都要不好意思了。

李尔　愿那弥漫在天空之中的惩罚恶人的瘟疫一起降临在你的女儿身上!

肯特　陛下,他没有女儿哩。

李尔　该死的奸贼!他没有不孝的女儿,怎么会流落到这等不堪的地步?难道被弃的父亲,都是这样一点不爱惜他们自己的身体吗?适当的处罚!谁叫他们的身体产下那些枭獍般的女儿来?

爱德伽　"小雄鸡坐在高墩上,"呵罗,呵罗,罗,罗!

弄人　这一个寒冷的夜晚将要使我们大家变成傻瓜和疯子。

爱德伽　当心恶魔。孝顺你的爷娘;说过的话不要反悔;不要赌咒;不要奸淫有夫之妇;不要把你的情人打扮得太漂亮。汤姆冷着呢。

李尔　你本来是干什么的?

爱德伽　一个心性高傲的仆人，头发卷得曲曲的，帽子上佩着情人的手套，惯会讨妇女的欢心，干些不可告人的勾当；开口发誓，闭口赌咒，当着上天的面前把它们一个个毁弃；睡梦里都在转奸淫的念头，一醒来便把它实行。我贪酒，我爱赌，我比土耳其人更好色；一颗奸诈的心，一对轻信的耳朵，一双不怕血腥气的手；猪一般懒惰，狐狸一般狡诡，狼一般贪狠，狗一般疯狂，狮子一般凶恶。不要让女人的脚步声和窸窸窣窣的绸衣裳的声音摄去了你的魂魄；不要把你的脚踏进窑子里去；不要把你的手伸进裙子里去；不要把你的笔碰到放债人的账簿上；抵抗恶魔的引诱吧。"冷风还是打山楂树里吹过去"；听它怎么说，呼——呼——呜——呜——哈——哈——。道芬我的孩子，我的孩子；叱嚓！让他奔过去。（暴风雨继续不止。）

李尔　唉，你这样赤身裸体，受风雨的吹淋，还是死了的好。难道人不过是这样一个东西吗？想一想他吧。你也不向蚕身上借一根丝，也不向野兽身上借一张皮，也不向羊身上借一片毛，也不向麝猫身上借一块香料。嘿！我们这三个人都已经失掉了本来的面目，只有你才保全着天赋的原形；人类在草昧的时代，不过是像你这样的一个寒碜的赤裸的两脚动物。脱下来，脱下来，你们这些身外之物！来，松开你的纽扣。（扯去衣服。）

弄人　老伯伯，请你安静点儿；这样危险的夜里是不能游泳的。旷野里一点小小的火光，正像一个好色的老头儿的心，只有这么一星星的热，他的全身都是冰冷的。瞧！一团火走来了。

　　　葛罗斯特持火炬上。

爱德伽　这就是那个叫作"弗力勃铁捷贝特"的恶魔；他在黄昏的时候出现，一直到第一声鸡啼方才隐去；他叫人眼睛里长白膜，叫好眼变成斜眼；他叫人嘴唇上起裂缝；他还会叫面粉发霉,寻穷人们的开心。

　　圣维都尔①三次经过山岗,

　　遇见魇魔和她九个儿郎;

　　他说妖精快下马,②

　　发过誓儿快逃吧;

　　去你的,妖精,去你的!

肯特　陛下,您怎么啦?

李尔　他是谁?

肯特　那儿什么人?你找谁?

葛罗斯特　你们是些什么人?你们叫什么名字?

爱德伽　可怜的汤姆,他吃的是泅水的青蛙、蛤蟆、蝌蚪、壁虎和水蜥;恶魔在他心里捣乱的时候,他发起狂来,就会把牛粪当作一盆美味的生菜;他吞的是老鼠和死狗,喝的是一潭死水上面绿色的浮渣;他到处给人家鞭打,锁在枷里,关在牢里;他从前有三身外衣、六件衬衫,跨着一匹马,带着一口剑;

　　可是在这整整七年时光,

　　耗子是汤姆唯一的食粮。

留心那跟在我背后的鬼。不要闹,史墨金!不要闹,你这恶魔!

葛罗斯特　什么!陛下竟会跟这种人作起伴来了吗?

爱德伽　地狱里的魔王是一个绅士;他的名字叫作摩陀,又叫作玛呼。

葛罗斯特　陛下,我们亲生的骨肉都变得那样坏,把自己生身之

---

①　圣维都尔(St.Withold),传说中安眠的保护神。

②　据说魇魔作祟,骑在熟睡者的胸口。下文"发过誓儿"即要魇魔赌咒不再骑在人身上。

人当作了仇敌。

爱德伽　可怜的汤姆冷着呢。

葛罗斯特　跟我回去吧。我的良心不允许我全然服从您的女儿的无情的命令；虽然他们叫我关上了门，把您丢下在这狂暴的黑夜之中，可是我还是大胆出来找您，把您带到有火炉、有食物的地方去。

李尔　让我先跟这位哲学家谈谈。天上打雷是什么缘故？

肯特　陛下，接受他的好意；跟他回去吧。

李尔　我还要跟这位学者说一句话。您研究的是哪一门学问？

爱德伽　抵御恶魔的战略和消灭毒虫的方法。

李尔　让我私下里问您一句话。

肯特　大人，请您再催催他吧；他的神经有点儿错乱起来了。

葛罗斯特　你能怪他吗？（暴风雨继续不止）他的女儿要他死哩。唉！那善良的肯特，他早就说过会有这么一天的，可怜的被放逐的人！你说王上要疯了；告诉你吧，朋友，我自己也差不多疯了。我有一个儿子，现在我已经跟他断绝关系了；他要谋害我的生命，这还是最近的事；我爱他，朋友，没有一个父亲比我更爱他的儿子；不瞒你说，（暴风雨继续不止）我的头脑都气昏了。这是一个什么晚上！陛下，求求您——

李尔　啊！请您原谅，先生。高贵的哲学家，请了。

爱德伽　汤姆冷着呢。

葛罗斯特　进去，家伙，到这茅屋里去暖一暖吧。

李尔　来，我们大家进去。

肯特　陛下，这边走。

李尔　带着他；我要跟我这位哲学家在一起。

肯特　大人，顺顺他的意思吧；让他把这家伙带去。

葛罗斯特　您带着他来吧。

肯特　小子，来；跟我们一块儿去。

李尔　来，好雅典人①。

葛罗斯特　嘘！不要说话，不要说话。

爱德伽　罗兰骑士②来到黑沉沉的古堡前，他说了一遍又一遍："呸，嘿，哼！"我闻到了一股不列颠人的血腥。（同下。）

第五场　葛罗斯特城堡中一室

　　康华尔及爱德蒙上。

康华尔　我在离开他的屋子以前，一定要把他惩治一下。

爱德蒙　殿下，我为了尽忠的缘故，不顾父子之情，一想到人家不知将要怎样批评我，心里很有点儿惴惴不安哩。

康华尔　我现在才知道你的哥哥想要谋害他的生命，并不完全出于恶毒的本性；多半是他自己咎有应得，才会引起他的杀心的。

爱德蒙　我的命运多么颠倒，虽然做了正义的事情，却必须抱恨终身！这就是他说起的那封信，它可以证实他私通法国的罪状。天哪！为什么他要干这种叛逆的行为，为什么偏偏又在我手里发觉了呢？

康华尔　跟我见公爵夫人去。

爱德蒙　这信上所说的事情倘然属实，那您就要有一番重大的行动了。

康华尔　不管它是真是假，它已经使你成为葛罗斯特伯爵了。你去找找你父亲在什么地方，让我们可以把他逮捕起来。

爱德蒙　（旁白）要是我看见他正在援助那老王，他的嫌疑就格

---

① 李尔王把爱德伽比作古希腊哲学家。

② 罗兰骑士，欧洲中世纪骑士文学中的著名英雄。

外加重了。——虽然忠心和孝道在我的灵魂里发生剧烈的争战，可是大义所在，只好把私恩抛弃不顾。

康华尔　我完全信任你；你在我的恩宠之中，将要得到一个更慈爱的父亲。（各下。）

第六场　邻接城堡的农舍一室

葛罗斯特、李尔、肯特、弄人及爱德伽上。

葛罗斯特　这儿比露天好一些，不要嫌它寒碜，将就住下来吧。我再去找找有些什么吃的用的东西；我去去就来。

肯特　他的智力已经在他的盛怒之中完全消失了。神明报答您的好心！（葛罗斯特下。）

爱德伽　弗拉特累多①在叫我，他告诉我尼禄王在冥湖里钓鱼。喂，傻瓜，你要祷告，要留心恶魔啊。

弄人　老伯伯，告诉我，一个疯子是绅士呢还是平民？

李尔　是个国王，是个国王！

弄人　不，他是一个平民，他的儿子却挣了一个绅士头衔；他眼看他儿子做了绅士，他就成为一个气疯了的平民。

李尔　一千条血红的火舌吱啦吱啦卷到她们的身上——

爱德伽　恶魔在咬我的背。

弄人　谁要是相信豺狼的驯良、马儿的健康、孩子的爱情或是娼妓的盟誓，他就是个疯子。

李尔　一定要办她们一办，我现在就要审问她们。（向爱德伽）来，最有学问的法官，你坐在这儿；（向弄人）你，贤明的官长，坐在这儿。——来，你们这两头雌狐！

---

① 弗拉特累多，小魔鬼的名字。

爱德伽　瞧,他站在那儿,眼睛睁得大大的!太太,你在审判的
　　　　时候,要不要有人瞧着你?渡过河来会我,蓓西——
弄人　　她的小船儿漏了,
　　　　她不能让你知道
　　　　为什么她不敢见你。
爱德伽　恶魔借着夜莺的喉咙,向可怜的汤姆作祟了。霍普丹斯
　　　　在汤姆的肚子里嚷着要两条新鲜的鲱鱼。别吵,魔鬼;我没
　　　　有东西给你吃。
肯特　　陛下,您怎么啦!不要这样呆呆地站着。您愿意躺下来,
　　　　在这褥垫上面休息休息吗?
李尔　　我要先看她们受了审判再说。把她们的证人带上来。(向
　　　　爱德伽)你这披着法衣的审判官,请坐;(向弄人)你,他
　　　　的执法的同僚,坐在他的旁边。(向肯特)你是陪审官,你
　　　　也坐下。
爱德伽　让我们秉公裁判。
　　　　你睡着还是醒着,牧羊人?
　　　　你的羊儿在田里跑;
　　　　你的小嘴唇只要吹一声,
　　　　羊儿就不伤一根毛。
　　　　呼噜呼噜;这是一只灰色的猫儿。
李尔　　先控诉她;她是高纳里尔。我当着尊严的堂上起誓,她曾
　　　　经踢她的可怜的父王。
弄人　　过来,奶奶。你的名字叫高纳里尔吗?
李尔　　她不能抵赖。
弄人　　对不起,我还以为您是一张折凳哩。
李尔　　这儿还有一个,你们瞧她满脸的横肉,就可以知道她的心

肠是怎么样的。拦住她！举起你们的兵器，拔出你们的剑，点起火把来！营私舞弊的法庭！枉法的贪官，你为什么放她逃走？

爱德伽　天保佑你的神志吧！

肯特　哎哟！陛下，您不是常常说您没有失去忍耐吗？现在您的忍耐呢？

爱德伽　（旁白）我的滚滚的热泪忍不住为他流下，怕要给他们瞧破我的假装了。

李尔　这些小狗：脱雷、勃尔趋、史威塔，瞧，它们都在向我狂吠。

爱德伽　让汤姆掉过脸来把它们吓走。滚开，你们这些恶狗！

　　黑嘴巴，白嘴巴，
　　疯狗咬人磨毒牙，
　　猛犬猎犬杂种犬，
　　叭儿小犬团团转，
　　青屁股，卷尾毛，
　　汤姆一只也不饶；
　　只要我掉过脸来，
　　大狗小狗逃得快。

哆啼哆啼。叱嚓！来，我们赶庙会，上市集去。可怜的汤姆，你的牛角里干得挤不出一滴水来啦①。

李尔　叫他们剖开里根的身体来，看看她心里有些什么东西。究竟为了什么天然的原因，她们的心才会变得这样硬？（向爱德伽）我把你收留下来，叫你做我一百名侍卫中间的一个，只是我不喜欢你的衣服的式样；你也许要对我说，这是最漂亮的波斯装；可是我看还是请你换一换吧。

---

① 当时疯叫花子行乞，用挂于颈间的大牛角盛乞得的剩菜残羹。

肯特　陛下，您还是躺下来休息休息吧。

李尔　不要吵，不要吵；放下帐子，好，好，好。我们到早上再去吃晚饭吧；好，好，好。

弄人　我一到中午可要睡觉哩。

　　　　葛罗斯特重上。

葛罗斯特　过来，朋友；王上呢？

肯特　在这儿，大人；可是不要打扰他，他的神经已经错乱了。

葛罗斯特　好朋友，请你把他抱起来。我已经听到了一个谋害他生命的阴谋。马车套好在外边，你快把他放进去，驾着它到多佛，那边有人会欢迎你，并且会保障你的安全。抱起你的主人来；要是你耽误了半点钟的时间，他的性命、你的性命以及一切出力救护他的人的性命，都要保不住了。抱起来，抱起来；跟我来，让我设法把你们赶快送到一处可以安身的地方。

肯特　受尽折磨的身心，现在安然入睡了；安息也许可以镇定镇定他的破碎的神经，但愿上天行个方便，不要让它破碎得不可收拾才好。（向弄人）来，帮我抬起你的主人来；你也不能留在这儿。

葛罗斯特　来，来，去吧。（除爱德伽外，肯特、葛罗斯特及弄人舁李尔下。）

爱德伽　做君王的不免如此下场，
　　　　使我忘却了自己的忧伤。
　　　　最大的不幸是独抱牢愁，
　　　　任何的欢娱兜不上心头；
　　　　倘有了同病相怜的侣伴，
　　　　天大痛苦也会解去一半。
　　　　国王有的是不孝的逆女，

我自己遭逢无情的严父,
他与我两个人一般遭际!
去吧,汤姆,忍住你的怨气,
你现在蒙着无辜的污名,
总有日回复你清白之身。

不管今夜里还会发生些什么事情,但愿王上能安然出险!我还是躲起来吧。(下。)

第七场　葛罗斯特城堡中一室

　　　　康华尔、里根、高纳里尔、爱德蒙及众仆上。

康华尔　夫人,请您赶快到尊夫的地方去,把这封信交给他;法国军队已经登陆了。——来人,替我去搜寻那反贼葛罗斯特的踪迹。(若干仆人下。)

里根　把他捉到了立刻吊死。

高纳里尔　把他的眼珠挖出来。

康华尔　我自有处置他的办法。爱德蒙,我们不应该让你看见你的谋叛的父亲受到怎样的刑罚,所以请你现在护送我们的姊姊回去,替我向奥本尼公爵致意,叫他赶快准备;我们这儿也要采取同样的行动。我们两地之间,必须随时用飞骑传报消息。再会,亲爱的姊姊;再会,葛罗斯特伯爵。

　　　　奥斯华德上。

康华尔　怎么啦?那国王呢?

奥斯华德　葛罗斯特伯爵已经把他载送出去了;有三十五六个追寻他的骑士在城门口和他会合,还有几个伯爵手下的人也在一起,一同向多佛进发,据说那边有他们武装的友人在等候他们。

康华尔　替你家夫人备马。

高纳里尔　再会，殿下，再会，妹妹。

康华尔　再会，爱德蒙。（高纳里尔、爱德蒙及奥斯华德下）再去几个人把那反贼葛罗斯特捉来，像偷儿一样把他绑来见我。（若干仆人下）虽然在没有经过正式的审判手续以前，我们不能就把他判处死刑，可是为了发泄我们的愤怒，却只好不顾人们的指摘，凭着我们的权力独断独行了。那边是什么人？是那反贼吗？

　　　　众仆押葛罗斯特重上。

里根　没有良心的狐狸！正是他。

康华尔　把他枯瘪的手臂牢牢绑起来。

葛罗斯特　两位殿下，这是什么意思？我的好朋友们，你们是我的客人；不要用这种无礼的手段对待我。

康华尔　捆住他。（众仆绑葛罗斯特。）

里根　绑紧些，绑紧些。啊，可恶的反贼！

葛罗斯特　你是一个没有心肝的女人，我却不是反贼。

康华尔　把他绑在这张椅子上。奸贼，我要让你知道——（里根扯葛罗斯特须。）

葛罗斯特　天神在上，这还成什么话，你扯起我的胡子来啦！

里根　胡子这么白，想不到却是一个反贼！

葛罗斯特　恶妇，你从我的腮上扯下这些胡子来，它们将要像活人一样控诉你的罪恶。我是这里的主人，你不该用你强盗的手，这样报答我的好客的殷勤。你究竟要怎么样？

康华尔　说，你最近从法国得到什么书信？

里根　老实说出来，我们已经什么都知道了。

康华尔　你跟那些最近踏到我们国境来的叛徒有些什么来往？

里根　你把那发疯的老王送到什么人手里去了？说。

葛罗斯特　我只收到过一封信，里面都不过是些猜测之谈，寄信的是一个没有偏见的人，并不是一个敌人。

康华尔　好狡猾的推托！

里根　一派鬼话！

康华尔　你把国王送到什么地方去了？

葛罗斯特　送到多佛。

里根　为什么送到多佛？我们不是早就警告你——

康华尔　为什么送到多佛？让他回答这个问题。

葛罗斯特　罢了，我现在身陷虎穴，只好拼着这条老命了。

里根　为什么送到多佛？

葛罗斯特　因为我不愿意看见你的凶恶的指爪挖出他的可怜的老眼；因为我不愿意看见你的残暴的姊姊用她野猪般的利齿咬进他的神圣的肉体。他的赤裸的头顶在地狱一般黑暗的夜里冲风冒雨；受到那样狂风暴雨的震荡的海水，也要把它的怒潮喷向天空，熄灭了星星的火焰；但是他，可怜的老翁，却还要把他的热泪帮助天空浇洒。要是在那样怕人的晚上，豺狼在你的门前悲鸣，你也要说，"善良的看门人，开了门放它进来吧，"而不计较它一切的罪恶。可是我总有一天见到上天的报应降临在这种儿女的身上。

康华尔　你再也不会见到那样一天。来，按住这椅子。我要把你这一双眼睛放在我的脚底下践踏。

葛罗斯特　谁要是希望他自己平安活到老年的，帮帮我吧！啊，好惨！天哪！（葛罗斯特一眼被挖出。）

里根　还有那一颗眼珠也去掉了吧，免得它嘲笑没有眼珠的一面。

康华尔　要是你看见什么报应——

仆甲　住手，殿下；我从小为您效劳，但是只有我现在叫您住手这件事才算是最好的效劳。

里根　怎么,你这狗东西!

仆甲　要是你的腮上长起了胡子,我现在也要把它扯下来。

康华尔　混账奴才,你反了吗?（拔剑。）

仆甲　好,那么来,我们拼一个你死我活。（拔剑。二人决斗。康华尔受伤。）

里根　把你的剑给我。一个奴才也会撒野到这等地步!（取剑自后刺仆甲。）

仆甲　啊!我死了。大人,您还剩着一只眼睛,看见他受到一点小小的报应。啊!（死。）

康华尔　哼,看他再瞧得见一些什么报应!出来,可恶的浆块!现在你还会发光吗?（葛罗斯特另一眼被挖出。）

葛罗斯特　一切都是黑暗和痛苦。我的儿子爱德蒙呢?爱德蒙,燃起你天性中的怒火,替我报复这一场暗无天日的暴行吧!

里根　哼,万恶的奸贼!你在呼唤一个憎恨你的人;你对我们反叛的阴谋,就是他出首告发的,他是一个深明大义的人,决不会对你发一点怜悯。

葛罗斯特　啊,我是个蠢材!那么爱德伽是冤枉的了。仁慈的神明啊,赦免我的错误,保佑他有福吧!

里根　把他推出门外,让他一路摸索到多佛去。（一仆牵葛罗斯特下）怎么,殿下?您的脸色怎么变啦?

康华尔　我受了伤啦。跟我来,夫人。把那瞎眼的奸贼撵出去;把这奴才丢在粪堆里。里根,我的血尽在流着;这真是无妄之灾。用你的胳臂搀着我。（里根扶康华尔同下。）

仆乙　要是这家伙会有好收场,我什么坏事都可以去做了。

仆丙　要是她会寿终正寝,所有的女人都要变成恶鬼了。

仆乙　让我们跟在那老伯爵的后面,叫那疯丐把他领到他所要去的地方；反正那个游荡的疯子什么地方都去。

仆丙　你先去吧；我还要去拿些麻布和蛋白来，替他贴在他的流血的脸上。但愿上天保佑他！（各下。）

第四幕

第一场 荒野

爱德伽上。

爱德伽 与其被人在表面上恭维而背地里鄙弃,那么还是像这样自己知道为举世所不容的好。一个最困苦、最微贱、最为命运所屈辱的人,可以永远抱着希冀而无所恐惧;从最高的地位上跌下来,那变化是可悲的,对于穷困的人,命运的转机却能使他欢笑!那么欢迎你——跟我拥抱的空虚的气流;被你刮得狼狈不堪的可怜虫并不少欠你丝毫情分。可是谁来啦?

一老人率葛罗斯特上。

爱德伽 我的父亲,让一个穷苦的老头儿领着他吗?啊,世界,世界,世界!倘不是你的变幻无常,使我们对你心存怨恨,哪一个人是甘愿老去的?

老人 啊,我的好老爷!我在老太爷手里就做您府上的佃户,一直做到您老爷手里,已经有八十年了。

葛罗斯特 去吧,好朋友,你快去吧;你的安慰对我一点没有用处,他们也许反会害你的。

老人　您眼睛看不见，怎么走路呢？

葛罗斯特　我没有路，所以不需要眼睛；当我能够看见的时候，我也会失足颠仆。我们往往因为有所自恃而失之于大意，反不如缺陷却能对我们有益。啊！爱德伽好儿子，你的父亲受人之愚，错恨了你，要是我能在未死以前，摸到你的身体，我就要说，我又有了眼睛啦。

老人　啊！那边是什么人？

爱德伽　（旁白）神啊！谁能够说"我现在是最不幸"？我现在比从前才更不幸得多啦。

老人　那是可怜的发疯的汤姆。

爱德伽　（旁白）也许我还要碰到更不幸的命运；当我们能够说"这是最不幸的事"的时候，那还不是最不幸的。

老人　汉子，你到哪儿去？

葛罗斯特　是一个叫花子吗？

老人　是个疯叫花子。

葛罗斯特　他的理智还没有完全丧失，否则他不会向人乞讨。在昨晚的暴风雨里，我也看见这样一个家伙，他使我想起一个人不过等于一条虫；那时候我的儿子的影像就闪进了我的心里，可是当时我正在恨他，不愿想起他；后来我才听到一些其他的话。天神掌握着我们的命运，正像顽童捉到飞虫一样，为了戏弄的缘故而把我们杀害。

爱德伽　（旁白）怎么会有这样的事？在一个伤心人的面前装傻，对自己、对别人，都是一件不愉快的行为。（向葛罗斯特）祝福你，先生！

葛罗斯特　他就是那个不穿衣服的家伙吗？

老人　正是，老爷。

葛罗斯特　那么你去吧。我要请他领我到多佛去，要是你看在我的分上，愿意回去拿一点衣服来替他遮盖遮盖身体，那就再好没有了；我们不会走远，从这儿到多佛的路上一二英里之内，你一定可以追上我们。

老人　唉，老爷！他是个疯子哩。

葛罗斯特　疯子带着瞎子走路，本来是这时代的一般病态。照我的话，或者就照你自己的意思做吧；第一件事情是请你快去。

老人　我要把我的最好的衣服拿来给他，不管它会引起怎样的后果。（下。）

葛罗斯特　喂，不穿衣服的家伙——

爱德伽　可怜的汤姆冷着呢。（旁白）我不能再假装下去了。

葛罗斯特　过来，汉子。

爱德伽　（旁白）可是我不能不假装下去。——祝福您的可爱的眼睛，它们在流血哩。

葛罗斯特　你认识到多佛去的路吗？

爱德伽　一处处关口城门、一条条马路人行道，我全认识。可怜的汤姆被他们吓迷了心窍；祝福你，好人的儿子，愿恶魔不来缠绕你！五个魔鬼一齐作弄着可怜的汤姆：一个是色魔奥别狄克特；一个是哑鬼霍别狄丹斯；一个是偷东西的玛呼；一个是杀人的摩陀；一个是扮鬼脸的弗力勃铁捷贝特，他后来常常附在丫头、使女的身上。好，祝福您，先生！

葛罗斯特　来，你这受尽上天凌虐的人，把这钱囊拿去；我的不幸却是你的运气。天道啊，愿你常常如此！让那穷奢极欲、把你的法律当作满足他自己享受的工具、因为知觉麻木而沉迷不悟的人，赶快感到你的威力吧；从享用过度的人手里夺下一点来分给穷人，让每一个人都得到他所应得的一份吧。你认识多佛吗？

爱德伽　认识，先生。

葛罗斯特　那边有一座悬崖，它的峭拔的绝顶俯瞰着幽深的海水；你只要领我到那悬崖的边上，我就给你一些我随身携带的贵重的东西，你拿了去可以过些舒服的日子；我也不用再烦你带路了。

爱德伽　把您的胳臂给我；让可怜的汤姆领着你走。（同下。）

第二场　奥本尼公爵府前

高纳里尔及爱德蒙上。

高纳里尔　欢迎，伯爵；我不知道我那位温和的丈夫为什么不来迎接我们。

奥斯华德上。

高纳里尔　主人呢？

奥斯华德　夫人，他在里边；可是已经大大变了一个人啦。我告诉他法国军队登陆的消息，他听了只是微笑；我告诉他说您来了，他的回答却是，"还是不来的好"；我告诉他葛罗斯特怎样谋反、他的儿子怎样尽忠的时候，他骂我蠢东西，说我颠倒是非。凡是他所应该痛恨的事情，他听了都觉得很得意；他所应该欣慰的事情，反而使他恼怒。

高纳里尔　（向爱德蒙）那么你止步吧。这是他懦怯畏缩的天性，使他不敢担当大事；他宁愿忍受侮辱，不肯挺身而起。我们在路上谈起的那个愿望，也许可以实现。爱德蒙，你且回到我的妹夫那儿去；催促他赶紧调齐人马，交给你统率；我这儿只好由我自己出马，把家务托付我的丈夫照管了。这个可靠的仆人可以替我们传达消息；要是你有胆量为了你自己的好处而行事，那么不久大概就会听到你的女主人的命令。把这东西拿去带在身边；不要多说什么；（以饰物赠爱德蒙）低下你的头来：这一个吻要是能够替我说话，它会叫你的灵魂儿飞上天空的。你要明白我的心；再会吧。

爱德蒙　我愿意为您赴汤蹈火。

高纳里尔　我的最亲爱的葛罗斯特！（爱德蒙下）唉！都是男人，却有这样的不同！哪一个女人不愿意为你贡献她的一切，我却让一个傻瓜侵占了我的眠床。

奥斯华德　夫人，殿下来了。（下。）

　　　　　奥本尼上。

高纳里尔　你太瞧不起人啦。

奥本尼　啊，高纳里尔！　你的价值还比不上那狂风吹在你脸上的尘土。我替你这种脾气担着心事；一个人要是看轻了自己的根本，难免做出一些越限逾分的事来；枝叶脱离了树干，跟着也要萎谢，到后来只好让人当作枯柴而付之一炬。

高纳里尔　得啦得啦；全是些傻话。

奥本尼　智慧和仁义在恶人眼中看来都是恶的；下流的人只喜欢下流的事。你们干下了些什么事情？你们是猛虎，不是女儿，你们干了些什么事啦？这样一位父亲，这样一位仁慈的老人家，一头野熊见了他也会俯首帖耳，你们这些蛮横下贱的女儿，却把他激成了疯狂！难道我那位贤襟兄竟会让你们这样胡闹吗？他也是个堂堂汉子，一邦的君主，又受过他这样的深恩厚德！要是上天不立刻降下一些明显的灾祸来，惩罚这种万恶的行为，那么人类快要像深海的怪物一样自相吞食了。

高纳里尔　不中用的懦夫！你让人家打肿你的脸，把侮辱加在你的头上，还以为是一件体面的事，因为你的额头上还没长着眼睛；正像那些不明是非的傻瓜，人家存心害你，幸亏发觉得早，他们在未下毒手以前就受到惩罚，你却还要可怜他们。你的鼓呢？

法国的旌旗已经展开在我们安静的国境上了,你的敌人顶着羽毛飘扬的战盔,已经开始威胁你的生命。你这迂腐的傻子却坐着一动不动,只会说,"唉!他为什么要这样呢?"

奥本尼　瞧瞧你自己吧,魔鬼!恶魔的丑恶的嘴脸,还不及一个恶魔般的女人那样丑恶万分。

高纳里尔　哎哟,你这没有头脑的蠢货!

奥本尼　你这变化做女人的形状、掩蔽你的蛇蝎般的真相的魔鬼,不要露出你的狰狞的面目来吧!要是我可以允许这双手服从我的怒气,它们一定会把你的肉一块块撕下来,把你的骨头一根根折断;可是你虽然是一个魔鬼,你的形状却还是一个女人,我不能伤害你。

高纳里尔　哼,这就是你的男子汉的气概。——呸!

　　　　一使者上。

奥本尼　有什么消息?

使者　啊!殿下,康华尔公爵死了;他正要挖去葛罗斯特第二只眼睛的时候,他的一个仆人把他杀死了。

奥本尼　葛罗斯特的眼睛!

使者　他所畜养的一个仆人因为激于义愤,反对他这一种行动,就拔出剑来向他的主人行刺;他的主人大怒,和他奋力猛斗,结果把那仆人砍死了,可是自己也受了重伤,终于不治身亡。

奥本尼　啊,天道究竟还是有的,人世的罪恶这样快就受到了诛谴!但是啊,可怜的葛罗斯特!他失去了他的第二只眼睛吗?

使者　殿下,他两只眼睛全都给挖去了。夫人,这一封信是您的妹妹写来的,请您立刻给她一个回音。

高纳里尔　(旁白)从一方面说来,这是一个好消息;可是她做了寡妇,我的葛罗斯特又跟她在一起,也许我的一切美满的愿望,都要从我这可憎的生命中消灭了;不然的话,这消息还不算顶坏。（向使者）我读过以后再写回信吧。（下。）

奥本尼　他们挖去他的眼睛的时候，他的儿子在什么地方？

使者　他是跟夫人一起到这儿来的。

奥本尼　他不在这儿。

使者　是的，殿下，我在路上碰见他回去了。

奥本尼　他知道这种罪恶的事情吗？

使者　是，殿下；就是他出首告发他的，他故意离开那座房屋，为的是让他们行事方便一些。

奥本尼　葛罗斯特，我永远感激你对王上所表示的好意，一定替你报复你的挖目之仇。过来，朋友，详细告诉我一些你所知道的其他的消息。（同下。）

第三场　多佛附近法军营地

　　　　肯特及一侍臣上。

肯特　为什么法兰西王突然回去，您知道他的理由吗？

侍臣　他在国内还有一点未了的要事，直到离国以后，方才想起；因为那件事情有关国家的安全，所以他不能不亲自回去料理。

肯特　他去了以后，委托什么人代他主持军务？

侍臣　拉·发元帅。

肯特　王后看了您的信，有没有什么悲哀的表示？

侍臣　是的，先生；她拿了信，当着我的面前读下去，一颗颗饱满的泪珠淌下她的娇嫩的颊上；可是她仍然保持着一个王后的尊严，虽然她的情感像叛徒一样想要把她压服，她还是竭力把它克制下去。

肯特　啊！那么她是受到感动的了。

侍臣　她并不痛哭流涕;"忍耐"和"悲哀"互相竞争着谁能把她表现得更美。您曾经看见过阳光和雨点同时出现;她的微笑和眼泪也正是这样,只是更要动人得多;那些荡漾在她的红润的嘴唇上的小小的微笑,似乎不知道她的眼睛里有些什么客人,他们从她钻石一样晶莹的眼球里滚出来,正像一颗颗浑圆的珍珠。简单一句话,要是所有的悲哀都是这样美,那么悲哀将要成为最受世人喜爱的珍奇了。

肯特　她没有说过什么话吗?

侍臣　一两次她的嘴里迸出了"父亲"两个字,好像它们重压着她的心一般;她哀呼着,"姊姊!姊姊!女人的耻辱!姊姊!肯特!父亲!姊姊!什么,在风雨里吗?在黑夜里吗?不要相信世上还有怜悯吧!"于是她挥去了她的天仙一般的眼睛里的神圣的水珠,让眼泪淹没了她的沉痛的悲号,移步他往,和哀愁独自做伴去了。

肯特　那是天上的星辰,天上的星辰主宰着我们的命运;否则同一个父母怎么会生出这样不同的儿女来。您后来没有跟她说过话吗?

侍臣　没有。

肯特　这是在法兰西王回国以前的事吗?

侍臣　不,这是他去后的事。

肯特　好,告诉您吧,可怜的受难的李尔已经到了此地,他在比较清醒的时候,知道我们来干什么事,一定不肯见他的女儿。

侍臣　为什么呢,好先生?

肯特　羞耻之心掣住了他;他自己的忍心剥夺了她的应得的慈爱,使她远适异国,听任天命的安排,把她的权利分给那两个犬狼之心的女儿——这种种的回忆像毒刺一样螫着他的心,使他充满了火烧一样的惭愧,阻止他和考狄利娅相见。

侍臣　唉！可怜的人！

肯特　关于奥本尼和康华尔的军队，您听见什么消息没有？

侍臣　是的，他们已经出动了。

肯特　好，先生，我要带您去见见我们的王上，请您替我照料照料他。我因为有某种重要的理由，必须暂时隐藏我的真相；当您知道我是什么人以后，您决不会后悔跟我结识的。请您跟我走吧。（同下。）

第四场　同前。帐幕

旗鼓前导，考狄利娅、医生及兵士等上。

考狄利娅　唉！正是他。刚才还有人看见他，疯狂得像被飓风激动的怒海，高声歌唱，头上插满了恶臭的地烟草、牛蒡、毒芹、荨麻、杜鹃花和各种蔓生在田亩间的野草。派一百个兵士到繁茂的田野里各种搜寻，把他领来见我。（一军官下）人们的智慧能不能恢复他的丧失的心神？谁要是能够医治他，我愿意把我的身外的富贵一起送给他。

医生　娘娘，法子是有的；休息是滋养疲乏的精神的保姆，他现在就是缺少休息；只要给他服一些药草，就可以阖上他的痛苦的眼睛。

考狄利娅　一切神圣的秘密、一切地下潜伏的灵奇，随着我的眼泪一起奔涌出来吧！帮助解除我的善良的父亲的痛苦！快去找他，快去找他，我只怕他在不可控制的疯狂之中会消灭了他的失去主宰的生命。

一使者上。

使者　报告娘娘，英国军队向这儿开过来了。

考狄利娅　我们早已知道；一切都预备好了，只等他们到来。亲爱的父亲啊！我这次掀动干戈，完全是为了你的缘故；伟大的法兰西王被我的悲哀和恳求的眼泪所感动。我们出师，并非怀着什么非分的野心，只是一片真情，热烈的真情，要替我们的老父主持正义。但愿我不久就可以听见看见他！（同下。）

第五场　葛罗斯特城堡中一室

里根及奥斯华德上。

里根　可是我的姊夫的军队已经出发了吗？

奥斯华德　出发了，夫人。

里根　他亲自率领吗？

奥斯华德　夫人，好容易才把他催上了马；还是您的姊姊是个更好的军人哩。

里根　爱德蒙伯爵到了你们家里，有没有跟你家主人谈过话？

奥斯华德　没有，夫人。

里根　我的姊姊给他的信里有些什么话？

奥斯华德　我不知道，夫人。

里根　告诉你吧，他有重要的事情，已经离开此地了。葛罗斯特挖去了眼睛以后，仍旧放他活命，实在是一个极大的失策；因为他每到一个地方，都会激起众人对我们的反感。我想爱德蒙因为怜悯他的苦难，是要去替他解脱他的暗无天日的生涯的；而且他还负有探察敌人实力的使命。

奥斯华德　夫人，我必须追上去把我的信送给他。

里根　我们的军队明天就要出发；你暂时耽搁在我们这儿吧，路上很危险呢。

奥斯华德　我不能，夫人；我家夫人曾经吩咐我不准误事的。

里根　为什么她要写信给爱德蒙呢？难道你不能替她口头传达她的意思吗？看来恐怕有点儿——我也说不出来。让我拆开这封信来，我会十分喜欢你的。

奥斯华德　夫人，那我可——

里根　我知道你家夫人不爱她的丈夫；这一点我是可以确定的。她最近在这儿的时候，常常对高贵的爱德蒙抛掷含情的媚眼。我知道你是她的心腹之人。

奥斯华德　我，夫人！

里根　我的话不是随便说说的，我知道你是她的心腹；所以你且听我说，我的丈夫已经死了，爱德蒙跟我曾经谈起过，他向我求爱总比向你家夫人求爱来得方便些。其余的你自己去意会吧。要是你找到了他，请你替我把这个交给他；你把我的话对你家夫人说了以后，再请她仔细想个明白。好，再会。假如你听见人家说起那瞎眼的老贼在什么地方，能够把他除掉，一定可以得到重赏。

奥斯华德　但愿他能够碰在我的手里，夫人；我一定可以向您表明我是哪一方面的人。

里根　再会。（各下。）

第六场　多佛附近的乡间

葛罗斯特及爱德伽作农民装束同上。

葛罗斯特　什么时候我才能够登上山顶？

爱德伽　您现在正在一步步上去；瞧这路多么难走。

葛罗斯特　我觉得这地面是很平的。

爱德伽　陡峭得可怕呢；听！那不是海水的声音吗？

葛罗斯特　不，我真的听不见。

爱德伽　哎哟，那么大概因为您的眼睛痛得厉害，所以别的知觉也连带模糊起来啦。

葛罗斯特　那倒也许是真的。我觉得你的声音也变了样啦，你讲的话不像原来那样粗鲁、那样疯疯癫癫啦。

爱德伽　您错啦；除了我的衣服以外，我什么都没有变样。

葛罗斯特　我觉得你的话像样得多啦。

爱德伽　来，先生；我们已经到了，您站好。把眼睛一直望到这么低的地方，真是惊心眩目！在半空盘旋的乌鸦，瞧上去还没有甲虫那么大；山腰中间悬着一个采金花草的人，可怕的工作！我看他的全身简直抵不上一个人头的大小。在海滩上走路的渔夫就像小鼠一般，那艘碇泊在岸旁的高大的帆船小得像它的划艇，它的划艇小得像一个浮标，几乎看不出来。澎湃的波涛在海滨无数的石子上冲击的声音，也不能传到这样高的所在。我不愿再看下去了，恐怕我的头脑要昏眩起来，眼睛一花，就要一个筋斗直跌下去。

葛罗斯特　带我到你所立的地方。

爱德伽　把您的手给我；您现在已经离开悬崖的边上只有一英尺了；谁要是把天下所有的一切都给了我，我也不愿意跳下去。

葛罗斯特　放开我的手。朋友，这儿又是一个钱囊，里面有一颗宝石，一个穷人得到了它，可以终身温饱；愿天神们保佑你因此而得福吧！你再走远一点；向我告别一声，让我听见你走过去。

爱德伽　再会吧，好先生。

葛罗斯特　再会。

爱德伽　（旁白）我这样戏弄他的目的，是要把他从绝望的境界中解救出来。

葛罗斯特　威严的神明啊！我现在脱离这一个世界，当着你们的面，摆脱我的残酷的痛苦了；要是我能够再忍受下去，而不怨尤你们不可反抗的伟大意志，我这可厌的生命的余烬不久也会燃尽的。要是爱德伽尚在人世，神啊，请你们祝福他！现在，朋友，我们再会了！（向前仆地。）

爱德伽　我去了，先生；再会。（旁白）可是我不知道当一个人愿意受他自己的幻想的欺骗，相信他已经死去的时候，那一种幻想会不会真的偷去了他的生命的至宝；要是他果然在他所想象的那一个地方，现在他早已没有思想了。活着还是死了？（向葛罗斯特）喂，你这位先生！朋友！你听见吗，先生？说呀！也许他真的死了；可是他醒过来啦。你是什么人，先生？

葛罗斯特　去，让我死。

爱德伽　倘使你不是一根蛛丝、一根羽毛、一阵空气，从这样千仞的悬崖上跌落下来，早就像鸡蛋一样跌成粉碎了；可是你还在呼吸，你的身体还是好好的，不流一滴血，还会说话，简直一点损伤也没有。十根桅杆连接起来，也不及你所跌下来的地方那么高；你的生命是一个奇迹。再对我说两句话吧。

葛罗斯特　可是我有没有跌下来？

爱德伽　你就是从这可怕的悬崖绝顶上面跌下来的。抬起头来看一看吧；鸣声嘹亮的云雀飞到了那样高的所在，我们不但看不见它的形状，也听不见它的声音；你看。

葛罗斯特　唉！我没有眼睛哩。难道一个苦命的人，连寻死的权利都要被剥夺去吗？一个苦恼到极点的人假使还有办法对付那暴君的狂怒，挫败他的骄傲的意志，那么他多少还有一点可以自慰。

爱德伽　把你的胳臂给我；起来，好，怎样？站得稳吗？你站住了。

葛罗斯特　很稳，很稳。

爱德伽　这真太不可思议了。刚才在那悬崖的顶上，从你身边走开的是什么东西?

葛罗斯特 一个可怜的叫花子。

爱德伽 我站在下面望着他,仿佛看见他的眼睛像两轮满月;他有一千个鼻子,满头都是像波浪一样高低不齐的犄角;一定是个什么恶魔。所以,你幸运的老人家,你应该想这是无所不能的神明在暗中默佑你,否则绝不会有这样的奇事。

葛罗斯特 我现在记起来了;从此以后,我要耐心忍受痛苦,直等它有一天自己喊了出来,"够啦,够啦,"那时候再撒手死去。你所说起的这一个东西,我还以为是个人;它老是嚷着"恶魔,恶魔"的;就是他把我领到了那个地方。

爱德伽 不要胡思乱想,安心忍耐。可是谁来啦?

　　　　　李尔以鲜花杂乱饰身上。

爱德伽 不是疯狂的人,决不会把他自己打扮成这一个样子。

李尔 不,他们不能判我私造货币的罪名;我是国王哩。

爱德伽 啊,伤心的景象!

李尔 在那一点上,天然是胜过人工的。这是征募你们当兵的饷银。那家伙弯弓的姿势,活像一个稻草人;给我射一支一码长的箭试试看。瞧,瞧!一只小老鼠!别闹,别闹!这一块烘乳酪可以捉住它。这是我的铁手套;尽管他是一个巨人,我也要跟他一决胜负。带那些戟手上来。啊!飞得好,鸟儿;刚刚中在靶子心里,咻!口令!

爱德伽 茉荞兰。

李尔 过去。

葛罗斯特 我认识那个声音。

李尔 嘿!高纳里尔,长着一把白胡须!她们像狗一样向我献媚。说我在没有出黑须以前,就已经有了白须。[1]我说一声"是",

---

[1] 意即具有老人的智慧。

她们就应一声"是";我说一声"不",她们就应一声"不"!当雨点淋湿了我,风吹得我牙齿打战,当雷声不肯听我的话平静下来的时候,我才发现了她们,嗅出了她们。算了,她们不是心口如一的人;她们把我恭维得天花乱坠;全然是个谎,一发起烧来我就没有办法。

葛罗斯特　这一种说话的声调我记得很清楚;他不是我们的君王吗?

李尔　嗯,从头到脚都是君王;我只要一瞪眼睛,我的臣子就要吓得发抖。我赦免那个人的死罪。你犯的是什么案子?奸淫吗?你不用死;为了奸淫而犯死罪!不,小鸟儿都在干那把戏,金苍蝇当着我的面也会公然交合哩。让通奸的人多子多孙吧;因为葛罗斯特的私生的儿子,也比我的合法的女儿更孝顺他的父亲。淫风越盛越好,我巴不得他们替我多制造几个兵士出来。瞧那个脸上堆着假笑的妇人,她装出一副守身如玉的神气,做作得那么端庄贞静,一听见人家谈起调情的话儿就要摇头;其实她自己干起那回事来,比臭猫和骚马还要浪得多哩。她们的上半身虽然是女人,下半身却是淫荡的妖怪;腰带以上是属于天神的,腰带以下全是属于魔鬼的:那儿是地狱,那儿是黑暗,那儿是火坑,吐着熊熊的烈焰,发出熏人的恶臭,把一切烧成了灰。呸!呸!呸!呸!呸!好掌柜,给我称一两麝香,让我解解我的想象中的臭气;钱在这儿。

葛罗斯特　啊!让我吻一吻那只手!

李尔　让我先把它揩干净;它上面有一股热烘烘的人气。

葛罗斯特　啊,毁灭了的生命!这一个广大的世界有一天也会像这样零落得只剩一堆残迹。你认识我吗?

李尔　我很记得你这双眼睛。你在向我瞟吗?不,盲目的丘匹德,随你使出什么手段来,我是再也不会恋爱的。这是一封挑战书,你拿去读吧,瞧瞧它是怎么写的。

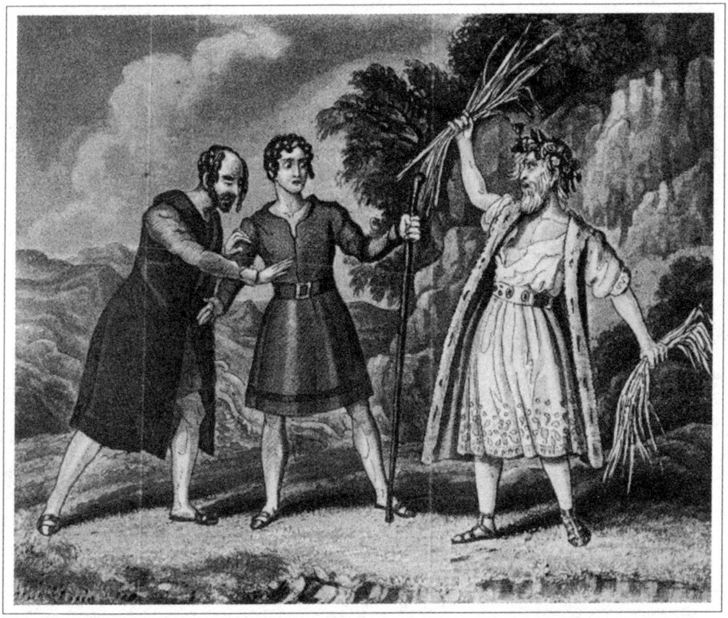

葛罗斯特　即使每一个字都是一个太阳，我也瞧不见。

爱德伽　（旁白）要是人家告诉我这样的事，我一定不会相信；可是这样的事是真的，我的心要碎了。

李尔　读呀。

葛罗斯特　什么！用眼眶子读吗？

李尔　啊哈！你原来是这个意思吗？你的头上也没有眼睛，你的袋里也没有银钱吗？你的眼眶子真深，你的钱袋真轻。可是你却看见这世界的丑恶。

葛罗斯特　我只能捉摸到它的丑恶。

李尔　什么！你疯了吗？一个人就是没有眼睛，也可以看见这世界的丑恶。用你的耳朵瞧着吧：你没看见那法官怎样痛骂那个卑贱的偷儿吗？侧过你的耳朵来，听我告诉你：让他们两人换了地位，谁还认得出哪个是法官，哪个是偷儿？你见过农夫的一条狗向一个乞丐乱吠吗？

葛罗斯特　嗯，陛下。

李尔　你还看见那家伙怎样给那条狗赶走吗？从这一件事情上面，你就可以看到威权的伟大的影子；一条得势的狗，也可以使人家唯命是从。你这可恶的教吏，停住你的残忍的手！为什么你要鞭打那个妓女？向你自己的背上着力抽下去吧；你自己心里和她犯奸淫，却因为她跟人家犯奸淫而鞭打她。那放高利贷的家伙却把那骗子判了死刑。褴褛的衣衫遮不住小小的过失；披上锦袍袭服，便可以隐匿一切。罪恶镀了金，公道的坚强的枪刺戳在上面也会折断；把它用破烂的布条裹起来，一根侏儒的稻草就可以戳破它。没有一个人是犯罪的，我说，没有一个人；我愿意为他们担保；相信我吧，我的朋友，我有权力封住控诉者的嘴唇。你还是去装上一副玻璃眼睛，像一个卑鄙的阴谋家似的，假装能够看见你所看不见的事情吧。来，来，来，来，替我把靴子脱下来；用力一点，用力一点；好。

爱德伽　（旁白）啊！疯话和正经话夹杂在一起；虽然他发了疯，他说出来的话却不是全无意义的。

李尔　要是你愿意为我的命运痛哭，那么把我的眼睛拿了去吧。我知道你是什么人；你的名字是葛罗斯特。你必须忍耐；你知道我们来到这世上，第一次嗅到了空气，就哇呀哇呀地哭起来。让我讲一番道理给你听；你听着。

葛罗斯特　唉！唉！

李尔　当我们生下地来的时候，我们因为来到了这个全是些傻瓜的广大的舞台之上，所以禁不住放声大哭。这顶帽子的式样很不错！用毡呢钉在一队马儿的蹄上，倒是一个妙计；我要把它实行一下，悄悄地偷进我那两个女婿的营里，然后我就杀呀，杀呀，杀呀，杀呀，杀呀，杀呀！①

　　　　侍臣率侍从数人上。

侍臣　啊！他在这儿；抓住他。陛下，您的最亲爱的女儿——

李尔　没有人救我吗？什么！我变成一个囚犯了吗？我是天生下来被命运愚弄的。不要虐待我；有人会拿钱来赎我的。替我请几个外科医生来，我的头脑受了伤啦。

侍臣　您将会得到您所需要的一切。

李尔　一个伙伴也没有？只有我一个人吗？哎哟，这样会叫一个人变成了个泪人儿，用他的眼睛充作灌园的水壶，去浇洒秋天的泥土。

侍臣　陛下——

李尔　我要像一个新郎似的勇敢地死去。嘿！我要高高兴兴的。来，

---

① 李尔王在这里效仿军队冲锋时的呐喊声。

来，我是一个国王，你们知道吗？

侍臣　您是一位尊严的王上，我们服从您的旨意。

李尔　那么还有几分希望。要去快去。吵吵吵吵。（下。侍从等随下。）

侍臣　最微贱的平民到了这样一个地步，也会叫人看了伤心，何况是一个国王！你那两个不孝的女儿，已经使天道人伦受到咒诅，可是你还有一个女儿，却已经把天道人伦从这样的咒诅中间拯救出来了。

爱德伽　祝福，先生。

侍臣　足下有什么见教？

爱德伽　您有没有听见什么关于将要发生一场战事的消息？

侍臣　这已经是一件千真万确、谁都知道的事了；每一个耳朵能够辨别声音的人都听到过那样的消息。

爱德伽　可是借问一声，您知道对方的军队离这儿还有多少路？

侍臣　很近了，他们一路来得很快；他们的主力部队每一点钟都有到来的可能。

爱德伽　谢谢您，先生；这是我所要知道的一切。

侍臣　王后虽然有特别的原因还在这儿，她的军队已经开上去了。

爱德伽　谢谢您，先生。（侍臣下。）

葛罗斯特　永远仁慈的神明，请停止我的呼吸吧；不要在你没有要我离开人世之前，再让我的罪恶的灵魂引诱我结束我自己的生命！

爱德伽　您祷告得很好，老人家。

葛罗斯特　好先生，您是什么人？

爱德伽　一个非常穷苦的人，受惯命运的打击；因为自己是从忧患中间过来的，所以对于不幸的人很容易抱同情。把您的手给我，让我把您领到一处可以栖身的地方去。

葛罗斯特　多谢多谢；愿上天大大赐福给您！

奥斯华德上。

奥斯华德　明令缉拿的要犯！好极了，居然碰在我的手里！你那颗瞎眼的头颅，却是我的进身的阶梯。你这倒霉的老奸贼，赶快忏悔你的罪恶；剑已经拔出了，你今天难逃一死。

葛罗斯特　但愿你这慈悲的手多用一些气力，帮助我早早脱离苦痛。（爱德伽劝阻奥斯华德。）

奥斯华德　大胆的村夫，你怎么敢袒护一个明令缉拿的叛徒？滚开，免得你也遭到和他同样的命运。放开他的胳臂。

爱德伽　先生，你不向我说明理由，我是不放的。

奥斯华德　放开，奴才，否则我叫你死。

爱德伽　好先生，你走你的路，让穷人们过去吧。要是这种吓人的话也能把我吓倒，那么我早在半个月之前，就给人吓死了。不，不要走近这个老头儿；我关照你，走远一点儿；要不然的话，我要试一试究竟是你的头硬还是我的棍子硬。我可不知道什么客气不客气。

奥斯华德　走开，混账东西！

爱德伽　我要拔掉你的牙齿，先生。来，尽管刺过来吧。（二人决斗，爱德伽击奥斯华德倒地。）

奥斯华德　奴才，你打死我了。把我的钱囊拿了去吧。要是你希望将来有好日子过，请你把我的尸体掘一个坑埋了；我身边还有一封信，请你替我送给葛罗斯特伯爵爱德蒙大爷，他在英国军队里，你可以找到他。啊！想不到我死于非命！（死。）

爱德伽　我认识你；你是一个惯会讨主上欢心的奴才；你的女主人无论有什么万恶的命令，你总是奉命唯谨。

葛罗斯特　什么！他死了吗？

爱德伽　坐下来，老人家；您休息一会儿吧。让我们搜一搜他的衣袋——他说起的这一封信，也许可以对我有一点用处。他死了；我只可惜他不是死在刽子手的手里。让我们看：对不起，好蜡，我要把你拆开来了；恕我无礼，为了要知道我们敌人的居心，就是他们的心肝也要剖出来，拆阅他们的信件不算是违法的事。"不要忘记我们彼此间的誓约。你有许多机会可以除去他；只要你有决心，一切都是不成问题的。要是他得胜归来，那就什么都完了；我将要成为一个囚人，他的眠床就是我的牢狱。把我从他可憎的怀抱中拯救出来吧，他的地位你可以取而代之，这也是你应得的酬劳。你的恋慕的奴婢——但愿我能换上妻子两个字——高纳里尔。"啊，不可测度的女人的心！谋害她的善良的丈夫，叫我的兄弟代替他的位置！在这砂土之内，我要把你掩埋起来，你这杀人的淫妇的使者。在一个适当的时间，我要让那被人阴谋弑害的公爵见到这一封卑劣的信。我能够把你的死讯和你的使命告诉他，对于他是一件幸运的事。

葛罗斯特 王上疯了；我的万恶的知觉却是倔强得很，我一站起身来，无限的悲痛就涌上我的心头！还是疯了的好；那样我可以不再想到我的不幸，让一切痛苦在昏乱的幻想之中忘记了它们本身的存在。（远处鼓声。）

爱德伽 把您的手给我；好像我听见远远有打鼓的声音。来，老人家，让我把您安顿在一个朋友的地方。（同下。）

第七场　法军营帐

　　考狄利娅、肯特、医生及侍臣上。

考狄利娅 好肯特啊！我怎么能够报答你这一番苦心好意呢！就是粉身碎骨，也不能抵偿你的大德。

肯特　娘娘，只要自己的苦心被人了解，那就是莫大的报酬了。我所讲的话，句句都是事实，没有一分增减。

考狄利娅　去换一身好一点的衣服吧；您身上的衣服是那一段悲惨的时光中的纪念品，请你脱下来吧。

肯特　恕我，娘娘；我现在还不能回复我的本来面目，因为那会妨碍我的预定的计划。请您准许我这一个要求，在我自己认为还没有到适当的时间以前，您必须把我当作一个不相识的人。

考狄利娅　那么就照你的意思吧，伯爵。（向医生）王上怎样？

医生　娘娘，他仍旧睡着。

考狄利娅　慈悲的神明啊，医治他的被凌辱的心灵中的重大的裂痕！保佑这一个被不孝的女儿所反噬的老父，让他错乱昏迷的神智回复健全吧！

医生　请问娘娘，我们现在可不可以叫王上醒来？他已经睡得很久了。

考狄利娅　照你的意见，应该怎么办就怎么办吧。他有没有穿着好？

　　　　李尔卧椅内，众仆舁上。

侍臣　是，娘娘；我们乘着他熟睡的时候，已经替他把新衣服穿上去了。

医生　娘娘，请您不要走开，等我们叫他醒来；我相信他的神经已经安定下来了。

考狄利娅　很好。（乐声。）

医生　请您走近一步。音乐还要响一点儿。

考狄利娅　啊，我的亲爱的父亲！但愿我的嘴唇上有治愈疯狂的灵药，让这一吻抹去了我那两个姊姊加在你身上的无情的伤害吧！

肯特　善良的好公主！

考狄利娅　假如你不是她们的父亲，这满头的白雪也该引起她们的怜悯。这样一张面庞是受得起激战的狂风吹打的吗？它能够抵御可怕的雷霆吗?在最惊人的闪电的光辉之下,你,可怜的无援的兵士!戴着这一顶薄薄的戎盔,苦苦地守住你的哨岗吗?我的敌人的狗,即使它曾经咬过我,在那样的夜里,我也要让它躺在我的火炉之前。但是你,可怜的父亲,却甘心钻在污秽霉烂的稻草里,和猪狗、和流浪的乞儿做伴吗?唉!唉!你的生命不和你的智慧同归于尽,才是一件怪事。他醒来了;对他说些什么话吧。

医生　娘娘,应该您去跟他说说。

考狄利娅　父王陛下,您好吗?

李尔　你们不应该把我从坟墓中间拖了出来。你是一个有福的灵魂;我却缚在一个烈火的车轮上,我自己的眼泪也像熔铅一样灼痛我的脸。

考狄利娅　父亲,您认识我吗?

李尔　你是一个灵魂,我知道;你在什么时候死的?

考狄利娅　还是疯疯癫癫的。

医生　他还没有完全清醒过来;暂时不要惊扰他。

李尔　我到过些什么地方?现在我在什么地方?明亮的白昼吗?我大大受了骗啦。我如果看见别人落到这一个地步,我也要为他心碎而死。我不知道应该怎么说。我不愿发誓这一双是我的手;让我试试看,这针刺上去是觉得痛的。但愿我能够知道我自己的实在情形!

考狄利娅　啊!瞧着我,父亲,把您的手按在我的头上为我祝福吧。不,父亲,您千万不能跪下。

李尔　请不要取笑我;我是一个非常愚蠢的傻老头子,活了八十多岁了;不瞒您说,我怕我的头脑有点儿不大健全。我想我应该认识您,也该认识这个人;可是我不敢确定;因为我全然不知道这是什么地方,而且凭着我所有的能力,我也记不起来什么时候穿上这身衣服；我也不知道昨天晚上我在什么所在过夜。不要笑我；我想这位夫人是我的孩子考狄利娅。

考狄利娅　正是，正是。

李尔　你在流着眼泪吗？当真。请你不要哭啦；要是你有毒药为我预备着，我愿意喝下去。我知道你不爱我；因为我记得你的两个姊姊都虐待我；你虐待我还有几分理由，她们却没有理由虐待我。

考狄利娅　谁都没有这理由。

李尔　我是在法国吗？

肯特　在您自己的国土之内，陛下。

李尔　不要骗我。

医生　请宽心一点，娘娘；您看他的疯狂已经平静下去了；可是再向他提起他经历的事情，却是非常危险的。不要多烦扰他，让他的神经完全安定下来。

考狄利娅　请陛下到里边去安息安息吧。

李尔　你必须原谅我。请你不咎既往，宽赦我的过失；我是个年老糊涂的人。（李尔、考狄利娅、医生及侍从等同下。）

侍臣　先生，康华尔公爵被刺的消息是真的吗？

肯特　完全真确。

侍臣　他的军队归什么人带领？

肯特　据说是葛罗斯特的庶子。

侍臣　他们说他的放逐在外的儿子爱德伽现在跟肯特伯爵都在德国。

肯特　消息常常变化不定。现在是应该戒备的时候了，英国军队已在迅速逼近。

侍臣　一场血战是免不了的。再会，先生。（下。）

肯特　我的目的能不能顺利达到，要看这一场战事的结果方才分晓。（下。）

第五幕

第一场　多佛附近英军营地

旗鼓前导，爱德蒙、里根、军官、兵士及侍从等上。

爱德蒙　（向一军官）你去问一声公爵，他是不是仍旧保持着原来的决心，还是因为有了其他的理由，已经改变了方针；他这个人摇摆不定，畏首畏尾；我要知道他究竟抱着怎样的主张。（军官下。）

里根　我那姊姊差来的人一定在路上出了事啦。

爱德蒙　那可说不定，夫人。

里根　好爵爷，我对你的一片好心，你不会不知道的；现在请你告诉我，老老实实地告诉我，你不爱我的姊姊吗？

爱德蒙　我只是按照我的名分敬爱她。

里根　可是你从来没有深入我的姊夫的禁地吗？

爱德蒙　这样的思想是有失您自己的体统的。

里根　我怕你们已经打成一片，她心坎儿里只有你一个人哩。

爱德蒙　凭着我的名誉起誓，夫人，没有这样的事。

里根　我决不答应她；我的亲爱的爵爷，不要跟她亲热。

爱德蒙　您放心吧。——她跟她的公爵丈夫来啦!

　　　　旗鼓前导,奥本尼、高纳里尔及兵士等上。

高纳里尔　(旁白)我宁愿这一次战争失败,也不让我那个妹子把他从我手里夺了去。

奥本尼　贤妹久违了。伯爵,我听说王上已经带了一班受不住我国的苛政、高呼不平的人们,到他女儿的地方去了。要是我们所兴的是一场不义之师,我是再也提不起我的勇气来的;可是现在的问题,并不是我们的王上和他手下的一群人在法国的煽动之下,用堂堂正正的理由向我们兴师问罪,而是法国举兵侵犯我们的领土,这是我们所不能容忍的。

爱德蒙　您说得有理,佩服,佩服。

里根　这种话讲它做什么呢?

高纳里尔　我们只需同心合力,打退敌人;这些内部的纠纷,不是现在所要讨论的问题。

奥本尼　那么让我们跟那些久历戎行的战士讨论讨论我们所应该采取的战略吧。

爱德蒙　很好,我就到您的帐里来叨陪末议。

里根　姊姊,您也跟我们一块儿去吗?

高纳里尔　不。

里根　您怎么可以不去?来,请吧。

高纳里尔　(旁白)哼!我明白你的意思。(高声)好,我就去。

　　　　爱德伽乔装上。

爱德伽　殿下要是不嫌我微贱,请听我说一句话。

奥本尼　你们先请一步,我就来。——说。(爱德蒙、里根、高纳里尔、军官、兵士及侍从等同下。)

爱德伽　在您没有开始作战以前,先把这封信拆开来看一看。要是您得到胜利,可以吹喇叭为信号,叫我出来;虽然您看我是这样一个下贱的人，我可以请出一个证人来，证明这信上所写的事。要是您失败了，那么您在这世上的使命已经完毕，一切阴谋也都无能为力了。愿命运眷顾您！

奥本尼　等我读了信你再去。

爱德伽　我不能。时候一到，您只要叫传令官传唤一声，我就会出来的。

奥本尼　那么再见；你的信我拿回去看吧。（爱德伽下。）

　　　　爱德蒙重上。

爱德蒙　敌人已经望得见了；快把您的军队集合起来。这儿记载着根据精密侦查所得的敌方军力的估计；可是现在您必须快点儿了。

奥本尼　好，我们准备迎敌就是了。（下。）

爱德蒙　我对这两个姊姊都已经立下爱情的盟誓；她们彼此互怀嫉妒，就像被蛇咬过的人见不得蛇的影子一样。我应该选择哪一个呢？两个都要？只要一个？还是一个也不要？要是两个全都留在世上，我就一个也不能到手；娶了那寡妇，一定会激怒她的姊姊高纳里尔；可是她的丈夫一天不死，我又怎么能跟她成双配对？现在我们还是要借他做号召军心的幌子；等到战事结束以后，她要是想除去他，让她自己设法结果他的性命吧。照他的意思，李尔和考狄利娅两人被我们捉到以后，是不能加害的；可是假如他们果然落在我们手里，我们可决不让他们得到他的赦免；因为我保全自己的地位要紧，什么天理良心只好一概不论。（下。）

第二场　两军营地之间的原野

　　　　内号角声。旗鼓前导,李尔及考狄利娅率军队上；同下。爱德伽及葛罗斯特上。

爱德伽　来,老人家,在这树荫底下坐坐吧；但愿正义得到胜利！要是我还能够回来见您,我一定会给您好消息的。

葛罗斯特　上帝照顾您,先生！（爱德伽下。）

　　　　号角声；有顷,内吹退军号。爱德伽重上。

爱德伽　去吧,老人家！把您的手给我；去吧！李尔王已经失败,他跟他的女儿都被他们捉去了。把您的手给我；来。

葛罗斯特　不,先生,我不想再到什么地方去了；让我就在这儿等死吧。

爱德伽　怎么！您又转起那种坏念头来了吗？人们的生死都不是可以勉强求到的,你应该耐心忍受天命的安排。来。

葛罗斯特　那也说得有理。（同下。）

第三场　多佛附近英军营地

　　　　旗鼓前导,爱德蒙凯旋上；李尔、考狄利娅被俘随上；军官、兵士等同上。

爱德蒙　来人,把他们押下去,好生看守,等上面发落下来,再作道理。

考狄利娅　存心良善的反而得到恶报,这样的前例是很多的。我只是为了你,被迫害的国王,才感到悲伤;否则尽管欺人的命运向我横眉怒目,我也不把她的凌辱放在心上。我们要不要去见见这两个女儿和这两个姊姊?

李尔　不,不,不,不!来,让我们到监牢里去。我们两人将要像笼中之鸟一般唱歌;当你求我为你祝福的时候,我要跪下来求你饶恕;我们就这样生活着,祈祷,唱歌,说些古老的故事,嘲笑那班像金翅蝴蝶般的廷臣,听听那些可怜的人讲些宫廷里的消息;我们也要跟他们在一起谈话,谁失败,谁胜利,谁在朝,谁在野,用我们的意见解释各种事情的奥秘,就像我们是上帝的耳目一样;在囚牢的四壁之内,我们将要冷眼看那些朋比为奸的党徒随着月亮的圆缺而升沉。

爱德蒙　把他们带下去。

李尔　对于这样的祭物,我的考狄利娅,天神也要焚香致敬的。我果然把你捉住了吗?谁要是想分开我们,必须从天上取下一把火炬来像驱逐狐狸一样把我们赶散。揩干你的眼睛;让恶疮烂掉他们的全身,他们也不能使我们流泪,我们要看他们活活饿死。来。(兵士押李尔、考狄利娅下。)

爱德蒙　过来,队长。听着,把这一通密令拿去;(以一纸授军官)跟着他们到监牢里去。我已经把你提升了一级,要是你能够照这密令上所说的执行,一定大有好处。你要知道,识时务的才是好汉;心肠太软的人不配佩带刀剑。我吩咐你去干这件重要的差使,你可不必多问,愿意就做,不愿意就另谋出路吧。

军官　我愿意,大人。

爱德蒙　那么去吧;你立了这一个功劳,你就是一个幸运的人。听着,事不宜迟,必须照我所写的办法赶快办好。

军官　我不会拖车子,也不会吃干麦;只要是男子汉干的事,我

338

就会干。（下。）

喇叭奏花腔。奥本尼、高纳里尔、里根、军官及侍从等上。

奥本尼　伯爵，你今天果然表明了你是一个将门之子；命运眷顾着你，使你克奏肤功，跟我们敌对的人都已经束手就擒。请你把你的俘虏交给我们，让我们一方面按照他们的身份，一方面顾到我们自身的安全，决定一个适当的处置。

爱德蒙　殿下，我已经把那不幸的老王拘禁起来，并且派兵严密监视了；我认为应该这样办；他的高龄和尊号都有一种莫大的魔力，可以吸引人心归附他，要是不加防范，恐怕我们的部下都要受他的煽惑而对我们反戈相向。那王后我为了同样的理由，也把她一起下了监；他们明天或者迟一两天就可以受你们的审判。现在弟兄们刚刚流过血汗，丧折了不少的朋友亲人，他们感受战争的残酷，未免心中愤激，这场争端无论理由怎样正大，在他们看来也就成为是可咒诅的了；所以审问考狄利娅和她的父亲这一件事，必须在一个更适当的时候举行。

奥本尼　伯爵，说一句不怕你见怪的话，你不过是一个随征的将领，我并没有把你当作一个同等地位的人。

里根　假如我愿意，为什么他不能和你分庭抗礼呢？我想你在说这样的话以前，应该先问问我的意思才是。他带领我们的军队，受到我的全权委任，凭着这一层亲密的关系，也够资格和你称兄道弟了。

高纳里尔　少亲热点儿吧；他的地位是他靠着自己的才能造成的，并不是你给他的恩典。

里根　我把我的权力托付给他，他就能和最尊贵的人匹敌。

高纳里尔　要是他做了你的丈夫，至多也不过如此吧。

里根　笑话往往会变成预言。

高纳里尔　呵呵！看你挤眉弄眼的，果然有点儿邪气。

里根　太太，我现在身子不大舒服，懒得跟你斗口了。将军，请你接受我的军队、俘虏和财产；这一切连我自己都由你支配；我是你的献城降服的臣仆；让全世界为我证明，我现在把你立为我的丈夫和君主。

高纳里尔　你想要受用他吗？

奥本尼　那不是你所能阻止的。

爱德蒙　也不是你所能阻止的。

奥本尼　杂种，我可以阻止你们。

里根　（向爱德蒙）叫鼓手打起鼓来，和他决斗，证明我已经把尊位给了你。

奥本尼　等一等，我还有话说。爱德蒙，你犯有叛逆重罪，我逮捕你；同时我还要逮捕这一条金鳞的毒蛇。（指高纳里尔）贤妹，为了我的妻子的缘故，我必须要求您放弃您的权利；她已经跟这位勋爵有约在先，所以我，她的丈夫，不得不对你们的婚姻表示异议。要是您想结婚的话，还是把您的爱情用在我的身上吧，我的妻子已经另有所属了。

高纳里尔　这一段穿插真有趣！

奥本尼　葛罗斯特，你现在甲胄在身；让喇叭吹起来；要是没有人出来证明你所犯的无数凶残罪恶，众目昭彰的叛逆重罪，这儿是我的信物；（掷下手套）在我没有剖开你的胸口，证明我此刻所宣布的一切以前，我决不让一些食物接触我的嘴唇。

里根　哎哟！我病了！我病了！

高纳里尔　（旁白）要是你不病，我也从此不相信毒药了。

爱德蒙　这儿是我给你的交换品；（掷下手套）谁骂我是叛徒的，他就是个说谎的恶人。叫你的喇叭吹起来吧；谁有胆量，出来，我可以向他、向你、向每一个人证明我的不可动摇的忠心和荣誉。

奥本尼　来，传令官！

爱德蒙　传令官！传令官！

奥本尼　信赖你个人的勇气吧；因为你的军队都是用我的名义征集的，我已经用我的名义把他们遣散了。

里根　我的病越来越厉害啦！

奥本尼　她身体不舒服；把她扶到我的帐里去。（侍从扶里根下）过来，传令官。

　　　　传令官上。

奥本尼　叫喇叭吹起来。宣读这一道命令。

军官　吹喇叭！（喇叭吹响。）

传令官　（宣读）"在本军之中，如有身份高贵的将校官佐，愿意证明爱德蒙——名分未定的葛罗斯特伯爵，是一个罪恶多端的叛徒，让他在第三次喇叭声中出来。该爱德蒙坚决自卫。"

爱德蒙　吹！（喇叭初响。）

传令官　再吹！（喇叭再响。）

传令官　再吹！（喇叭三响。内喇叭声相应。）

　　　　喇叭手前导，爱德伽武装上。

奥本尼　问明他的来意，为什么他听了喇叭的呼召到这儿来。

传令官　你是什么人？你叫什么名字？在军中是什么官级？为什么你要应召而来？

爱德伽　我的名字已经被阴谋的毒齿咬啮蛀蚀了；可是我的出身正像我现在所要来面对的敌手同样高贵。

奥本尼　谁是你的敌手？

爱德伽　代表葛罗斯特伯爵爱德蒙的是什么人？

爱德蒙　他自己；你对他有什么话说？

341

爱德伽　拔出你的剑来，要是我的话激怒了一颗正直的心，你的兵器可以为你辩护；这儿是我的剑。听着，虽然你有的是胆量、勇气、权位和尊荣，虽然你挥着胜利的宝剑，夺到了新的幸运，可是凭着我的荣誉、我的誓言和我的骑士的身份所给我的特权，我当众宣布你是一个叛徒，不忠于你的神明、你的兄长和你的父亲，阴谋倾覆这一位崇高卓越的君王，从你的头顶直到你的足下的尘土，彻头彻尾是一个最可憎的逆贼。要是你说一声"不"，这一柄剑、这一只胳臂和我的全身的勇气，都要向你的心口证明你说谎。

爱德蒙　照理我应该问你的名字；可是你的外表既然这样英勇，你的出言吐语，也可以表明你不是一个卑微的人，虽然按照骑士的规则，我可以拒绝你的挑战，我却不惜唾弃这些规则，把你所说的那种罪名仍旧丢回到你的头上，让那像地狱一般可憎的谎话吞没你的心；凭着这一柄剑，我要在你的心头挖破一个窟窿，把你的罪恶一起塞进去。吹起来，喇叭！（号角声。二人决斗。爱德蒙倒地。）

奥本尼　留他活命，留他活命！

高纳里尔　这是诡计，葛罗斯特；按照决斗的法律，你尽可以不接受一个不知名的对手的挑战；你不是被人打败，你是中了人家的计了。

奥本尼　闭住你的嘴，妇人，否则我要用这一张纸塞住它了。且慢，骑士。你这比一切恶名更恶的恶人，读读你自己的罪恶吧。不要撕，太太；我看你也认识这一封信的。（以信授爱德蒙。）

高纳里尔　即使我认识这一封信，又有什么关系！法律在我手中，不在你手中；谁可以控诉我？（下。）

奥本尼　岂有此理！你知道这封信吗？

爱德蒙　不要问我知道不知道。

奥本尼　追上她去；她现在情急了，什么事都干得出来；留心看着她。（一军官下。）

爱德蒙　你所指斥我的罪状，我全都承认；而且我所干的事，着实不止这一些呢，总有一天会全部暴露的。现在这些事已成过去，我也要永辞人世了。——可是你是什么人，我会失败在你的手里？假如你是一个贵族，我愿意对你不记仇恨。

爱德伽　让我们互相宽恕吧。在血统上我并不比你低微，爱德蒙；要是我的出身比你更高贵，你尤其不该那样陷害我。我的名字是爱德伽，你的父亲的儿子。公正的天神使我们的风流罪过成为惩罚我们的工具；他在黑暗淫邪的地方生下了你，结果使他丧失了他的眼睛。

爱德蒙　你说得不错；天道的车轮已经循环过来了。

奥本尼　我一看见你的举止行动，就觉得你不是一个凡俗之人。我必须拥抱你；让悔恨碎裂了我的心，要是我曾经憎恨过你和你的父亲。

爱德伽　殿下，我一向知道您的仁慈。

奥本尼　你把自己藏匿在什么地方？你怎么知道你的父亲的灾难？

爱德伽　殿下，我知道他的灾难，因为我就在他的身边照料他，听我讲一段简短的故事；当我说完以后，啊，但愿我的心爆裂了吧！贪生怕死，是我们人类的常情，我们宁愿每小时忍受着死亡的惨痛，也不愿一下子结束自己的生命；我为了逃避那紧迫着我的、残酷的宣判，不得不披上一身疯人的褴褛衣服，改扮成一副连狗儿们也要看不起的样子。在这样的乔装之中，我碰见了我的父亲，他的两个眼眶里淋着血，那宝贵的眼珠已经失去了；我替他做向导，带着他走路，为他向人求乞，把他从绝望之中拯救出来；啊！千不该、万不该，我不该向他瞒住我自己的真相！直到约莫半小时以前，我已

343

经披上甲胄，虽说希望天从人愿，却不知道此行究竟结果如何，便请他为我祝福，才把我的全部经历从头到尾告诉他知道；可是唉！他的破碎的心太脆弱了，载不起这样重大的喜悦和悲伤，在这两种极端的情绪猛烈的冲突之下，他含着微笑死了。

爱德蒙　你这番话很使我感动，说不定对我有好处；可是说下去吧，看上去你还有一些话要说。

奥本尼　要是还有比这更伤心的事，请不要说下去吧；因为我听了这样的话，已经忍不住热泪盈眶了。

爱德伽　对于不喜欢悲哀的人，这似乎已经是悲哀的顶点；可是在极度的悲哀之上，却还有更大的悲哀。当我正在放声大哭的时候，来了一个人，他认识我就是他所见过的那个疯丐，不敢接近我；可是后来他知道了我究竟是什么人，遭遇到什么样不幸，他就抱住我的头颈，大放悲声，好像要把天空都震碎一般；他俯伏在我的父亲的尸体上；讲出了关于李尔和他两个人的一段最凄惨的故事；他越讲越伤心，他的生命之弦都要开始颤断了；那时候喇叭的声音已经响过二次，我只好抛下他一个人在那如痴如醉的状态之中。

奥本尼　可是这是什么人？

爱德伽　肯特，殿下，被放逐的肯特；他一路上乔装改貌，跟随那把他视同仇敌的国王，替他躬操奴隶不如的贱役。

　　　　一侍臣持一流血之刀上。

侍臣　救命！救命！救命啊！

爱德伽　救什么命！

奥本尼　说呀，什么事？

爱德伽　那柄血淋淋的刀是什么意思？

侍臣　它还热腾腾地冒着气呢；它是从她的心窝里拔出来的，——啊！她死了！

奥本尼 谁死了？说呀。

侍臣 您的夫人，殿下，您的夫人；她的妹妹也给她毒死了，她自己承认的。

爱德蒙 我跟她们两人都有婚姻之约，现在我们三个人可以在一块儿做夫妻了。

爱德伽 肯特来了。

奥本尼 把她们的尸体抬出来，不管她们有没有死。这一个上天的判决使我们战栗，却不能引起我们的怜悯。（侍臣下。）

肯特上。

奥本尼 啊！这就是他吗？当前的变故使我不能对他尽我应尽的敬礼。

肯特 我要来向我的王上道一声永久的晚安，他不在这儿吗？

奥本尼 我们把一件重要的事情忘了！爱德蒙，王上呢？考狄利娅呢？肯特，你看见这一种情景吗？（侍从抬高纳里尔、里根二尸体上。）

肯特 哎哟！这是为了什么？

爱德蒙 爱德蒙还是有人爱的；这一个为了我的缘故毒死了那一个，跟着她也自杀了。

奥本尼 正是这样。把她们的脸遮起来。

爱德蒙 我快要断气了，倒想做一件违反我的本性的好事。赶快差人到城堡里去，因为我已经下令，要把李尔和考狄利娅处死。不要多说废话，迟一点就来不及啦。

奥本尼 跑！跑！跑呀！

爱德伽 跑去找谁呀，殿下？——谁奉命干这件事？你得给我一件什么东西，作为赦免的凭证。

爱德蒙 想得不错；把我的剑拿去给那队长。

奥本尼 快去，快去。（爱德伽下。）

爱德蒙　他从我的妻子跟我两人的手里得到密令，要把考狄利娅在狱中缢死，对外面说是她自己在绝望中自杀的。

奥本尼　神明保佑她！把他暂时抬出去。（侍从抬爱德蒙下。）

　　　　李尔抱考狄利娅尸体、爱德伽、军官及余人等同上。

李尔　哀号吧，哀号吧，哀号吧，哀号吧！啊！你们都是些石头一样的人；要是我有了你们的那些舌头和眼睛，我要用我的眼泪和哭声震撼穹苍。她是一去不回的了。一个人死了还是活着，我是知道的；她已经像泥土一样死去。借一面镜子给我；要是她的气息还能够在镜面上呵起一层薄雾，那么她还没有死。

肯特　这就是世界最后的结局吗？

爱德伽　还是末日恐怖的预兆？

奥本尼　天倒下来了，一切都要归于毁灭吗？

李尔　这一根羽毛在动；她没有死！要是她还有活命，那么我的一切悲哀都可以消释了。

肯特　（跪）啊，我的好主人！

李尔　走开！

爱德伽　这是尊贵的肯特，您的朋友。

李尔　一场瘟疫降落在你们身上，全是些凶手，奸贼！我本来可以把她救活的；现在她再也回不转来了！考狄利娅，考狄利娅！等一等。嘿！你说什么？她的声音总是那么柔软温和，女儿家是应该这样的。我亲手杀死了那把你缢死的奴才。

军官　殿下，他真的把他杀死了。

李尔　我不是把他杀死了吗，汉子？从前我一举起我的宝刀，就可以叫他们吓得抱头鼠窜；现在年纪老啦，受到这许多磨难，一天比一天不中用啦。你是谁？等会儿我就可以说出来了；我的眼睛可不大好。

肯特　要是命运女神向人夸口,说起有两个曾经一度被她宠爱、后来却为她厌弃的人,那么在我们的眼前就各站着其中的一个。

李尔　我的眼睛太糊涂啦。你不是肯特吗?

肯特　正是,您的仆人肯特。您的仆人卡厄斯呢?

李尔　他是一个好人,我可以告诉你;他一动起火来就会打人。他现在已经死得骨头都腐烂了。

肯特　不,陛下;我就是那个人——

李尔　我马上能认出来你是不是。

肯特　自从您开始遭遇变故以来,一直跟随着您的不幸的足迹。

李尔　欢迎,欢迎。

肯特　不,一切都是凄惨的、黑暗的、阴郁的;您的两个大女儿已经在绝望中自杀了。

李尔　嗯,我也想是这样的。

奥本尼　他不知道他自己在说些什么话,我们谒见他也是徒然的。

爱德伽　全然是徒劳。

　　　　一军官上。

军官　启禀殿下,爱德蒙死了。

奥本尼　他的死在现在不过是一件无足重轻的小事。各位勋爵和尊贵的朋友,听我向你们宣示我的意旨:对于这一位老病衰弱的君王,我们将要尽我们的力量给他可能的安慰;当他在世的时候,我仍旧把最高的权力归还给他。(向爱德伽、肯特)你们两位仍旧恢复原来的爵位,我还要加赉你们额外的尊荣,褒扬你们过人的节行。一切朋友都要得到他们忠贞的报酬,一切仇敌都要尝到他们罪恶的苦杯。——啊!瞧,瞧!

李尔　我的可怜的傻瓜给他们缢死了!不,不,没有命了!为什么一条狗、一匹马、一只耗子,都有它们的生命,你却没有一丝呼吸？你是永不回来的了，永不，永不，永不，永不，永不！请你替我解开这个纽扣；谢谢你，先生。你看见吗？瞧着她，瞧，她的嘴唇，瞧那边，瞧那边！（死。）

爱德伽　他晕过去了！——陛下，陛下！

肯特　碎吧，心啊！碎吧！

爱德伽　抬起头来，陛下。

肯特　不要烦扰他的灵魂。啊！让他安然死去吧；他将要痛恨那想要使他在这无情的人世多受一刻酷刑的人。

爱德伽　他真的去了。

肯特　他居然忍受了这么久的时候，才是一件奇事；他的生命不是他自己的。

奥本尼　把他们抬出去。我们现在要传令全国举哀。（向肯特、爱德伽）
　　　　两位朋友，帮我主持大政，
　　　　培养这已经斫伤的国本。

肯特　不日间我就要登程上道；
　　　我已经听见主上的呼召。

奥本尼　不幸的重担不能不肩负；
　　　　感情是我们唯一的言语。
　　　　年老的人已经忍受一切，
　　　　后人只有抚陈迹而叹息。（同下。奏丧礼进行曲。）